Sonya
ソーニャ文庫

人は獣の恋を知らない

栢野すばる

JN229942

イースト・プレス

contents

プロローグ

一度箍《たが》が外れた人間は、暴力性を昂進《こうしん》させてゆくものだ。

「獣《けもの》みたいな目だわ、気持ち悪い」

オーウェンの目の前にいる『義母』もそうだ。抗《あらが》わない十歳の少年相手に家畜《かちく》用の棒鞭《ぼうむち》を打ち付け、醜《みにく》い言葉を喚《わめ》き散らしている。

「あの売女《ばいた》の血を引いているだけのことはあるわね。裏庭の子猫達を殺したのもお前なんでしょう？　本当に獣じみていて恐ろしいこと……！」

確かにオーウェンは子猫の兄弟を殺した。

義母の飼《か》っている犬が悪戯《いたずら》半分に嬲《なぶ》り倒し、虫の息で転がされていたから止《とど》めを刺した。

だがそれを説明して何になるだろう。『獣の子』であるオーウェンの言葉は、義母には通じない。

振り下ろされた鞭が手の甲に赤い線を描く。痛みは感じるが、それだけだ。

これまでは証拠が残らないよう、服を脱がされ、背中に鞭を打たれていた。だが、もう、この屋敷に義母を止める人間はいない。父はまた新しい女を見つけて家を空けがちになり、義理の兄姉は皆、母の狂乱から目を背けて、新しい家庭を、新しい仕事を、新しい学び舎《や》を見いだし出て行った。

——いい、痛くても、どうせすぐ治る。そしてすぐ治るから化け物だ、獣だと貶《おとし》められるんだ……。

義母は抗わないオーウェンに対し、更なる苛立ちと嗜虐《しぎゃく》性を募《つの》らせた。

オーウェンの襟《えり》首を摑んで石の壁にたたきつけ、売女の子、お前は絶対におかしい、とひとしきり喚き散らしたあと、ひときわ大きな金切り声を上げた。

「人間のフリをしないで！　道理も理性もない獣の子のくせに！」

——獣の匂いがするから罵《のの》られるんだろうな……どこに行っても、僕だけが浮く。

殴られながら、オーウェンは口の端《はし》を拭《ぬぐ》う。

「貴方がいるからこの家が滅茶苦茶になったの。売女の息子が家に入ってきたから。お前なんか人間と呼ぶのもおこがましい。なぜ野卑《やひ》な獣が人間の姿をしているんでしょう」

——滅茶苦茶になったのは、貴女のせいだよ。兄上も姉上も、父上も、貴女が喚き散らす姿を嫌って出て行ったんだ……。怖いって。もう一緒にいたくないって……。

義母の歪んだ顔を一瞥《いちべつ》し、オーウェンは心の中で呟《つぶや》いた。

本当に、産まれてから一度もいいことがない。

オーウェンは己の運のなさに瞑目《めいもく》する。

実母を失ったあと、オーウェンは孤児院で暮らしていた。孤児院では暴力を振るわれなかったが、子供達は次々に死んだ。寒すぎて、飢えすぎて、弱い子達から死んで行ったのだ。冬の雨の日に天井から滴《したた》る雨水。濡れた寝台の中で明日が峠《とうげ》と言われながら喘《あえ》ぐ子供達の姿が忘れられない。

まともな場所であれば死なずに済んだ幼い子達。何人の『仲間』をあの場所で失っただろう。

孤児院の院長は、たまたま役所が孤児に課してきた『知能試験』で『異常値』を示したオーウェンに言った。勉強をすればお金を稼げるようになり、ストーブの燃料が買えて、屋根の雨漏りも直せると。

とにかく雨漏りが嫌いだった。

全部濡らしてカビだらけにして、最後には命すらむしばむあの汚れた水が。べたつく雨水にまみれていると、小屋に押し込まれた家畜のことが思い浮かぶ。

自分は人間なのか、それとも、小屋で飼われる獣なのかわからなくなる。

もしかして、自分が獣の子だから、愛されないのだろうか。獣の子だから、あんな雨漏りの水に濡れながら、暴力や、病や、飢えに耐えねばならないのだろうか。

誰もオーウェンに絵本を読んでくれなかったのは、獣に優しくする必要がないからなのだろうか。

――雨漏りは嫌いだ。身体が乾かないまま、凍え死んでいくなんて……。

オーウェンは、雨漏りから逃げたかった。だから言われたとおり本の内容を頭に詰め込んで、周囲に勧《すす》められるがままに『語学』や『数学』の試験を受けてきた。

勝手にオーウェンを『神童』と言いだしたのは大人達だ。そして『神童』になったオーウェンを迎えに来たのは、母を孕《はら》ませて捨てた父……ベルマン伯爵だった。迎えに来てほしいなんて頼んでいない。実の父親に興味などなかった。

孤児院にいるのは知っていたが、事情があって迎えに行けなかった、と父は言葉を濁《にご》した。オーウェンが父の『愛情』を推し量るには、その言葉で十分すぎた。

「なんで黙っているの、気持ち悪い目つきをして。人の言葉が喋《しゃべ》れませんか」

追憶に沈んでいたオーウェンは、義母の金切り声で我に返った。痩《や》せた身体が再び壁にたたきつけられる。

――痛い……っ……！

鳥肌が立つほどの怒りと共に、姿のない何かがオーウェンの心の中で容赦なく蠢《うごめ》き出す。

オーウェンはそれを『獣』と呼んでいた。

『獣』は、ずっと昔からオーウェンの心の中に棲んでいる。

こいつに勝手な真似《まね》をさせると、ろくなことにならない。今だって、義母に苛烈《かれつ》な仕返しをしようといろいろな手段を考え始めている。

オーウェンは慌てて息を吸い、獣を落ち着かせた。

確かに腹は立つが、尊属《そんぞく》殺人は重罪だ。十歳の自分の将来と引き換えるには割に合わない。死なない限り、黙って適当に殴られておくべきだ。

義母に罵られながら、オーウェンは思った。

――この女、本当に泥の塊《かたまり》みたいだな……綺麗なところが、一つもない。

それはオーウェンの声なのか、それとも獣の声だったのか。

どちらも正解だ。なぜならこの獣は、間違いなくオーウェンの一部なのだから。オーウェンの意識は時々、獣と渾然《こんぜん》一体となってしまう。そうなったら、平気でどんなことでもしてしまう。それが恐ろしいのだ。

どうか獣が暴れ出さないようにと願いながら、オーウェンは大きく息を吸う。

オーウェンは、痛みに怒り狂う獣を意思の力でねじ伏せながら思った。

この獣に名前を付けるとしたら何がいいだろう。

『怒り』か。それとも『本音』だろうか……。


暴行の日々は長く続き、ある日突然終わった。

オーウェンに対する暴行が度を越した頃、父ベルマン伯爵が、女の家からふらりと屋敷に戻ってきた。

「王太子様が、貴族の子弟の中からお話し相手を探しておられるらしい」

青黒く腫《は》れたオーウェンの顔を正視せず、父が明るい顔で言う。

父には美しいところが一つある。顔だ。顔がいいから義母を狂わせ、オーウェンの母を食い散らかすことができたのだ。

「選抜試験を受けてみないか、オーウェン。王都でベルマン伯爵家の名声を高めてこい」

父の薄っぺらい笑顔を見上げながら、オーウェンは思う。

――なるほど、一応、義母上《ははうえ》と引き離してくださる気なんだな。正妻が愛人の子を撲殺《ぼくさつ》したら醜聞《しゅうぶん》になるから。

オーウェンは抗わずに父の言葉に頷いた。

王都にも、雨漏りしない家があればいいな……と思いながら。

こうしてオーウェンは、運良く『殴られる場所』から逃げ出すことができた。

選抜試験は、オルストレム王国の王都、オルスハイムで行われた。出題された問題は、十代前半の子供に解かせるためとは思えないほどの難易度だったらしい。

だが、オーウェンには取り立てて難しくなかった。勉強して解けない問題には、これまで出会ったことがない。

オーウェンの虚《うつろ》な器は何でも呑み込んで覚えてくれるのだ。『人間』の名前以外は。

――獣だから、人のことが覚えられないのかもしれないな。

その思いを、オーウェンは黙って呑み込んだ。

試験に際しては、父の代理で、父の一番年下の弟である叔父が付き添いをしてくれた。

オーウェンはよく知らない人は苦手だ。名前を覚えられないし顔も覚えられない。必死で覚えても顔と名前が一致しない。

対人関係が致命的に苦手なオーウェンにとって、自分の遊びのことしか考えていない軽薄な叔父と過ごす時間は、気楽だった。

まだ若い叔父は『オーウェンが宿で勉強している間に歓楽街に遊びに行く』と毎日張り切って出掛けていく。

普通の大人は十歳の子供を放置して夜中に遊び歩かないのだが、叔父にそんな常識はなかった。そしてオーウェンも、普通の十歳を名乗るには、知能だけが発達しすぎていた。

『最低限、付き添いの義務さえ果たせばいい』という叔父の態度は、『異様な子供』であるオーウェンにとっては率直で好ましかった。

オーウェンは、軽薄だが正直者の叔父の存在を、だんだん『生きた人間』として認識できるようになった。名前は覚えていない。だが、ヘラヘラ笑う悪意も善意もない顔は、ちゃんと覚えた。

これは敵にはなり得ない、そう思えて安心できた。獣も彼には興味を示さなかった。

『兄さんのくれた金で旨《うま》いモノを食おう。どうせ残ったら返せって言われるもんな！』

暢気《のんき》な叔父の提案に、オーウェンは微笑み返した。久しぶりに笑った気がした。

数日後、試験の結果が発表された。雨漏りのしない宿に満足していたオーウェンは、叔父に連れられ王宮へ赴《おもむ》いた。

そこで、合格通知を受け取った。今後は王都に滞在し、学校に通いながら『王太子殿下のご学友』として同じ個人教師に就き、時には静養に同行することも許されるらしい。未来の国王に尽くす『腹心』としての教育が始まるのだ。

叔父の祝福に愛想笑いをしながら、オーウェンは少し高い場所に立つ王太子を見上げる。

父王に肩を抱かれている王太子は、十三歳だと聞く。黄金の髪に透き通るような青い目の、亡き王妃殿下ゆずりの絶世の美貌の持ち主だとも。目をこらしてよく見ると、なるほど、確かに黄金比のごとくに整った目鼻立ちに、均整の取れた体つきをしている。しばらく眺めていたら、王太子が『美しい』ことが理解できた。

泥人形のようにすら思える『人々』のなかで、くっきりと人の輪郭《りんかく》を取って現れた王太子に、オーウェンは興味を覚える。

ずば抜けた美しさも才能の一つだ。瑕瑾《かきん》なく整った王太子の容姿に感心しつつ、かしこまった表情を作り直したときだった。

「おとうさま！」

甲高《かんだか》い子供の声がして、オーウェンはかすかに首をかしげる。

国王と王太子がいる場だというのに、なぜ幼児が……と思ったからだ。

ちょこちょこと走ってきたのは、幼い子供だ。

オーウェンの目には色も個性もないその姿が、近づくにつれ、宝石のような青い目にフワフワの金の髪をした、桃色のドレス姿の幼い女の子に変わった。ようやく赤子を卒業したくらいの幼さなのに、顔立ちには犯しがたい気品が漂っている。

「見てください……ませ！」

幼女が王と王太子が立つ壇上《だんじょう》に這い上がる。

——叱られるんじゃないかな。場の空気を乱してしまったから。まだ小さいから叩かれないといいけれど。

オーウェンが眉をひそめた刹那《せつな》、不意に周囲に温かな笑い声が起きた。

王も、役人も、騎士も侍女達も皆、幼女を見て笑みを浮かべている。このような非礼を、笑って許される存在がいるのか……と、オーウェンの胸に純粋な驚きが満ちた。

「お花、見てくださいい……ませ！」

手に摑んだ花を、ドレス姿の幼女が差し出す。王は破顔《はがん》し、幼女を軽々と抱き上げた。

「どうした、フェリシア。このやんちゃ娘め」

逞《たくま》しい国王は、満面に笑みを浮かべ、抱き上げた幼女に頬ずりする。

——フェリシア？　ああ、陛下が笑顔で名前を呼んでいるということは、あの女の子は王女殿下なのか。確か四つになったばかりの。

これは王太子の学友選抜の席だ。政治的な密談や重要な交渉は行われない。だから警備兵も、王女の一団を会場に入れたに違いない。もしかしたら、王太子の学友に選ばれたオーウェンに『妹姫』を紹介する意図があったのかもしれない。

「おとうさま、これ……こうやって、かざって……ね？」

笑みを浮かべ、王女が父王の襟元にしおれかけた花を挿《さ》す。叱られるなんて想像もしていない様子だ。

孤児院の子達の萎縮《いしゅく》した規律正しさしか知らないオーウェンは、新鮮な気持ちで無邪気な王女を見守った。

「お花が咲いたから届けてくれたのか。ありがとう、フェリシア」

国王が、王女が愛おしくてたまらぬとばかりの表情を浮かべたのがわかった。

他人になんて興味はないはずなのに、その優しい笑顔だけは、はっきりとオーウェンの心に焼き付いた。

ああ、王女は愛される子供なのだと理解する。

「はい、そうです。おろしてくださ い……ませ」

父に抱かれ、甘やかされていた王女が、唐突に足をばたつかせる。床に降ろされた刹那、なぜか王女は台を飛び降りて、まっすぐに自分のほうに走ってきた。

――え……っ……？

さしものオーウェンも少し動揺した。なぜ、王女は自分のほうに走ってくるのか。

とっさのことで足が動かない。王女は、痩せたオーウェンに遠慮なくしがみついた。

周囲の大人たちは誰も止めずに王女を見守っている。皆、幼い王女の無邪気な振る舞いを見てニコニコするだけだ。

一方のオーウェンは、困惑のあまり何も言えなかった。孤児院では勉強だけしていろと言われ、四歳の子の相手などまともにしたことがないからだ。

「おめめ、見せてください」

真っ青な宝石のような目をキラキラさせながら、王女が言う。

唖然《あぜん》とするオーウェンの上着の裾《すそ》を引き、王女はもう一度焦《じ》れたように言った。

「おめめ！　わたしに見せてください！」

――目……目を？　どういうことだ？

「か、かしこまりました」

オーウェンは慌ててかがみ込み、膝の上に手を置いてじっと王女の顔を見つめた。

少し時間が掛かったが、状況が理解できた。誰からも愛される可愛らしい王女は、オーウェンも自分を可愛がってくれると思い、こうして甘えに来たのだろう。

王女は笑顔で、ふくふくした愛らしい顔を近づけてきた。

「あれ、この目は、なにいろ……ですか？」

――僕の目の色……？

答えようとして、答えがわからないことに気づく。

なぜ思い出せないのだろう。思い出したくないからだ。目の色について、最後に人に言及されたのは……義母に暴力を振るわれながら罵られたときだろうか。

――見ないでください、僕は獣じゃない。普通の人間になれるはずなんです。

訳もなく叫び出しそうになり、オーウェンは反射的に唇を噛んだ。

「王女殿下は何色だと思いますか？」

だが一拍置いたことで我に返り無難な言葉を返せた。王女はじっとオーウェンの目を覗《のぞ》き込み、不意にニコッと笑った。

「わかりました。むらさきと、ぎんいろ、まざっています！」

愛らしい声に、背筋がぞくりと震える。

――獣の目……。

義母の金切り声が生々しく耳に蘇《よみがえ》った。

――獣の子は、疎《うと》まれながら死んでいくんだ……人間になれずに。

身に纏《まと》っている服が、不意にずっしりと重たい湿度を帯びたように感じた。

雨漏りの滴りに呑み込まれる。ごくりと息を呑んだオーウェンに、王女が無垢《むく》な笑みを向ける。

「きれいねぇ。色が変わるおめめ。わたし、はじめて見ました」

お褒《ほ》めの言葉をくださった王女が、不意にオーウェンの手の甲に目をやる。

膨《ふく》れた鞭の傷痕を不思議そうに見つめ、王女は小さな手でそこに触れた。

「これ……いたいの？　だいじょうぶですか？」

「い、いえ、古傷ですので問題ありません」

「でも、あかいです、いたいとおもいます……」

悲しそうな顔で、王女が傷跡を撫で始める。

オーウェンの肩が小さく波打った。自分は凍《い》てつく雨水で濡れそぼった人間なのだ。

触れられたら、その人も雨水で汚れてしまう。現実にはそんな汚れなど存在しないとわかっているのに、落ち着かない。『綺麗な手で僕に触ったら汚れる』と叫びたいのを堪《こら》え、オーウェンは幼い王女に手の甲を委《ゆだ》ねた。

実際、子供の細い指で撫でられてもくすぐったいだけだ。けれどその温もりは、不思議とオーウェンにのし掛かる絶望的な冷えと湿気《しっけ》を和らげた。

――なぜ他人をこんな風に？　まだ子供なのに……。

オーウェンは恐る恐る、王女の様子を窺《うかが》った。オーウェンの持っていないキラキラした何かが、王女を祝福するように取り巻いて見える。

これが幸福な子供というものかと感心したとき、王女が可愛らしい声で言った。

「おてて、早く治ってくださいませ。フェリシアが、神さまにおいのりいたします」

たどたどしい口調で呟きながら、王女は一心にオーウェンの手に、小さな掌《てのひら》を重ねた。

不覚にも動揺してしまい、オーウェンは唇を噛みしめる。

王女はなぜ、初めて会った見ず知らずの少年の傷をこんなに心配するのだろう。

幼児特有の気まぐれに決まっている。優しくされたのも、遊びの一環に違いない。

わかっているのに、なぜかオーウェンの動悸《どうき》は治まらなかった。

「いたいの、治りましたか？」

王女が真面目な顔で尋ねてきた。オーウェンの心に、得体の知れない痛みが走る。これまでに、こんな言葉を掛けられたことはなかったからだ。

「あ、ありがとうございます、王女殿下。大丈夫です、僕はどんな怪我もすぐに治ってしまうので……」

　そのとき、軽やかな足取りで王太子が近づいてきた。

「最近フェリシアは色の名前をたくさん覚えてね。人の瞳の色を正しく言い当てて、褒められるのが嬉しいみたいなんだ。この国には様々な瞳の人がいる。僕とフェリシアは青、ばあやは茶色、父上は水色で……怖い礼法の先生は黒だ」

　幼い妹の悪戯を庇《かば》うように説明しながら、王太子が足早に近づいてくる。オーウェンは、慌てて膝をつき、臣下の礼を取って口をつぐんだ。オーウェンは今日から、王太子の『臣下』だ。王族の言葉が終わるまで発言は許されない。

　オーウェンの目の前で足を止め、美しい王太子は透き通る声で言った。

「妹と遊んでくれてありがとう。突然だけど、学友の君に質問してもいい？」

　闊達《かったつ》な口調に、オーウェンは瞠目《どうもく》する。こんな風にはっきりと、自分が何を話すべきかがわかって口を開く『子供』を見たことがなかったからだ。

「多くの罪なき民と、自分にとって大事なたった一人。どちらか片方しか助けられないとしたら、君はどちらを助ける？」

　不意に、柔らかな笑いに包まれていた会場が静まりかえる。周囲の視線が一斉に、オーウェンと王太子に注がれたのがわかった。

　試されている。瞬時に悟ったオーウェンは、間を置かずに正直に答えた。

「自分にとって大事な一人を助けます」

「なぜだ？」

「大切な人には、これから先も、生きていてほしいからです」

正直に言えば、顔を知らない『罪なき民』のことなど、わからない。興味の湧かない人間は、オーウェンにとっては存在しないのと同じだ。存在しない人間は助けられない。それがオーウェンの本音だった。

――だけど、多分僕が間違っている。興味のない人を『人間』とすら認識できないなんて、おかしいのは僕のほうなんだ。口に出さないほうがいい。

口をつぐんだオーウェンに、王太子が微笑みかける。

「なるほど。だがその選択は、人を導く立場の選択としては間違っているのでは？　少なくとも僕ならば、君と同じ答えは選ばないが」

どうやらオーウェンの答えは、王太子のお気に召さなかったらしい。

「はい。それでも、大事な存在のほうを助けます」

興味の湧かない人間に対して、助けようという気持ちを持つことはできない。

よくわからない動く土塊《つちくれ》にしか見えないのだから、仕方がない。

だから、嘘をついて王太子と同じ答えだと取り繕《つくろ》っても、その先、どう繕いを重ねればいいのかわからない。

「ふうん。どうしても僕と正反対の答えがいいんだな」

「……そのようなつもりはありませんでした。申し訳ありません」

もしかして選抜を取り消されるのだろうか。

ベルマン家の屋敷に戻されるのは嫌だ。

表情を翳《かげ》らせたオーウェンの前で、王太子は晴れ晴れした笑みを浮かべた。

「それでいい。僕は、僕と反対の考え方を持っていて、それを隠さない人間が好きだ」

意外な答えにオーウェンは目を丸くする。

王太子は、オーウェンにぴったりくっついている王女の手を取り、優しい声で言った。

「フェリシア、これからは兄様とこのオーウェン君と、三人で遊ぼうね」

王女は兄の言葉にぱっと顔を輝かせ、捕まえようとする兄の手を振りほどいて、再びオーウェンに取り縋った。

嬉しそうにニコニコしている。

こんな笑顔を他人から向けられたことがなくて、どんな顔をすればいいのかわからない。

だが幼い王女が、とても『可愛らしい』子供であることはわかった。自分とは対極の存在だと思った。

なぜ王女に懐《なつ》かれたのかと困惑するオーウェンに、王太子は言った。

「妹も君が気に入ったようだ。これから、共に楽しい時間を過ごせるといいね、オーウェン・ベルマン君。僕の名前はアンドレアスだ。そしてこのやんちゃ娘はフェリシア」

言葉を切った王太子がきらめく青い目を細め、楽しげに付け加える。

「僕と妹の名前を覚えてくれるね？　オーウェン」

からかうような明るい声に、オーウェンは総毛立《そうけだ》つ。この美しい少年は、オーウェンが『極度に人に関心を持てない』ことを見抜いているのかもしれない。

「はい、よろしくお願いいたします、アンドレアス様、フェリシア様」

オーウェンの答えに満足したように、王太子がほっそりした手をオーウェンに差し出す。

――僕の汚い手で、王太子のお手を握っていいんだろうか？

しばし躊躇《ためら》った末、オーウェンは王太子の手を握った。

不意にアンドレアスの綺麗な顔が近づき、オーウェンに耳打ちをした。

「わかった。君は嘘をつけないんだな？　……まあいい、僕の側にいる限りは、適当に庇ってやる。普通の子供に見られたければ『形』から入れ」

オーウェンにしか聞き取れない小さな声だった。

突然の指摘にオーウェンは瞠目する。アンドレアスの言うとおり、オーウェンは確かに嘘をつけない。

オーウェンの人生には、苦痛に耐えた果ての沈黙か、正解を口にする機会しかなかったからだ。嘘のつき方がよくわからない。

王太子は、オーウェンの正直な反応に満足したようだ。

「父上！　オーウェンとは仲良くできそうです」

突然王太子が、年相応の少年らしい声を上げ、笑顔で父王を振り返った。周囲の人々が一斉に明るい笑い声を上げる。

王女がにこにこしながら、オーウェンの手を小さな手で握った。

「わたしとなかよくしてね、オーウェン」

大きな青い目に無邪気な光を浮かべ、オーウェンを見上げる。

――王太子アンドレアス様、そしてフェリシア様……か……。

頭の中でカチリと音がする。

初めて、自分の中の『獣』が人の名を覚えた。そう思った。

利発で得体の知れない王太子と、無邪気にオーウェンにしがみつく幼い王女。二人との出会いは、間違いなくオーウェンの人生を大きく変えたのだ。

その日からオーウェンは、『人生の豊かさ』を、王家の美しき兄妹から与えられることになった。

未知のものだった友情や愛情、無縁だったはずの地位と名誉。

アンドレアスとフェリシアは、オーウェンを人間にしてくれた。

同時にオーウェンにとっても、彼ら兄妹は『大切な人間』となったのだ。

幸せだった。己が生涯取り返しの付かない罪を犯すとも知らずに……幸せだった。

第一章

ドレスや宝石を購入する資金で、王家直轄の孤児院を援助したい。

フェリシアの願いは、二年前にやっと叶った。化粧代に充《あ》てられていた予算の一部を慈善活動に回すことを、議会が認めてくれたのだ。

兄、アンドレアスが治めるオルストレム王国は、豊かな国ではない。

正しくは、ここ数年の政情不安定に伴い、王宮の警備費用や国防費がかさみ、少しずつ状況が悪化している。

孤児院の運営に『王妹殿下の化粧代』を回せば、フェリシアはこれまでのように着飾ることができなくなる。

最高位の女性である『王妹フェリシア殿下』が質素な格好をしていたら、王家の威信に関わるかもしれない。ゆえに、これまで化粧代の減額はなかなか認められなかった。

けれど、フェリシアは議会との交渉を重ね、予算を孤児院に回してもらう決議を勝ち取ったのだ。

王族の外見を飾るよりも、親のない子供達が笑顔で明日を迎えるほうが大事だ。オルストレム王家は国民を守る剣であり、盾である。民の幸福を忘れた王族は、君主の資格を失うのだから……。

清潔な服に身を包み、色艶のいい顔をした孤児院の子供達が一斉に手を振る。

「姫様、また来てくださいね！」

護衛の騎士達に囲まれたフェリシアは、笑顔で手を振りかえした。

「ええ、皆良い子にしていてね。次は一緒に絵を描きましょう」

走り出てきた小さな女の子が、フェリシアのドレスにしがみつく。

「本当にまた来てね」

五つになったばかりの少女、マーシャの腕には、針を刺した痕がたくさん残っている。重い病気のため、特殊な針を使い、直接薬を身体に入れなければならないのだ。

「もちろんです。マーシャも、ちゃんとお医者さまの言うことを聞いてね。痛いけれど頑張って」

フェリシアの言葉に、マーシャはけなげに頷いてくれた。

名残《なごり》惜しい気持ちでフェリシアは王宮の迎えの馬車に乗り込む。

同席した侍女頭が、優しい笑顔でフェリシアに言った。

「ようございましたね、子供達が皆元気で。これで姫様の憂《うれ》いも少しは晴れたのではございませんか」

最近元気のなかったフェリシアを心配していたのだろう。侍女頭の言葉に、フェリシアは笑顔で頷いた。

「ありがとう。みんな良い子にしていて安心しました。王立孤児院の状況はそれほど悪くありません。この状態を維持できればと思います。……ここだけではなく、他の孤児院にも、もっと資金が回せればいいのだけれど」

そう言ってフェリシアは口をつぐむ。王妹であるフェリシアが王家の財政難を嘆《なげ》けば、兄王アンドレアスを批判していると誤解されかねないからだ。

侍女頭はフェリシアの話を曲解するような人間ではない。だが、普段から余計なことを言わないくせをつけておかなければ。

「今日は、お兄様とお話しする時間をいただけたでしょう？　久しぶりだから嬉しいわ」

フェリシアの弾む声音に、侍女頭が優しい笑みを浮かべて頷いた。

同時に、フェリシアを警護する騎士の一団が移動を開始する。馬車に揺られながら、フェリシアは王都の光景に目をやった。

オルストレム王国は、三年前に賢王と呼ばれた先代国王を失った。跡を継いだのは王太子アンドレアス。フェリシアの同母兄だ。

兄の即位に伴い、国は大きく乱れた。

理由は二つ。

アンドレアスとフェリシアの母だった隣国の王女が既に亡く、新王が有力な後ろ盾を得られないこと。

そしてもう一つは、先代国王の死に際し、その弟に当たるラングセン公爵が、アンドレアスの王位継承に不満を唱えたことだ。

『アンドレアス殿下は若すぎる。国王の権限の一部をラングセン公爵家に委譲し、後見人として正式指名せよ』

それが、不満を漏らすラングセン公爵の言い分だった。

ラングセン公爵は、オルストレム王国でも指折りの富豪であり、強大な権力を持つ大貴族だ。王家といえどもその威光を軽視できない。

だが、その言い分は越権《えっけん》行為だ。

固唾《かたず》を呑む側近達を尻目に、アンドレアスはきっぱりと言いきった。

『王位はとほうもなく重いが、ラングセン公に一緒に抱えていただく必要はない』

二十四の若造と侮っていたアンドレアスに主張をはねのけられ、ラングセン公爵は激怒した。

だが、はっきりと断られた後も、『権力』に固執し続けた。

怒れるラングセン公爵は、国内最古の名門コウルマン公爵家に『政略結婚』を打診する。

ラングセン公爵の長女と、コウルマン公爵の長男との結婚話だ。

オルストレム王国の二大公爵家同士で手を結び、王家への対抗勢力を形成しようと持ちかけたのだ。

しかし、コウルマン公爵は、日和見《ひよりみ》の態度を示した。

ラングセン公爵の提案を呑めば、王家から逆賊と見做《みな》されかねない。野心家のラングセン公爵と組むか、これまでどおり王家への恭順の意を示すか……。

コウルマン公爵は未だに答えを出していない。国王アンドレアスにも、ラングセン公爵にも、曖昧《あいまい》な答えを返しながら、全ての判断を引き延ばし続けている。

結果として、王国は今も危うい均衡の上に成り立っている。

若き国王を支援する一派と、強硬な姿勢を崩《くず》さず国王への反感をあらわにするラングセン公爵の一派。そして、ひたすら様子見を続けることで漁夫の利を得ようとするコウルマン公爵の一派。

三つの勢力が、虎視眈々《こしたんたん》と互いの隙《すき》を狙っている状態なのだ。

――私がお兄様のためにできることは、政略結婚だけ……。

ぎゅっと胸が痛くなり、フェリシアは手を胸に押し当てる。

めざとい侍女頭が、すぐに眉をひそめてフェリシアに声を掛けてきた。

「姫様、いかがなさいました」

物思いに沈み込んでいたフェリシアは、慌てて顔を上げた。

――皆に心配を掛けてはいけないわ。くよくよ考えても、私に許された選択肢は一つだけだもの。

フェリシアの脳裏に、日和見主義のコウルマン公爵家の長男、ラズルからの求婚の言葉が蘇る。

『貴女のように清潔な姫君を娶《めと》れるのであれば、私が父を説得いたします』

ラズルからそう告げられたのは、半年前のことだった。

線の細い、神経質そうな面差しをひくつかせながら、ラズルは言った。

『王女として潔癖《けっぺき》に育てられたフェリシア様であれば、私も我慢できそうだ。舞踏会のダンスだろうがなんだろうが、気軽に余所の男に触れさせるような女は垢《あか》まみれだからな。汚い、汚くて……洗っても落ちないシミ付きの女なんて……』

うわごとのように口走り始めたラズルを、侍従が慌てて押しとどめた。あの光景をフェリシアは今でもはっきり覚えている。

同時に『ラズル様が二十九になるまで結婚しなかった理由は、理想の妻がいなかったから』という言葉の本当の意味を理解できた気がした。

その異様に潔癖症の貴公子が、フェリシアの婚約者候補の筆頭なのだ。

フェリシアの手の甲に口づけたあと、慌てたように袖《そで》で顔を隠し、手巾で口を拭ったラズルの仕草が忘れられない。

王妹の前とは思えない、常識では考えられない行為だった。もちろん見て見ぬフリをしたけれど……ラズルは、大丈夫なのだろうか。

――だけど、嫌なんて言えるわけがない。

侍女達に心配を掛けないよう微笑みながら、フェリシアはそっと拳《こぶし》を握りしめる。

フェリシアは、亡き母から華やかな容貌《ようぼう》を受け継いだ。生まれ持った金の髪と青い目は、春の女神のようだと称えられることもあった。

もちろん、そんな言葉は『王妹殿下』に対するお世辞《せじ》だと思っている。

フェリシア自身は、どんな褒め言葉を投げかけられても受け流してきたが、世辞を言いたくなる理由は理解できる。

国王アンドレアスのただ一人の妹フェリシアを得たいと思う男達は、何人もいる。

危機に瀕しているとはいえ、王家は国内一の権力と最高の血筋を誇る一族だ。

フェリシアを妻に迎えれば、野望の階段を一段飛ばしで駆け上がれると考える者は多いのだろう。

――ラズル様のお申し出を受ければ、コウルマン公爵家が王家の側につく。そうすれば、お兄様の政権ははるかに安定するわ。

王妹に自由な恋など許されるはずがない。『彼』と一緒になれる未来なんて、ない。

溢れかけた想いに、フェリシアは慌てて蓋《ふた》をした。

フェリシアは馬車の窓からそっと視線を投げかける。真っ青な目に、歴史ある美しい王都の町並みが映る。

父が、祖父が……先祖達が代々守ってきた、愛するオルストレム王国。王家の姫として、フェリシアもまたこの国の礎《いしずえ》とならねばならないのだ。

王宮に戻るやいなや、フェリシアは外出用の質素な姿のまま、兄の執務室へ急いだ。

今日は、兄と妹の私的な談話の時間をもらった。他の出席者はいないので、礼装に着替えなくても許されるだろう。

めかし込む時間よりも、愛する兄と語らう時間が少しでも欲しい。侍女達に伴われて兄のもとに向かったフェリシアは、背筋を伸ばして厳めしい執務室の扉の前に立つ。フェリシアの到着を告げる衛兵の声に、室内から兄の答えが返ってきた。

「通せ」

侍女達を残し、開かれた扉を一人で通り抜け、フェリシアは執務机の前の椅子に座った兄アンドレアスに貴婦人の礼を取った。

「三日ぶりだな」

兄の声にフェリシアは顔を上げ、満面の笑みで答える。

「ごきげんよう、お兄様。お会いしたかったわ」

「孤児院のほうはどうだった？　お前の生きがいだろう。皆元気だったか」

国王である兄が、『取るに足りない存在』と見做されがちな非力な孤児達を案じてくれている。フェリシアの胸に喜びが満ちた。

「はい、冬の間は少し風邪が流行っていたのですが、もう皆元気になって……」

頬を火照《ほて》らせて報告するフェリシアの様子に、兄が破顔する。

「国王としては、王妹のお前が弱い立場の者を案じてくれて嬉しい。だが兄としては少々寂しいぞ、年頃の娘がそんな地味ななりをして駆けずり回ってばかりいて。せめて、母上の残してくださったドレスに袖を通してみたらどうだ？　侍従長は一流の品ばかりだと言っていたが」

兄の碧玉のような青い目には優しい光が宿っていた。

美貌で名高かった母の面差しを受け継ぐ精悍《せいかん》な顔立ちに、フェリシアと同じ色の目と髪。燃え立つような華やぎがいつも兄を包み込んでいる。

「次から次に心配事が持ち上がるので、時間が惜しくて。私が気に掛ければ、役人達も動いてくれますから」

兄の言葉に、フェリシアはほろ苦い気持ちで答える。

――立場の弱い人間は後回しにされてしまうから……せめて私が気づいて、支援を繋げるようにしなければ。それに国民は見ているもの。王家がどれだけ弱き者に手を差し伸べ、自分達を守ってくれるかを、しっかりと確かめているもの。

国内が荒れている今だからこそ、細やかな気配りは王妹のフェリシアの仕事だ。

――私に望まれているのは、着飾って華やかに暮らすことではないはず。

まっすぐに見つめ返すと、兄の表情に、かすかにせつなげな影が差す。

「ありがとう。僕の手が回っていない部分を助けてくれて。まだ十八のお前に楽しい時間を過ごさせてやれなくて、本当に申し訳なく思っている」

いつも光を纏ったように華やかな兄なのに、今日はひどく疲れて見えた。フェリシアは執務机の上に置かれた兄の手に、己の手を重ねた。

「いいえ、私はお兄様を助けます。私とオーウェンが、これからもずっとお兄様を……」

その名を口にした瞬間、胸がぎゅっと苦しくなった。

オーウェン・ベルマンは兄の筆頭秘書官だ。

十歳のときに王太子の『学友』として選ばれた後、未来の王のよき相談役となるべく高水準の教育を受けて育ち、見事にその期待に応えた。

王立大学を首席で卒業した後は、常に兄に寄り添い、影のように働き続けている。

つまりは、フェリシアにとっても、幼い頃から兄同然の相手だ。

なのに、名前を呼ぶだけで胸が苦しい。彼への想いは重症だと自嘲《じちょう》する。

かすかに頬を染めたフェリシアの様子がおかしかったのか、兄が悪戯っぽい顔になった。

「そういえばオーウェンが言っていたぞ。最近お前が冷たいと。もしかしてお前達、喧嘩《けんか》でもしたのか」

フェリシアは心の内を悟られないよう心を引き締め、明るく答えた。

「そんなことはありません。オーウェンは毎日忙しいから、昔のようにお話しする時間もないの」

普通を装っても鼓動が速まる。

政略結婚が現実味を帯び始めて、オーウェンの顔を見るだけで泣きそうだから、会いたくなかったなんて言えるはずがない。

そっと目をそらしたフェリシアに、兄は言った。

「ならば今日のうちに、存分に語らっておけ」

――今日のうちに？　どういう意味かしら。

意味深な言葉にフェリシアは戸惑い、兄に視線を戻した。

「お前にはコウルマン公爵の長男、ラズル殿に嫁いでもらうことにした。挙式は半年後。その後はコウルマン公爵の領地に赴き、未来の公爵夫人としてラズル殿と共に研鑽《けんさん》を重ねてほしい」

目に見えない重く鋭い槍《やり》が、フェリシアの身体を貫いたように感じた。

コウルマン公爵家への降嫁《こうか》の話が、正式に決定したのだ。少しでも先延ばしにしたくて、毎日祈るような気持ちで過ごしていたのに。

「ん？　やっと来たようだな」

凍り付いたフェリシアは、兄の言葉にはっと扉を振り返る。短い先触れの声と共に両開きの扉が開いた。そこに立っていたのは……。

「オーウェン、忙しいところを呼びつけてすまない。お前も少し休んだらどうだ？」

フェリシアは、息を止めて、扉のところに佇《たたず》む背の高い貴公子を見つめた。

ほんのりと黄色みを帯びた、月光そのもののような銀の髪に、角度によって銀色の影を宿す紫の瞳。彫像のように静謐《せいひつ》な美しさに、フェリシアの視線が吸い寄せられる。

貴族の令夫人や令嬢、それに侍女達の憧れを一身に集める端麗な姿に、呼吸すら忘れそうになった。

四つの頃から側にいてくれる兄同然の存在なのに、彼の姿を目にするとときめきが抑えられない。

王宮にいる女性達は皆、口を揃《そろ》えて言う。

アンドレアス陛下が太陽なら、筆頭秘書官のオーウェン殿は月のようだ……と。

兄の言葉が終わると、かすかに目を伏せていたオーウェンが気品溢れる笑みを浮かべた。

「ありがとうございます。ですが、忙しくしたのは陛下です」

ほんのり親しみと皮肉を滲《にじ》ませた返事に、兄が弾けるように笑い出す。

「確かにお前の言うとおりだ。ついつい頼りたくなってな……怒るなよ？」

二十七歳の兄は、三つ年下の腹心オーウェンにとても心を許している。幼い頃からずっと一緒に育ったからだろうか。他の者には言わないような冗談も、オーウェンになら気軽に口にする。

年相応の若々しい表情も見せるし、二人でいるときは楽しそうだ。オーウェンは兄にとって、親友であり弟代わりでもあるのだろう。まだ若い娘であるフェリシアでは埋められない部分を、オーウェンが補ってくれているのに違いない。

フェリシアと兄を常に支えてくれたのは、知的で優しいオーウェンだった。

勉強した内容がわからないとき、どんな難しい質問にも答えてくれた。兄と喧嘩したときは慰《なぐさ》めてくれ、一緒に謝ってくれた。慈善活動の進め方も、どんな文官よりも的確に助言してくれた。

オーウェンは誰よりも頼りになる『お兄さま』だった。……お兄さまだ、と思わねばいけない相手だった。

彼と過ごした時間のことは、全部覚えている。初めて会った幼い日の光景さえも、はっきりと記憶の中から取り出せる。

天使様のような美少年を見つけて、思わず駆け寄ったこと。

今日からお友達だと兄に言われ、嬉しくてぎゅっとしがみついたこと。

時折ポツポツと、自分の辛かった過去を話してくれたこと。

そして、自分達兄妹が苦境に立たされたとき、誠実に寄り添い続けてくれたこと。

――お兄様の政権が安定したのも、オーウェンのお陰だわ……。

苦しかった日々のことが、フェリシアの胸に蘇る。

父が急死したとき、兄に面倒な言いがかりをつけてきた貴族はたくさんいた。

自分の王位継承権をもっと繰り上げるべきだ。自分にも王の遺産を受け取る権利があるはず。そもそもアンドレアスは即位後に『自分』を相談役に迎えるべきだ……。

あの頃は、頭が痛くなるような問題が山積していた。

だがオーウェンが、徹夜で分厚い王室典範を読み込み、理論武装して、全ての言いがかりを退けてくれたのだ。

お陰で若くして王位を継いだ兄の政治基盤はしっかりと守られ、オーウェンはますます『希代《きたい》の俊英』としての名を高めた。

──こんなに素晴らしい人なんだもの、私が恋してしまっても無理ないわ……。

「どうした？」

兄が押し黙るフェリシアを振り返る。

フェリシアは必死で、固まってしまった顔に笑みを浮かべる。だが、胸がじりじりしてうまく笑えない。

「久しぶりです、オーウェン」

やっと笑えた。

フェリシアのぎこちない笑みに、オーウェンが透き通るような笑みを返してくれた。

何と話しかけたら良いのだろう。胸が苦しくて言葉が浮かばない。口をつぐんだフェリシアを一瞥し、兄が穏やかな声でオーウェンに告げた。

「フェリシアを嫁がせることにした」

兄の端的な言葉に、オーウェンが落ち着いた声で答える。

「おめでとうございます。……コウルマン公爵家のご長男に？」

「ああ」

兄の言葉に頷き、オーウェンが紫の目でひたとフェリシアを見つめた。

「おめでとうございます、フェリシア様」

オーウェンの美しい目には、フェリシアの結婚を惜しむ感情などまるで浮かんでいない。彼はただ優しく、冷静に穏やかに、主君の妹の新しい人生を祝福してくれているのだ。その事実が、たまらないほどの痛みと共にフェリシアの心をかきむしる。

「ありがとう」

棒読みだ、とフェリシアは自嘲する。無理もない。全く喜んでいないし、むしろ逃げ出したいくらいなのだから……。

「フェリシア、オーウェンと二人で庭を散歩してきたらどうだ。これから先はそんな時間もなくなる」

兄の言葉に、フェリシアはびくりと肩を波打たせた。兄の言う『庭』とは、王宮の中央にある小さな中庭のことだ。

執務室からは、王家の専用区域を通り、他の貴族や役人に会わずに行くことができる。狭い空間だが、王族の息抜きにと設計された場所で、亡き父も、仕事の間によくその庭で煙草《たばこ》をくゆらせていた。

「……はい……お兄様は？」

「僕が行ったら、積もる話もできないだろう」

きっと、兄の中のフェリシアは『無邪気にオーウェンを慕っていた幼い子供』のままなのだ。

長い間支えてくれた彼に、きちんと別れの挨拶《あいさつ》くらいしておけ、ということなのだろう。

兄の提案を無下に断ることもできない。

フェリシアは兄に一礼し、侍女頭だけを従えて、三人で庭へ向かった。

植え込みに囲まれた庭には、亡き母が愛したという薔薇《ばら》の花が咲き乱れている。春が来たなと思いながら、フェリシアは付いてきてくれた侍女頭に声を掛けた。

「貴女はここで待っていてちょうだい」

庭へ降りるテラスに設えられた椅子を示すと、侍女頭はにっこり笑った。

「ごゆっくりお過ごしくださいませ」

普通であれば、侍女は未婚の王族の姫を男性と二人きりになどしない。

侍女頭は名門伯爵家の令夫人だ。

子育てを終えた彼女は教養の深さを認められ、兄の侍従長から乞われてフェリシアの侍女頭となった。社交界でも尊敬を集める淑女の鑑《かがみ》である。

そんな彼女ですら、品行方正なオーウェンのことを信頼しているのだろう。

同時に、フェリシアのことも軽挙妄動《けいきょもうどう》に出ない姫君だと認めてくれているのだ。

――大丈夫。もう一人の『お兄さま』とお話しするだけだもの。

フェリシアは軽やかな足取りで庭に降りる。ここを訪れるのは久しぶりだ。幼い頃はここで、休憩している父の膝にのり甘えたものだ。傍らには兄がいて、時には入庭を許されたオーウェンもいた。

――気づけば、ずいぶん長い間来ていなかったわ。

ここに来ると、父と過ごした幸せな時間を思い出してせつなくなる。だから、最近ではこの庭からは足が遠のいていた。

「ずいぶん荒れましたね」

懐かしく庭を見回すフェリシアの後ろで、不意にオーウェンが呟く。驚いて振り返ると、彼は庭を囲む生け垣のほうへとまっすぐに歩いて行った。

「どうしたの？」

フェリシアは慌てて、彼の広い背中を追いかけた。

「最後に手入れをされたのはいつなのだろう」

独りごちたオーウェンが、生け垣の角で足を止める。

王宮の主庭園とこの中庭の境を作るために植えられた生け垣の形が崩れている。

――庭師の数が減ったから……それに、王族がここで憩うこともなくなったからね。

フェリシアは眉をひそめる。

もしかしたら兄も、父との思い出が残るこの場所に、あまり足を運びたくないのかもしれない。

父だけではない。九つ年上の兄は、父同様にこの庭を愛していたという母のこともよく覚えている。きっと、優しかった父母の思い出に胸がいっぱいになってしまうに違いない。

――嫁いだら、お兄様とも気軽には会えなくなる……ううん、大丈夫よね、オーウェンがずっとお兄様の側にいてくれるんだもの。お兄様は一人にはならないわ。

ため息をつくフェリシアの前で、不意にオーウェンが生け垣へ手を伸ばす。

「いけませんね」

何が、と問うまでもなかった。一見しっかりと庭を囲んでいるように見えた木々が、パキンという音と共に、オーウェンの腕であっさりとひしがれる。

枝が弱り、枯れて細くなっていたのだろう。この中庭の外……王宮の主庭園が丸見えになってしまい、フェリシアは目を丸くした。

「通れます。生け垣の向こう側も、要警護区域ではありますが、不用心すぎる」

言いながら、オーウェンはあっさりと生け垣の中に身を割り込ませた。彼のしなやかな身体が木々の向こうに消える。

驚いたフェリシアは、しばし生け垣の前に立ち尽くす。

――どうしよう……。

今立っている場所は、侍女頭の位置からは、薔薇の植え込みが邪魔をして見えない。躊躇った末、フェリシアは自分もドレスの裾をからげて生け垣に身を割り込ませた。

本当ならオーウェンが戻るまで待っているべきなのだが、身体が動いてしまったのだ。

ちくちくする枝を懸命に押しのけ、フェリシアもなんとか生け垣を通り抜けた。

――こんなだから、未だにお兄様に『やんちゃ娘』と言われるのよ。私は勝手に一人になってはいけないのに。

けれど、せっかくオーウェンと二人で過ごせるのだから、少しでも長く側にいたかった。

子供みたいな理由で行動してしまったことに、遅まきながら後悔が込み上げてくる。侍女も伴わずに一人で庭にいるなんて、人に見られたら何と言われるだろう。

——オーウェンたら、どこかしら。もう、足が速いんだから……。

フェリシアは周囲を見回し、生け垣の側に立ち尽くす。捜してみるものの、広い庭のどこにもオーウェンの姿は見えない。

不安が込み上げて小さく拳を握ったとき、不意に傍らにオーウェンが現れた。

「フェリシア様？」

心の底から驚いた、と言わんばかりの声に、フェリシアは顔を上げる。

「なぜ貴女まで外に？」

「オーウェンが出て行ってしまったから」

言い訳を口にして、フェリシアは俯《うつむ》いた。

「私は、生け垣の周囲を見回って、外から明らかにわかるようなほころびがないか確かめていただけなのです。フェリシア様には、あの中庭でお待ちいただきたかったのですが」

理路整然と説かれ、フェリシアは泣きたい気持ちで言い返した。

「私、オーウェンについて行きたかっただけなの」

これでは幼女の頃と変わらない。だが、どっぷりと落ち込んで俯くフェリシアの頭の上に、優しい声が降ってきた。

「どうなさったのです。今日はずっと冴えない顔をしておいでだ」

いたわるようなオーウェンの声音に、フェリシアは弾かれたように顔を上げた。光の加減で銀に輝く、蕩けるような紫の目が、ひたとフェリシアを見据えている。

「あ……あの……」

フェリシアの喉が干上《ひあ》がった。

彼にぶちまけていい感情など一つもない。結婚したくない。オーウェンと離れたくない……どれも口にはできない言葉ばかりだ。

本音をうまくごまかせないだろうか。フェリシアは唇を震わせ、引きつった声で答えた。

「私……ラズル様と……うまくやっていけるかしらって……」

『婚約者』の名前を出すだけで、嗚咽《おえつ》が込み上げそうになる。

政略結婚は必ずせねばならないものだ。理解しているけれど、どうしても嫌だ。

なぜ自分は、王妹という立場にありながら、初恋を捨てられないまま今日まで過ごしてきたのだろう。

「大丈夫ですよ」

穏やかなオーウェンの声が、ひりひりする心に痛みをもたらす。慰めてほしいのではない。行くな、嫁ぐなと言われたかった。小娘の妄想だとわかっているけれど、そう言われたかった。

「フェリシア様はお優しくて清らかな姫君です。ラズル様も必ず、貴女に夢中になられるでしょう」

ひく……とフェリシアの喉が痙攣《けいれん》した。

やはり二人きりになるのではなかった。

このところずっと避けてきたのだから、あのまま避け続けるべきだった。

感情を制御するのは貴婦人のたしなみなのに、今の自分はそれすらもできなくなりつつある。

「……し……だったら？」

小さな声で、フェリシアは呟いた。

不思議そうに首をかしげたオーウェンをキッと見据え、フェリシアは腹に力を入れて、言ってはいけない言葉を唇にのせる。

「もし、貴方だったら？　貴方が私を娶るよう命じられたら、喜んで迎えてくれますか」

唐突なフェリシアの言葉に、オーウェンが形の良い目を見開く。

二人の間に、奇妙な沈黙が満ちた。

そのとき不意に、オーウェンが王宮の建物のほうを見上げた。

――どうしたの？

フェリシアは驚いて、オーウェンの様子を見守った。

昔からそうだ。彼は時折、人間ではなく野生の動物のような勘《かん》を示すことがある。

人には見えない、聞こえないはずの気配を察知し、鋭い視線をそちらに向けることがあるのだ。

そして彼がそのような振る舞いをしたときは、必ず何かが『いる』。

盗み見をしている不心得者がいたり、野良犬が庭に入り込んでいたり。

今回も何か異変があったのかと、フェリシアは身体を強ばらせた。

「オーウェン……？」

王宮の一角をにらみ据えていたオーウェンが、すぐに首を振った。

「なんでもありません。大丈夫です」

オーウェンの返事に、フェリシアはほっと息をつく。そのフェリシアの手を取り、彼は優しい声で告げた。

「……先ほどの質問の答えですが、仮にフェリシア様を妻に迎えることができたならば、私は命に替えても大事にお守りします。貴女こそが私の生きる意味でしたから、当然です」

仮の話だとわかっているのに、フェリシアの胸がきゅんと疼《うず》く。

――ああ、私、馬鹿なことを聞いたのに……。

目を潤《うる》ませたフェリシアに微笑みかけ、オーウェンが指を握る手に、そっと力を込める。

「初めて出会った日からずっと、貴女は愛すべき私の姫君でした」

どくん、とフェリシアの心臓が音を立てた。

これではまるで、自分に向けられた愛の告白ではないか。

呆然とするフェリシアの指が、オーウェンの形の良い唇へと引き寄せられる。彼は身をかがめ、小さな手に口づけて、低い声で続けた。

「その気持ちは今も変わりません。私が貴女を愛さないはずがない。もし貴女を妻に迎えることがあれば、私は生涯の愛を誓い、貴女に全てを捧げるでしょう」

信じられない勢いで心臓が早鐘《はやがね》を打つ。

息を呑むフェリシアの手を放さぬまま、オーウェンは言った。

「この答えで、ご安心いただけましたか？」

冷静な声に、頬を打たれたように我に返る。

——私、オーウェンに何を言わせているの。

オーウェンに手を委ねたまま、フェリシアは頷いた。

「……っ、ええ……ありがとう……オーウェン……」

震えを抑え、フェリシアは熱に浮かされたように言った。

泣いてはいけないのに、目尻から涙が伝い落ちる。

——苦しい。余計なことを言わなければ良かった。

握られたままの指が震え始めた。

オーウェンに慰めてもらって、はっきりと自覚した。

彼がこれほどまでに優しい、フェリシアが望む言葉を口にしてくれたのは、今日が最後の日だからだ。オーウェンと二人で私的な時間を過ごせる最後の機会だから。

ならば、もう一つくらい『お土産』をねだっても良いのではないか。フェリシアは突き動かされるように、愚かな選択に身を委ねた。

「もう一ついい？　貴方にお願いがあるの……私、これからも頑張るから、一度だけ抱きしめてくださらないかしら」

泣きながらこんなことを頼むなんて、オーウェンはどう思うだろう。頭がおかしくなったと呆れたのではないだろうか。

焦がれ続けた美しい紫の目を見つめて、フェリシアは言い訳のように付け加える。

「お、お兄様は、いつも私を抱擁《ほうよう》して励《はげ》ましてくださるわ……とても元気になれるの。だからお願い、貴方も……。コウルマン公爵の領地へは、馬車で何日もかかるの。嫁いだらここにもなかなか戻れなくなるから……だから……っ……」

ボロボロと涙を零すフェリシアの姿を異様に思ったのか、オーウェンは指先から静かに手を放した。

オーウェンの美しい目が、戸惑ったように銀色の翳りを帯びる。

フェリシアは、自分の言葉を激しく後悔した。

抱きしめてほしいだなんて、今度こそ軽蔑されたに違いないと思ったからだ。

だが次の瞬間、フェリシアの強ばった身体が、逞しい温もりに包み込まれた。

千切ったばかりの薔薇の葉のような、爽やかな緑の香りがフェリシアの鼻先をくすぐる。

「オー……ウェン……」

フェリシアの柔らかな胸が押しつぶされるほどの、力強い抱擁だった。兄からも父からも、こんな風に抱きしめられたことはない。戸惑いのあまり震えが止まらなくなる。

この鋼のようにしなやかな身体が男の身体で、この激しさが男の力なのだ。

初めて知る家族以外の異性との触れあいに、フェリシアの無垢な身体がわななないた。

息もできないほどの強さでフェリシアを抱きすくめたまま、オーウェンがかすかな声で耳朶《じだ》に囁《ささや》きかけてきた。

「これで、お元気になられましたか？」

オーウェンの言葉は、フェリシアの心を瞬時に凍らせた。

同情され、優しくされたのだとはっきりわかったからだ。

フェリシアの恋心が悲鳴を上げ、干からびて萎縮する。

――終わっ……た……。

再び涙があふれ出した。失望と安堵が入り交じったような、不思議な涙だった。

オーウェンは決して自分を『愛しい女の子』とは思ってくれない。

フェリシアのことは、大事な妹だと思っているのだ。

だからフェリシアの恋は生涯叶わない。もう永遠に、叶わない。

「ええ」

嗚咽を堪えながら、フェリシアは頷いた。オーウェンの腕が緩《ゆる》むと同時に、フェリシアは温かな腕の中から身体をもぎ離す。

「ありがとう、オーウェン、元気に、なりました」

言葉にし終えると同時に、身体中が失望に満たされ、ずしりと重くなった。

――オーウェンは、私の気持ちに気づいていたのかもしれない。けれど優しいから、こうやって、つかの間の夢だけを見せてくれたのだわ。

それならばフェリシアにできることは一つだけだ。

これ以上オーウェンの重荷になってはいけない。

彼が見せてくれた優しい夢に感謝し、兄のためにコウルマン公爵家に嫁ごう。

フェリシアの胸に、苦い決意が根を下ろした。


オーウェン・ベルマンは、国王アンドレアスの筆頭秘書官だ。

学業成績が優秀だった『腹心』のために、アンドレアスが捻《ひね》り出した役職が、この『筆頭秘書官』だ。

二十代で伯爵家出身のオーウェンは、身分と年齢が足りず『宰相』にはなれない。

筆頭秘書官に政治的な権限はないが、実質的には王に対して最も発言力を持った存在である。

任ぜられたのは、オーウェンが王立大学を首席で卒業した日だ。

そして今では、国王アンドレアスの側近中の側近と見做されている。

一方でオーウェンは、野心をまるで見せない男だとも思われていた。

何を望むでもなく、常に言葉少なにアンドレアスの傍らに控えているからだろう。オーウェンは、誰に対しても自分の話などほとんどしない。仕事上機密が多いので、特別に親しく付き合う友人もいない。

大人しすぎる『筆頭秘書官』は、執務を終えたあとは王宮内の自室に籠《こ》もって書類をめくっているか、『身体を鍛《きた》えたい』と、騎士団の詰め所に通って鍛錬に励んでいる。

宴や賭け事の席に呼ばれても、まず顔を出すことはない。

牙を抜かれた王の飼い犬。王に求められるがままに知恵を差し出す大人しい部下。

それがオーウェンに対する周囲の評価だ。

——この設定であれば、俺が不在でも、誰も探さない。何も言われない。

オーウェンは、扉を開けてひっそりと大通りに出た。ここは街灯も届かない出入り口だ。

周囲を見回すこともなく、落ち着いた足取りで王宮に向けて歩き出す。

今しがたオーウェンが出てきた建物は、フェリシアが心血を注いで支援している王立孤児院だ。

時は深夜、オーウェンに目を留める者はいなかった。

真夜中の孤児院はひっそりしていて、人の気配を感じない。

……中で『院長』が喉をかっ切られていることも、宵闇のお陰で、全くわからない。

——金のために、我が姫君の命を狙おうとはな。

オーウェンは己の両手を月明かりに透かした。

院長は温厚な顔をしていながら、金にがめつい男だった。

彼はラングセン公爵と通じ、莫大な『寄付』と引き換えに、慈善活動で訪れるフェリシアの暗殺機会を虎視眈々と窺い続けていたのだ。

それだけではない。フェリシアの善意を横流しし、私腹を肥《こ》やしてもいた。

院長が犯したのは、オーウェンにとって『誅殺《ちゅうさつ》』に値する立派な罪だった。

先ほどまで掌を汚していた血は、堂々と洗い場で流してきた。

後ろ暗いことばかりしている院長が、夜は人を寄せ付けないというのは調査済みだ。焦ることは何もなかった。

罪のない子供達や職員は、皆、院長と違う棟で眠っている。

誰も、恐ろしい悲鳴や物音を聞きはしなかっただろう。

――フェリシア様は驚かれるだろうか。信頼し子供達を託していた院長が『強盗』に殺されたなんてお知りになったら。

衝撃を受けるであろうフェリシアのことを思うと、胸が痛い。

一方で、自らの手で葬った院長に対しては何の痛痒《つうよう》も覚えなかった。

現在オーウェンの行動を司っているのは、アンドレアスに十五年掛けて叩き込まれた『理性』だ。

だがその理性も、今夜の獣じみた蛮行は、片目を瞑《つむ》って見過ごしてくれた。

フェリシアを守るためならば、人の道に外れても仕方ないからだ。

――こんな仕事、王立騎士団の秘密部隊の力を借りるまでもない。俺一人でやれる。

オーウェンがただの『王太子の学友』でなくなったのは、十五のときだった。アンドレアスを害そうとした近衛騎士に瀕死《ひんし》の重傷を負わせた夜、オーウェンの人生が少し変わった。

――あのとき、俺は、十五になればこんなに楽に大人を叩きのめせるのかと驚いた。

オーウェンはあの夜、迷うことなく唾棄《だき》すべき男に花瓶を振り下ろした。大人しそうな痩せた少年が、手加減も躊躇《ちゅうちょ》もなく襲いかかると、鍛えた大人でもとっさに反撃できなかったようだ。

その後は義母がオーウェンにしたように、動けなくなった騎士を殴り、蹴《け》り、力の限り踏みにじった。

圧倒的な暴力で心を折れば抵抗はやむと知っていたからだ。『過去のろくでもない経験が、妙なところで役に立った』と思った。

理性の制止は、あのときは聞こえなかった。

心の赴くままに、オーウェンは獣の声に耳を委ね、王太子を害しかけた下衆《げす》を誅《ちゅう》した。

忌まわしい事件は闇に葬られ、存命だったアンドレアスの父、先代国王に報告された。

王はオーウェンを見据え、低い声で告げた。

「ほっそりとして見えるが、恐ろしい子だな。だが、王太子と王女を守ってもらうには、相手を油断させるくらいでちょうどいい」

王の口から発せられたのは、アンドレアスとフェリシアの傍らで、非力な少年の顔をしたまま『二人の安全を守り続けろ』という命令だった。

オーウェンは王の命令で、『特訓』を受けることになった。

特訓の師範は、騎士団の秘密部隊の隊長を務めている無表情な男。オーウェンが生まれて初めて怖いと思った『強い人間』だった。

隊長は、念入りに暗殺術を叩き込んでくれた。オーウェンは、学校を終えた夜中に、相手を確実に殺す武術を命がけで学ばされた。隊長のお陰で、オーウェンは自分の身体の使い方をよりよく理解できた。

隊長は、短い訓練期間が終わったあと、オーウェンに言った。

『お前は筋がいい。訓練はこれで終わりだ。もう、教えることがなくなった。アンドレアス様とフェリシア様のためにその技を使え。死ぬなよ』

隊長の言葉に、自分の個性が評価されることもあるのか、と驚かされた。

以降、オーウェンは躊躇わず、『王太子と王女』に仇《あだ》なすもの達を葬ってきた。

手を汚したことは、一度も後悔していない。獣は後悔を感じないのだ。

アンドレアスとフェリシアを狙う人間を殺すのは、獣が縄張りを守るために屠《ほふ》るのと同じ。何の罪悪感も覚えない。

オーウェンにとっては『友』と呼んでくれるアンドレアスとフェリシアだけが大事だ。

『友』を殺そうとする『他人』の命になど、まるで価値を見いだせなかった。

だが、フェリシアはもうすぐ嫁いで、オーウェンの側からいなくなる。彼女はあの美しい唇で、土塊のような生き物を夫と呼ぶのだ……。

刹那、オーウェンの鼓動が速まった。

通常は、こんな風に心臓の挙動がおかしくなることはない。

フェリシアのことを考えるときだけ苦しくなる。

同じ『友』であっても、アンドレアスに対してはこんな気持ちを抱かないのに……。

どんなに近くにいても触れられない存在、それがアンドレアスの妹で、この国の『花』と呼ばれる王妹フェリシア殿下だ。

彼女は、幼い頃から慈愛に満ちあふれた性格で、成長してもその清らかさを失うことはなかった。

幼い頃のフェリシアは、雨漏りに怯え、人の顔と名前をなかなか覚えられない変人を慰めようと、こっそり自分のおやつや玩具を届けてくれる優しい子供だった。オーウェンの隣に座って、一生懸命に絵本を読んでくれることもあった。

全部嬉しかった。人形のように可愛らしかった小さなフェリシアは、オーウェンの心の中で、かけがえのない存在に変わっていった。

『王国一の貴婦人』と呼ばれるようになっても、フェリシアは奢《おご》ることなく、心優しい清らかな姫君のままだった。兄想いで、国民想いで、異形の心を持つオーウェンにも分け隔てなく親切にしてくれた。

『オーウェンに約束します。孤児院の子供達が雨漏りしない家で温かく暮らせるように。彼らが好きなことを学んで、楽しく生きられるように……孤児院がそんな場所になるように、可能な限り手を尽くすことを』

涼やかな琴の音のようなフェリシアの声が蘇る。

『貴方は私に、いつもいろいろ教えてくれたでしょう？　どんな場所で、どんな人が困っているか。貧しい人を苦しめている問題の根源は何なのか。私達の国の福祉に足りないものは何なのか……。だから、私は必ず……貴方に教わったことを活かします。決して、何一つ忘れないわ。私、貴方に習ったことは……ぜんぶ……』

父王を喪ったばかりのフェリシアは、悲しみに打ちひしがれた真っ白な顔でそう約束してくれた。これから国を背負わねばならない兄の役に立てるよう頑張ると。オーウェンに教わったことを忘れずに、できる限り力を尽くしていくと……。

『孤児院の子供達が雨漏りする家で暮らさずにすむよう、手を尽くすわ。誰だって生きていて幸せで、未来に楽しいことがあると思えなければいけないわよね』

そう言って、フェリシアは遠慮がちにオーウェンの手を握ってくれた。こんなにも汚れた雨水に冷え切り、更には鮮血に濡れたオーウェンの手を。

あれはフェリシアが十五歳のときだ。

それ以降、肩の開いたドレスを着る年齢になったフェリシアは、兄以外の男の手に触れることはなくなった。

彼女の肌は未来の夫だけのものなのだ。オーウェンがフェリシアの温もりを感じることは、もう永遠にない。

虚無感がゆっくりオーウェンを食い尽くしてゆく。

これまでずっと、アンドレアスとフェリシアのために生きてきた。その半分がなくなったら、自分はいったいどうなるのだろう……。

オーウェンは王宮にたどり着き、アンドレアスの執務室に向かった。衛兵に一礼され、王のもとへ通される。

「お帰り、秘書官殿」

書類を確認していたアンドレアスがそう言って、疲れた顔を上げた。

「孤児院の問題に対処して参りました」

深々と頭を下げて簡単に報告し、顔を上げる。目を合わせると、アンドレアスが顔を歪めていた。笑っているのに笑っていない。彼は時々こんな顔をする。不思議に思いつつオーウェンは続けた。

「これでフェリシア様の安全はひとまず確保できました」

「……すまなかった」

唐突な謝罪に、オーウェンはわずかに眉根を寄せた。

「何がです？」

「フェリシアを嫁がせる話だ。本当はずっと手元に置きたかった、僕とお前の側に」

何もかもわかっている、とばかりに、アンドレアスの美しい双眸《そうぼう》が曇る。

答えようとしたが、とっさに言葉が出なかった。

「これから寂しくなるな……ラズル殿が今よりも落ち着いてくだされば安心なのだが」

『ラズル』の名を聞いた瞬間、全身にぶわっと何かが広がる。

怒りなのか嫌悪なのかわからないが、強い拒絶に似た感情だ。ラズル・コウルマンは、自分の縄張りを脅かす存在だと、心の中の『獣』が叫ぶ。

うまく頭が働かない。

理性の声が聞こえなくなり、激しい焦りを感じる。オーウェンは必死に考えを巡らせて、『それらしい』言葉を口にした。

「いえ、フェリシア様がお幸せになるなら、私はそれでいいのです」

明かりを落とした執務室に、しばし沈黙が流れた。

——もう、日付を越えたな。

飾り時計に目をやり、オーウェンは穏やかな声で王に告げた。

「陛下、明日も早くから謁見《えっけん》がございます。そろそろお休みくださいませ」

心の中が騒いで仕方がない。フェリシアが行ってしまう。あのラズル・コウルマンの妻になるために。見えない獣が、オーウェンにしか聞こえないうなり声を上げる。

『姫様は永遠に俺の側にいるべきだ。俺以上に姫様のために手を汚せる男はいない』

高らかに主張する獣の声を、オーウェンは理性の力でねじ伏せる。

自分を落ち着かせるため、静かに大きく息を吸う。

同時に、オーウェンの脳裏に、昼間の光景が蘇った。

薔薇の生け垣の外で、『淑女』になったフェリシアを抱きしめたときのことが。

フェリシアはどんな思いでここを離れ、評判の悪い男に嫁ぐのだろう。涙を溜め、震えていた姿を思い出す度、胸が軋《きし》んだ音を立てる。

——フェリシア……様……。

オーウェンは、掌に爪が食い込むほどの力で拳を握った。

目もくらむほどの激情を呑み込み、オーウェンはアンドレアスに向き直る。

「では、私も朝が早いので、これで失礼いたします」

掌に血を滲ませながら、オーウェンはいつもと同じ理性的な口調で、そう告げた。

第二章

昔、兄とオーウェン、それに侍女や護衛の皆を連れて、王宮の中庭で遊んでいたときのことだった。

フェリシアは七つくらいだっただろうか。

珍しく兄とオーウェンが、フェリシアの散策に付き合ってくれたのだ。嬉しくてたまらなかった。世界一大好きな二人が、フェリシアと一緒にいてくれるから。

『姫様、お部屋に戻りましょう。夕立が来ますよ』

『待ってちょうだい。あちらの大きなお花も見たいの』

乳母のたしなめる声を聞かず、フェリシアは別の花壇へと走り出した。

フェリシアが兄に『庭のお花を全部見たい』とねだったのは、本当は、花が見たかったからではなく、大好きな兄とオーウェンを独占できる時間が少しでも長く欲しかったからなのだ。

しかし庭を回り終える前に、乳母の言うとおり雨が降ってきた。

『失礼いたします、フェリシア様』

オーウェンが躊躇わずに上着を脱いで、フェリシアの頭に被せてくれた。

嬉しくて温かくて、心の中がむずむずする。オーウェンに優しくされたときだけ、こんな風にはちみつみたいな甘さで胸がいっぱいになるのだ。

大慌てする乳母に先導され、フェリシア達は庭の隅にある古い大きな四阿《あずまや》へと走った。

『ごめんなさい。皆濡れてしまったわ』

謝罪の言葉を口にすると、兄が快活な笑い声を立てた。

『雨に濡れるのもたまにはいい。夏らしくて風情があると思うよ。皆は大丈夫か？　風邪を引きそうな者はいないいな』

十六歳の王太子の言葉に、騎士も侍女も笑顔で首を振った。

『蒸し暑うございましたから、涼しくてよろしゅうございます』

筆頭騎士の言葉に兄が微笑んだとき、ふとフェリシアは異変に気づいた。

己の上着をフェリシアに被せ、肩を抱いたまま、オーウェンが震えていたからだ。

――寒いの？　皆汗をかいているのに……？

驚いたフェリシアはそっとオーウェンの顔を見上げた。

オーウェンの美しい目は、天井の一角に釘付けになっている。その視線を追って、フェリシアははっとなった。

──雨漏りしているわ、大変。オーウェンは雨漏りが嫌いなのに……。

オーウェンに子供の頃の話を聞かせてとねだっても、彼はなかなか口を開こうとしなかった。

幼いフェリシアには、オーウェンが過去を話したがらない理由がわからなかった。世の中の人間は皆幸せだと信じて疑っていなかったから。

オーウェンは今のフェリシアよりも小さい頃、孤児院という場所で暮らしていたらしい。そこは食べ物もなく、雨が降れば雨漏りをする場所だったという。寝台も服も雨水で湿って、寒くてずっと風邪が治らず、弱い子はどんどん弱って病気になり、ひっそりと神様のもとへ旅立っていったのだと……。だから雨漏りが嫌いで、どうしてもあれだけは耐えられないと、あるときオーウェンは教えてくれた。

フェリシアはその話を聞いて初めて『不幸』と『貧困《ひんこん》』の存在をうっすら知覚した。きっとオーウェンは、四阿の雨漏りを見て、寒くて辛い日々を思い出したのだ。

──いけないわ。はやくオーウェンを助けてあげなくちゃ。

慰めの言葉を掛けようとしたが、オーウェンの力が強すぎて動くことすらできない。

──オーウェン、どうしたの？　動けないわ……。

戸惑っていたとき、不意に乳母が咎めるような声を上げた。

『何をしているのですか、オーウェン。そのように姫様を強く抱いたりして』

乳母は時々、嫌そうな顔でオーウェンを叱責《しっせき》する。なぜ優しい乳母が、こんなに綺麗な男の子を目の敵にするのか、フェリシアにはわからなくて、いつも戸惑っていた。

だがオーウェンは、例によって乳母の叱責には反応しなかった。被されていた上着が地面に落ちても気づかない様子で、ずっと雨漏りのする天井をにらみつけている。

『姫様をお放しなさい。聞いているのですか、無礼ですよ！』

フェリシアは乳母をなだめるため、大丈夫と笑おうとした。だが、オーウェンの腕の力が強すぎて顔すら上げられなかった。

『駄目です、姫様を雨漏りからお守りしないと』

『何を言っているのです？　オーウェン、姫様をお放しして』

乳母がオーウェンを突き放そうと、手を伸ばしたときだった。

『オーウェン、もう蜂《はち》はいなくなったぞ』

明るい兄の声がした。はっとしたようにオーウェンの腕が緩む。

『フェリシアが刺されないように庇ってくれたんだな』

兄の穏やかな口調に、いぶかしげだった周囲の空気が緩む。

フェリシアがオーウェンから身体を離すと、乳母が眉をひそめた。

『蜂なんておりましたかしら』

『いる。向こうの木を見て。巣を作っているよ』

兄が指さす庭木には、確かに小さな蜂の巣のようなものが見えた。目がよいらしい騎士の一人が声を上げる。

『殿下のおっしゃるとおりです。あれは庭師に言って駆除しなければなりませんな』

『まぁ！　気がつきませんでした。ありがとうオーウェン。姫様、刺されたりしませんでしたか？　おみ足の辺りは大丈夫かしら』

乳母が奪うようにフェリシアを抱き寄せ、中腰になって肌の様子を確かめ始める。

フェリシアは心配そうな乳母から目をそらして、オーウェンの顔を見上げた。

彼は青白い顔で心許なげに目を伏せている。

フェリシアは手を伸ばして、オーウェンのシャツの袖を引いた。

『大丈夫よ、雨漏りはすぐに直してもらえるわ』

乳母に聞こえないよう小さな声で言うと、オーウェンが我に返ったように微笑む。

その笑顔を見てフェリシアは実感する。

『孤児院』にいた過去は、優しいオーウェンを苦しめ続けているのだと。

悲しげなオーウェンをなんとか慰めようと、フェリシアは背伸びして囁いた。

『オーウェン、今度私の絵本を貸してあげるわ。きっと気持ちが楽しくなってよ』

フェリシアの提案に、オーウェンは青ざめた顔でうなずいてくれた。

だけど十八歳になった今なら、痛いくらいにわかる。

——どんな絵本もお菓子も、辛い思いをした貴方の心の傷は癒《い》やせないのに。本当に無知で、愚かな子供だった。ごめんなさい、オーウェン。私は貴方を守りたいのに。

たどたどしく絵本を読んであげたら、笑ってくれたオーウェンのことを思い出す。

優しい彼はフェリシアを気遣って、喜んだふりをしてくれただけなのだ。その事実が、とても胸に痛かった。

――オーウェン、私は貴方を……。

心が軋むような音がする。否、あれは扉が開く音だろうか……。

乳母メリアの声が聞こえて、フェリシアは夢から覚めた。

「姫様、おはようございます。侍女頭が参る前にお召し替えなさいませ」

乳母のメリアは、フェリシアが生まれたときからずっと付いていてくれる『ばあや』だ。母が嫁いでくる際、侍女として共に隣国からやってきて、その後はオルストレム王国の中級貴族に嫁いだ。

乳母の子供達はフェリシアよりも年上で、皆既に家庭を持っている。彼女自身は王妃が亡くなっても王宮を辞すことなく、『王妃様から姫様を託されたから』と言って、今も親身に世話を焼いてくれるのだ。

自らの家庭を放棄しているのではと陰口を叩かれるくらいに熱心だった。

「今日は婚約式でございますから、念入りに髪のお手入れをしておかねば」

乳母の言葉に、フェリシアの心が沈む。これから、コウルマン公爵の長男ラズルとの結婚に向け、いろいろな行事が待っている。

その第一歩となるのが婚約式だ。

婚約式は王宮内の王族専用の聖堂で行われる習わしだ。神、および国王アンドレアスの前で婚約の誓いをする。

それが認められれば、幾つかの祝宴や行事を経て、半年後に結婚式だ。フェリシアはコウルマン公爵家の嫁として、慣れ親しんだ王都を旅立ち、夫の領地へ向かう。

オーウェンとはもう、会うこともなくなるだろう……。

「陛下も……よいお相手を見つけてくださいましたこと」

乳母が一瞬言いよどんだのは、気のせいではないだろう。

ラズルは、フェリシアへの求婚と、受諾後の結婚準備のため、王都に滞在し続けている。だが、精神状態はあまりよくないようだ。相変わらず神経質で、最近では大量の新聞を集めてぐしゃぐしゃに丸め、ブツブツ言いながら家の中を歩き回っているらしい。

乳母の知人が又聞きで伝えてくれたのだが、気が滅入る。王妹との結婚が、細すぎるラズルの神経に決定的な負荷を掛けてしまったに違いない。

――なんだか、怖いわ……。

どの噂も、ラズルが正常とは思えぬ内容ばかりで、不安が募る。

「私も、姫様が落ち着かれるまでコウルマン公爵領に同行させていただきます。陛下にもコウルマン公爵様にも、ご許可をいただきましたから」

乳母が、冴えない表情のフェリシアを慰めるように言ってくれた。

フェリシアに付き添ったら、乳母は夫や子供、孫達に頻繁には会えなくなってしまう。

だが誰も味方のいない嫁ぎ先で、言動の不穏な夫と一緒に過ごすのは不安だった。

母代わりの乳母がいてくれれば、こんなに心強いことはない。

「衣装室のほうにドレスが届いているようですよ。去年からお仕立てを始めたのでしたっけ……あの乳白色の絹地、本当に質が高くてようございましたね」

フェリシアの気持ちを明るくするように、乳母が言う。

「ええ……そうね……」

フェリシアは目を伏せ、立ち上がった。

「ああ、そうだわ、ばあや。孤児院にお菓子を届けてあげたいの。それから画材や小さな子達が遊べる玩具を。見立てておいてくれるかしら」

乳母が心得た顔で頷いた。

「はい。院長先生が急にお亡くなりになったなんて、小さな子なんかは落ち着かないでしょうからね。子供達が楽しんでくれそうなものを探させておきますね」

慈善活動の経緯をよく知っている乳母は、しっかりと請け合ってくれた。フェリシアは安心して、乳母に頷きかけた。

「そうなのよ。驚いたわ。強盗に襲われたのですって。子供達が心配だから、できるだけ早く私の手紙と一緒に届けてね。衣装室に行きましょう」

今日の婚約式で身に纏うのは、『そろそろ準備をしておけ』と兄に言われ、仕立てたドレスの一つだ。いくら財政に余裕がないとはいえ、過去の衣装の使い回しはさすがにできない。王妹の降嫁なのだから、王家の威信を保ったそれなりの格好をせねばならないのだ。

乳母も侍女頭も、華やかなドレスを着こなせるのは若いうちだけと、大喜びで衣装決めに参加してくれた。

フェリシアは、華やかに仕立てられていくドレスを見ながら、心の中でずっと思っていた。

これが仕上がったら、本当にオーウェンとお別れになってしまう……と。

今日だって少しも嬉しくない。

身体が重くて『行きたくない』と叫んでいるような気さえする。けれどこの結婚は、王女の義務なのだ。

フェリシアは洗顔の支度を調えている乳母の目を盗み、そっとバルコニーから顔を出してみた。

もしかしたら偶然庭にオーウェンがいて、姿だけでも垣間見られないかと思ったからだ。

だが、そんな都合のいいことが起きるはずはない。

オーウェンとは、フェリシアを抱きしめてくれたあの日から、会話すらしていない。兄を訪ねたときも、目すら合わせてくれない……。

彼は昔の『大好きなオーウェン』ではなく、兄の筆頭秘書官で、家族以外の異性なのだと改めて思い知らされた。

――あれが、オーウェンと私の最後……。

オーウェンに関する噂話は、いくら聞かないようにしていても耳に入ってくる。若い侍女達にとって、美貌の貴公子の噂話ほど楽しいことはないからだ。

オーウェンは妾腹の子とはいえ、名門ベルマン伯爵家の子息で、王立大学を首席で卒業した俊英だ。

更には国王の信頼も厚く、飛ぶ鳥を落とす勢いの青年貴族である。

彼への縁談は引きも切らないのだと聞く。きっとフェリシアが嫁げば、すぐにでもオーウェンの妻になる女性が決まるに違いない。

オーウェンの縁談であれば兄も後押しするだろうし、ベルマン伯爵も、自慢の息子の縁談には乗り気になるだろう。

――そんなの当たり前でしょう、オーウェンはあんなに立派な人なんだもの。

フェリシアの目から涙が一粒落ちた。誰もいない中庭を見つめるふりをして、指先で涙を拭う。

――他のご令嬢に微笑みかけるオーウェンを見るのは嫌……だから、私、遠くに嫁げて良かったんだわ。

貴婦人らしからぬ思いを押し殺し、フェリシアはそっと唇を噛みしめる。王族としての未来には、自分の意思など介在しないのだと改めて思った。

王家御用達の仕立屋から届いていたドレスは、フェリシアの心とは裏腹に華やかで可憐な仕上がりだった。

オルストレムや近隣諸国で流行している形で、ウエストを引き絞り、スカート部分にはフリルが幾重にもあしらわれている。

フリルの付け根には、本物と見まがうばかりの桃色の薔薇が無数に縫《ぬ》い付けられていた。乳白色の絹地には、薔薇の枝葉を表すような淡い緑の刺繍がびっしりと施されている。

最後に緑柱石をあしらった揃いの首飾りと耳飾りを付ければ、纏ったフェリシア自身が、薔薇園そのもののような姿になった。

気鬱《きうつ》だったフェリシアですら、鏡の前で一瞬息を呑んだほどだ。

「結婚式に向けては、姫様の瞳と同じ色の青い宝石で装身具を仕立てさせております。地金は姫様の御髪《おぐし》と同じ金色がよろしゅうございますね」

フェリシアの姿を満足げに見つめ、侍女頭が言う。誰も彼も、ラズルに嫁ぐフェリシアの心痛を慮《おもんぱか》っているのか、必要なこと以外は何も言わず、きびきびと働くばかりだ。

乳母がいつものように、長い髪を巻いて結い上げてくれた。最後に、ドレスと一緒に届いた共布の造花を飾ってもらい、フェリシアは侍女達に微笑みかけた。

「聖堂に参りましょう。コウルマン公爵家の方々をお待たせしないようにしなければ」

フェリシアは、可能な限り『楽しそうな顔』を心がけた。今日の婚約式に来る貴族達に余計な不安感を与えないよう振る舞わねば。

王宮の中を通り抜け、聖堂への渡り廊下を歩く。空は晴れ渡り、まるでフェリシアを祝福してくれているように見える。庭の薔薇は甘い香りを振りまき、木立からは澄み切った小鳥のさえずりが聞こえてきた。

いつもなら、侍女の誰かが『素晴らしい天気でようございました』と言いそうな空模様なのに、皆口をつぐんでいる。フェリシアはともすれば止まりそうになる足を懸命に動かし、聖堂の扉の前に立った。

衛兵が両開きの扉を開ける。まずはフェリシアが扉を通り、侍女頭がそのあとに続く。

祭壇の手前の高くなった場所に、兄と聖職者の姿が見える。フェリシアのドレス姿を認め、兄が微笑みかけてくれた。

兄は、国王の第三正装を身に纏っている。紺地に金糸で幾何学《きかがく》模様が縫い取られていて、重厚で威厳ある佇まいだ。

どちらかといえば細身の兄だが、亡き父と同じく、王の正装を見事に着こなしていた。肩から垂れたどっしりとした飾緒《かざりお》にも負けていない。己の兄ながら、荘厳な場によく映える人だと実感する。

傍らにいるのはオーウェンだ。飾り気のない地味な正装で、ひっそり影のように兄の後ろに控えている。あれほど美しいのに、いつも彼は月のようだ。俯き気味のオーウェンがフェリシアに視線を向けることはなかった。

ぼんやりとオーウェンを見つめていたフェリシアは、慌てて姿勢を正し、まっすぐに前を向いて周囲を見回した。

――ラングセン公爵家の一派は姿が見えないわ。本当にお兄様に背を向けて……。

仮にも王妹の婚約式だというのに、露骨な態度だ。権力関係の均衡の危うさにフェリシアは気づかれないようにため息を漏らす。

直後、側に立っているのがコウルマン公爵家の人々だと気づき、フェリシアは笑みを浮かべて会釈をした。

どうやら公爵の弟は、領地に滞在したままのようだ。公爵と、未来の義理の叔父との仲はあまりよろしくないと聞いている。

——嫁いで公爵様の領地に行ったあとも、気苦労が多そうね……。

気の重さをおくびにも出さず微笑むと、コウルマン公爵夫妻が身をかがめ、臣下の礼を取る。だがラズルはその背後に佇み、不機嫌そうに顔を背けたままだ。

——見なかったことにしましょう。

フェリシアは場にそぐわぬ態度のラズルから目をそらし、頭を下げたままの夫妻に声を掛けた。

「ごきげんよう、コウルマン公爵」

王族であるフェリシアの挨拶を受け、コウルマン公爵が優雅に顔を上げた。

「フェリシア様におかれましても、ご機嫌麗しゅう」

公爵の隣に立っていた夫人が、フェリシアのドレス姿を素早く確認して、如才《じょさい》ない口調で言った。

「フェリシア様のなんてお美しいこと。まるで薔薇園の精のよう。総絹の造花でこのように本物そっくりの品は初めて拝見いたしました。素晴らしいわ……ねえ、ラズル」

しかしラズルは答えない。三十近い男の態度とも思えず、フェリシアは内心で眉をひそめる。だがすぐに、彼が拗《す》ねているわけではないことに気づいた。

――オーウェンを見ているの？

不思議に思うと同時に、なぜか身体中に鳥肌が立った。得体の知れない悪寒がフェリシアの心をちくちくと苛《さいな》む。

「ラズル」

公爵が品の良い表情を保ったまま、挙動のおかしい息子をそれとなく叱責した。

「父上の嘘つき。今度の女は清潔だって言ったのに……」

ラズルの言葉に、公爵夫妻が凍り付く。フェリシアの困惑は最高潮に達したが、なんとかそれを表に出さないようにした。

コウルマン公爵家との縁組は、王家にとって最優先事項と言っていい。ラングセン公爵の権勢を削ぐためにも、フェリシアはラズルに降嫁せねばならない。

「いや、最近まで清潔だったんだ。俺が求婚したときは綺麗だった。処女だったのに。あの男が汚したんだ。俺は見た、そうなんだ」

焦点の合わない目でオーウェンをにらみながら、ラズルが意味不明の言葉を吐き出す。

平静を保っていられなくなった公爵夫人が、かすかに身体を傾け、開いた扇の向こうでラズルを制した。

「今は静かに。フェリシア様の御前ですよ」

　王族の女性との会話中、断りもなく扇で顔を隠すというだけで異常事態だ。フェリシアは固唾を呑んで、公爵夫人とラズルのやり取りを見守る。

「話が違うじゃないか、清潔じゃない」

　ラズルは低い声でそう言い、公爵夫人を突き飛ばすようにして、兄達のいる祭壇へと歩いて行く。フェリシアは慌てて彼の後を追った。

「ラズル様、どうなさいましたの？　陛下に何かお話がおありかしら？　でしたら一緒に参りましょう」

　足早に歩いて行くラズルを追いかけつつ、フェリシアは背後を振り返る。少し離れた場所で、侍女達が困惑したようにフェリシアを見つめている。

　――大丈夫、お話しして落ち着いていただくわ。

　心の中でそう思いつつ、侍女達に手を挙げて、待機の合図を送る。

「ラズル様、あちらに貴族の方々がいらっしゃいますわ。陛下とお話しする前に、一緒にご挨拶に参りませんか」

「……陛下！」

　だが、フェリシアを無視して祭壇の前に歩み寄ったラズルは、不意に大声を上げた。

「売春婦を私の婚約者に寄越すなど言語道断。陛下はコウルマン公爵家との提携を衷心《ちゅうしん》からお望みなのではなかったのですか？」

聖堂中が、一瞬ぽかんとした空気に包まれる。

もはや、ラズルの顔は土気色だ。

「なぜ、そこの優男と、昼日中《ひるひなか》から堂々と乳繰《ちちく》り合っている女を、私に、寄越すのです！」

金切り声を上げるラズルが、化け物のように見えてきた。

——な、何を言っているの……売春婦って誰の話……？

「どうしたんだ。ラズル殿は何の話をしている」

よく通る声で兄が尋ねると、ラズルがわなわなと震えながら言った。

「清らかな王女殿下だなんて嘘をついて……新品だと聞いていたのに中古品、こんな不愉快な話があるか。この売春婦は、そこのオーウェン・ベルマンと何度も情を交わしていたんだろう、俺は見た、知っているんだからな」

兄は落ち着き払った様子で、背後に控えるオーウェンに何かを命じた。

衛兵達がこちらへ近づいてくる。フェリシアはおそるおそる、ラズルの腕を取った。

「落ち着いてくださいませ。よろしければあちらで私とお話ししませんか」

「その汚い口で話しかけるな」

敵意むき出しのラズルの言葉に、フェリシアはすくんでしまった。

「触るな……この、売女！」

ラズルの悲鳴のような声と共に、フェリシアの身体が思い切り突き飛ばされた。

「誰も俺に触るなぁ！　汚い……ッ！」

その瞬間、時間が止まったように思えた。

フェリシアは、祭壇を囲う金属の飾り柵《さく》の上に、勢いよく倒れ込む。

「きゃぁっ！」

ドレスが重くて、受け身も取れないまま、細い鉄杭を並べた柵の上にフェリシアの身体が叩きつけられた。

激しい痛みが背中と腰の辺りに走る。息ができないほどの苦痛に、目の前が真っ赤に染まる。

「フェリシア様！」というオーウェンの叫びが聞こえたが、顔も上げられない。

信じられないほどの痛みだ。打ち所が悪かった、という思いが頭の中を駆け抜ける。柵の上に倒れ込んだまま、動くこともできない。

「……っ……あ……！」

思わず声を漏らしたフェリシアに手も差し伸べず、ラズルが喚き散らす。

「触るな、触るな、触るな！　あのベルマンの汚い手で撫でまわされた身体なんて耐えられない！　なんで清潔な女がいいと言っているのに、非処女の娼婦を寄越すのですか陛下、これはコウルマン公爵家に対する冒瀆《ぼうとく》ではありませんか」

背中の痛みで声すら出ない。どんな打ち方をしたのか、息すらもうまくできない。

「汚れた非処女のくせに、平気で俺の妻に収まろうと……っ、ええい、面の皮の厚い女め」

衛兵の鋭い制止の声と、ラズルの喚き声がフェリシアの耳に届いた。

兄に先んじて駆けつけたオーウェンが抱き起こしてくれたが、お礼さえ言えない。

「い……痛い……嫌……」

異様な背中の痛みに、呼吸さえも困難だった。案じてくれるオーウェンに『大丈夫』と微笑み返すことすらできない。額に脂汗が滲み、吐き気が込み上げる。

「フェリシア！　大丈夫か？」

駆け寄ってきた兄が慌てたようにフェリシアの顔を覗き込み、鋭い声で命じた。

「フェリシアの様子がおかしい、医者を！」

『姫様！』と叫ぶ乳母の声が聞こえた。何が起きているのかわからないけれど、耐えがたいほどに苦しい。

「大丈夫です、すぐに手当ていたします」

フェリシアを抱いたままオーウェンが言った。いつもと同じ落ち着いた声に、恐怖と痛みに強ばった身体が少し緩んだ。

「オーウェ……ン……」

大好きな銀紫色の目が、苦しげにフェリシアを見つめている。

——痛い……どうして、私……身体が動かせない……。

そう思ったとき、フェリシアの意識はぷつりと途切れてしまった。

『恐らく、フェリシア様は打ち所が悪く……』

誰かの声で、フェリシアの意識はかすかに覚醒した。

『お背中の怪我で、内臓に傷が付いている可能性があります。発熱も、傷ついた内臓の出血のせいかもしれません。引き続き経過観察をしなければ危険です。決して動かさないように。医師が一名、常時お側に付くようにします』

男性の声がそう告げるのが聞こえた。

焼けるような背中の痛みに苛まれながら、フェリシアは考える。

途切れ途切れに聞こえてくるのは、乳母の思いつめたような声だ。

『姫様、ばあやが必ずお助けしますからね……ああ、神様……』

すすり泣く乳母に手を差し伸べたいのに動けない。どろどろした闇に揉《も》まれながら、再びフェリシアの意識はどこかへ沈んでいく。

亡くなった父が、フェリシアによく似た女性の肩を抱いて、こちらをじっと見ている。

――お父様……と、お母様？

二歳になる前に病で亡くなった、肖像でしか知らない母だった。じっとこちらを見つめ、青い目に涙を溜めている。

――お母様！

駆け寄ろうとしたが、足が動かない。必死に手を伸ばすフェリシアに、母が泣き顔で首を振った。何か言っているが声が聞こえない。フェリシアの手を握り返してくれない。

——私、お母様とお話ししたい、そちらに行きたい、お母様！

佇む両親を残して、フェリシアの身体だけが闇の沼へと沈んでいく。

涙を流しながら、フェリシアは思った。父は母をとても愛していたと聞く。だからあの世でも、ああやって片時も離れずに寄り添っているのだろう。

愛する父と母に励ましてほしかった。

この耐えがたい痛みと吐き気がなくなったら、また兄のために、オルストレム王国のために尽くしたい。だから再び立ち上がれるように、声を聞かせてほしかったのに。

「オーウェン、落ち着いてくれ。そんなことをしてもフェリシアは回復しない」

不意に聞こえた兄の声に、フェリシアは身を固くした。

——お兄様、オーウェンがどうしたの……？

「いいえ、陛下……私はあの不届き者を潰して参ります、どうかお許しを」

「駄目だ、許さない。落ち着いて理性の声だけを聞け、オーウェン」

普段の兄らしくない、切迫した厳しい叱責の声だった。まるで猛獣を諫《いさ》めるような。

——お兄様、どうしてオーウェンに、そんな風に怒っているの……？

何が起きているのかわからないが、兄達が側にいるのだ。二人に話しかけたい。

だが、激痛と熱に苛まれる身体は全く自由が利かない。

「……聞こえないんです、理性の声が聞こえない……アンドレアス様……」

オーウェンの声が苦しげに途切れる。

――どうしたのかしら。具合が悪いの？

不安で、フェリシアの胸がぎゅっと締め付けられた。

何があったのだろう。オーウェンの顔を見たくて、フェリシアは必死でもがいた。

オーウェンの悲しい声など聞きたくない。早く彼を助けなくては。

――悲しいときは、楽しい絵本を読んで、お菓子を食べて、雨漏りのない家で笑っていてほしい。必ず私が、そういう世界を作るから……私が貴方を守るから……！

混乱したフェリシアの視界に、白くぼやけた天井が飛び込んでくる。

――私の……部屋……？

寝台の傍らに人の気配を感じる。身体中が痛いが、大丈夫そうだ。フェリシアはゆっくりと頭を傾け、小さな声で様子のおかしい兄とオーウェンに声を掛けた。

「……おにいさま、オーウェン……？」

霞む目をこらすと、こちらに背を向けていた二人が、はっとしたように振り返った。

「フェリシア！」

弾かれたように兄が駆け寄ってくる。震える手を差し伸べると、兄がその手を取り、横たわるフェリシアに覆い被さるように抱きついてきた。

「よかった。気がついたんだな……本当に……よかっ……」

兄が身体を震わせ、言葉を途切れさせる。フェリシアは手を挙げて兄の頭に触れた。

「お兄様……私……」

声は出るようだ。ひと言喋るだけで息が上がるが、確かに今自分は『生きている』と実感できた。

「身体は大丈夫か」

兄がゆっくりと顔を上げ、涙に濡れた目でフェリシアの顔を覗き込む。端正な顔が驚くほどやつれていて、フェリシアははっとなった。

――私、ずいぶん長い間寝たきりだったんだわ。転んで背中を打っただけなのに。ご心配をおかけしてしまった。

「はい、大丈夫……です……」

笑顔で答えて、フェリシアは身体を動かそうとした。そのとき、違和感に気づく。

――え……？

信じられなくて、もう一度身体を動かそうとした。やはり、動かない。

「どうした、フェリシア」

異変を察した兄が真顔になり、フェリシアに尋ねてくる。

「あ、足が……」

背中の痛みにも構わず、フェリシアはもう一度足を曲げようとした。だが、フェリシアの左足は粘土細工のようにだらりとしたまま、持ち主の言うことを聞かなかった。

「お兄様、私の左の足が……動かない……」

フェリシアの震える掠れ声に、兄が目を見張る。

「陛下、先生をお連れしました」

そのとき、オーウェンが壮年の男性を連れて室内に入ってきた。フェリシアが目覚めたのと同時に、医師を呼びに走ってくれたようだ。

「陛下、フェリシア様……どうなさいました？」

凍り付く兄妹に気づいたのか、オーウェンが表情を曇らせる。

「フェリシアの足が動かないらしい」

兄の言葉と同時に、医師がオーウェンを押しのけるようにして足早に近づいてくる。

「失礼いたします、殿下」

毛布をまくった医師が、フェリシアの寝間着の裾をからげ、動かない足を摑んだ。

「握っているのがわかりますか」

フェリシアは頷いた。ずいぶんと感覚が弱いが、握られているのはわかる。

額に冷や汗が伝った。どうか、今だけたまたま動かないのだと言ってほしい。

だが、しばらく足の様子を診察していた医師は、最後に淡々と言った。

「これから毎日訓練をして、少しずつ動くようにしましょう」

――訓練……どういうこと？

「フェリシアの足が動かないのは一時的なものではないのか」

息を吞むフェリシアの代わりに、兄が冷静に確認してくれた。医師は、一瞬だけ何かを考えたあと、明晰《めいせき》な口調で答えた。

「はい。人間の背中には手足を動かす神経が通っておりまして、傷つけば不可逆《ふかぎゃく》的な損傷を負い、四肢が動かなくなる場合があります。フェリシア様のこの度のお怪我は、左足の神経を傷つけたのではないかと考えられます。……なるべく早いうちから機能回復訓練を行うことが肝要です」

「元通りに……いや、今不可逆的な損傷だと言ったな。ある程度は回復するのか」

「訓練を続けないとわかりません。曖昧な回答で……誠に申し訳ありません」

フェリシアの心臓がどく、どく、と嫌な音を立てた。

——治らない……の……？

そっと歩み寄ったオーウェンが、起き上がろうともがいていたフェリシアを力強い腕で抱き起こしてくれた。

「あ、ありがとう……」

こんなときなのに、寝起きの汚れた顔を見られるのが恥ずかしかった。否、現実に頭がついていかなくて、どうでも良いことが気になるのだ。

兄も医師も深刻な顔でだまりこんでいる。

「フェリシア様、心配なさらずとも大丈夫です」

オーウェンがフェリシアの肩を支えたまま優しい声で言った。

「私が側におります、必ずお助けしますから」

静かで落ち着き払ったオーウェンの声に、フェリシアはかすかな安堵を覚えて彼の横顔を見上げた。

——オーウェン……ありがとう。

フェリシアの目に涙が滲んだ。ようやく現実がじわじわと理解できてくる。

自分は打ち所が悪く、大怪我をした。そのせいで、多分、もう左足は動かないのだ。

オーウェンの助けを借りて久々に身体を起こしたと同時に、怪我を負ったときの最悪な状況が次々に思い出された。

ラズルはフェリシアを売春婦と呼び、男と寝た女と叫んでいた。

『この売春婦は、そこのオーウェン・ベルマンと何度も情を交わしていたんだろう、俺は見た、知っているんだからな』

あの根も葉もない中傷を、婚約式に来ていた貴族も、彼らに付き従っていた使用人達も、全員耳にしたのだ。

恐らくは今頃、コウルマン公爵家の長男が狂気の発作を起こし、あられもない言葉を叫んでフェリシアに大怪我を負わせた事件は、社交界で面白おかしく取り沙汰《ざた》されているに違いない。

胸に絶望が広がる。何も言えなくなったフェリシアに、兄が無理やり作った優しい笑顔で言った。

「フェリシア、先生に歩行訓練の日程を組んでいただこう。僕やオーウェンも助けるから。

大丈夫、できるな？」

明るい声だったが、青い目には隠しきれない心痛が浮かんでいる。

王家の威信をかけた婚約式を台無しにされ、たった一人の妹は取り返しの付かない大怪我を負わされた。国王としてこれ以上の屈辱はないはずだ。

だが、国内情勢を思えば、コウルマン公爵家を糾弾することはできない。

なんとしても味方に付けなくては。王家の人間としては、この状況すらも、公爵家に恩を売るためのきっかけにせねばならないのだ。

「辛くても頑張ろう。早いほうがいいと先生もおっしゃっている」

「……っ……お兄様……っ……」

フェリシアは王妹だ。辛いからとグズグズ泣いていることはできない。前向きに訓練に取り組み、努力とその結果を示さなければならない立場なのだ。

フェリシアは目を潤ませ、泣きたい気持ちを堪えながら返事を絞り出した。

「頑張ります。ご心配をおかけして、申し訳ありませんでした」

第三章

大怪我から目覚め、二週間が経った。

身体のほうは大分楽になった。背中の傷は時折悶絶するほど痛むけれど、自力で起き上がり寝台に腰掛けられるようになっていた。

内臓の損傷も、臓器の破裂という最悪の事態は防げたようだ。医師はひとまず安心だと言ってくれた。

だが、訓練のほうは全く順調ではない。杖《つえ》に縋って歩くのがやっとだ。つい動かない片足に体重を掛けてしまい、床に転んで痣《あざ》だらけになっている。

だが、むやみに助け起こさないでくれと頼んだ。この足と一生付き合っていかねばならないのはフェリシア自身だからだ。

あの日から、乳母は魂が抜けたような顔でフェリシアの世話を焼き続けている。

大切に育ててきた姫の晴れ舞台が滅茶苦茶になっただけではなく、姫本人も大怪我で死にかけたのだ。

心が折れたように泣きじゃくる乳母の姿は、フェリシア本人よりも病人じみていた。

――私のこんな姿が、ばあやを病ませているのね。ごめんなさい。お母様の代わりにずっと大事にしてくれたのに……。

そう思いつつ、フェリシアはうつろな目で新聞をそっと畳《たた》む。

――私が、淫婦……。兄の腹心と肉体関係を持ち、貞節を汚していた王妹……。

膝の上にあるのは、大衆娯楽誌だ。

『下々の噂など確認される必要はありません』と拒む乳母に無理やり頼んで、届ける手はずを整えてもらった。

自分に都合の悪い記事を掲載した新聞こそが読みたいのだ。あの事件のあと、どんな悪評が立ったのかを知っておきたい。

だから、知っている新聞名を全て指定し、届けてもらっている。

――そうよね。婚約式で売春婦と呼ばれ、婚約者に突き飛ばされるなんて、私にも問題があると疑われて当然だわ……。

ここ数日、笑顔の作り方すらわからなくなっていた。

どんなときも凛《りん》としていること。国王である兄を支えること。国のために尽くすこと。

それがフェリシアの存在意義だったはずなのに、自分を見失いそうになっている。

次に手に取った新聞には、オーウェンの名前が短く記されている。

筆頭秘書官が主君の妹に手を出し、肉体関係を持っていたのではないか、と面白おかしく書かれていた。

『若い二人の情熱は身分差も超えた？　公爵子息の言葉に含まれた一片の真実』

忌々しい煽《あお》り文句に、フェリシアは薄い新聞紙をぐしゃりと握りつぶした。

――ひどいわ。オーウェンはそんな人ではないのに。それに王妹に、異性と逢い引きするような自由があると思って……？

フェリシアの一日は、侍女頭と乳母によって完璧に管理されている。

オーウェンと逢い引きする余裕などあるわけがない。そもそも、兄王と、許可された衛兵以外の男は王妹の居住区には立ち入り禁止なのだ。

事情を知る者が見れば、こんな記事などひと目で嘘だとわかる。

だが……人目を引くには面白おかしさのほうが大事なのだ。ここ数日、フェリシアの不貞問題は、質の低い醜聞特集として何度も組まれている。

――オーウェンはどうしたのかしら？　一度も来てくれない。もしかしたら、こんな醜聞記事を見て、私に会うのが嫌になったのかも……。

新聞を握りしめた手の上に、涙が一粒落ちる。

最近、オーウェンの顔を見ていない。彼まで醜聞に巻き込み、兄の重荷になったフェリシアはきっともう見限られたのだ。

――泣いては駄目……。

フェリシアは次の新聞を手に取る。

ラズルは、コウルマン公爵領での蟄居《ちっきょ》、および精神病の加療を命じられたらしい。

公爵家の出入りの商人が『売春婦を押し付けられた』と喚くラズルの声を聞いたという記事もあった。

彼が『狂人』だというのは、どんな新聞でも統一した見解のようだ。

しかしフェリシアは、手放しで彼を責める気にはなれなかった。

なぜなら、ラズルに好意を抱いたことなど一度もなかったからだ。もしかしたら、フェリシアの態度の端々《はしばし》に、異様に潔癖で変わり者のラズルに対する偏見めいたものが滲み出ていたのかもしれない。言葉にせずとも、ラズルを傷つけていたのかもしれない。

それに、ラズルの言っていたことは、一部だけ真実だ。

フェリシアはオーウェンを愛している。幼い頃からずっと好きで、諦められなくて、今でもその気持ちは変わらない。だから、頭ごなしにラズルの言葉を『間違いだ』と片付けることができないのだ。

――どうしたらいいの。お兄様の権力集約計画が狂ってしまったわ。

これから二大公爵家と王家の均衡はどう変わるのだろう。己の傷の痛みも忘れ、フェリシアはため息をつく。

兄の足手まといにだけは決してなりたくなかった。そのために王妹としての努力を重ねてきたつもりだった。

けれど、フェリシアが王宮にいる限り、恐らく面白おかしい噂はやまない。このままでは、兄の評判すら悪くしてしまうかもしれないのだ。

――ごめんなさい、お兄様。私、お兄様を助けたかったのに、どうして……。

誰もいない室内で、フェリシアの目から再び涙が落ちた。膝の上の新聞に薄いしみが幾つも広がる。

――今の私には、政略の駒《こま》としての価値もない。

フェリシアははっきりと悟った。

見舞いに来てくれる兄も侍女頭も、フェリシアを責めるようなことは何も言わない。不自然なくらいに優しくて、杖なしでも立っていられるように練習しようと励ましてくれるだけだ。

この怪我をする前、醜聞にまみれる前なら、もっと多くのことを望まれ期待されていたはずなのに。

涙を流していたフェリシアは、静かに部屋に入ってきた乳母の気配で顔を上げた。泣いている姿を見られたと気づき、慌てて涙を拭い、笑みを浮かべてみせる。

「どうしたの、ばあや」

「姫様、今から陛下がいらっしゃいます。身支度をいたしましょう」

今日の乳母は少し元気に見えた。

フェリシアは笑顔を保ったまま頷いてみせる。杖に縋り、長い時間を掛けて鏡台の椅子まで移動すると、乳母が明るい水色のドレスを手にやってきた。

「そんな華やかなドレスを着るの？」

避暑向けに誂えた、くつろいだ作りのドレスだ。コルセットやパニエを使わない異国風の作りで、病み上がりのフェリシアでも着こなせそうだ。

「ええ、今日は姫様に大事なお話があるそうですから」

乳母はそう言って、フェリシアの身体を支えて、着替えを手伝ってくれた。

「異国風でよろしゅうございますこと。王妃様は、日常このようなご衣装を美しく着こなされていて、王宮中の女性の憧れを集めておいでしたのよ」

乳母は、フェリシアにドレスを着付けながら、懐かしげに目を細めた。亡き母のことを語るときの乳母は、いつもこんな風に遠い目をする。顔も覚えていない母だけれど、きっときらきらと輝く素敵な女性だったのだろうと思えた。

今日のドレスは下着の上に直接着込み、腰に帯を巻くだけの簡単な作りだが、髪を下ろして着ると不思議と上品に見える。

水色の絹が身体の線に沿って柔らかく流れ落ちるさまは、朝の光にきらめく小さな瀧のようだった。

襟元と袖口、裾には金糸で花が縫い取られていて、金髪青瞳のフェリシアの容姿をひきたててくれる。帯に縫い込まれた青の宝石も、吸い込まれるような透明感があり、とても目を惹く。

——久しぶりに綺麗な服を着たわ。

フェリシアの髪をくしけずり、こめかみの辺りの髪を編み込んで後ろで小さく束ね、きらきらした粉を頬と鼻の頭にのせて、ようやく仕上がりとばかりに乳母が微笑んだ。

「さ、簡単ですがこれでようございます。王妃様に負けず劣らずのお美しさですよ」

「ありがとう。久しぶりに綺麗な格好ができて嬉しいわ。この服なら身動きもしやすいし。気を配ってくれてありがとう、ばあや」

フェリシアの言葉に、乳母が首を振る。

「本当ならもっともっと華やかな衣装がお似合いですのに。姫様は、しかるべき格の家に、王国一の花嫁として嫁がれるべきお方なのですから」

やはり乳母は、フェリシアが足に障害を負ったことを未だに受け入れられないようだ。涙を拭っている乳母の腕にそっと手を掛け、フェリシアは優しい声で言った。

「さあ、居間に参りましょう。お兄様をお待たせするわけにはいかないわ」

フェリシアは乳母の手助けと車椅子の使用を断り、よろよろと歩き出す。今まで普通に歩いていた分、足がまるで動かないのは辛いし、悲しい。だが、『王妹』は弱気を見せていい立場ではないのだ。

——明るい顔をしなくては。特にお兄様には、これ以上ご心配をおかけできない。

いつもなら軽やかな足取りで横切っていた廊下を、汗だくになりながらゆっくり歩く。居間の扉を衛兵に開けてもらい、フェリシアは椅子に腰を下ろした。

しばらく待つと、衛兵を伴って兄が入ってきた。

今日の兄は目の覚めるような鮮やかな青の上着を着て、髪もいつものようには整えず自然に流している。

——あら？　あの上着、どこかで見たような……？

見覚えのある衣装だな、とフェリシアは微笑んだ。

「元気そうだな、フェリシア」

兄の言葉に、フェリシアは笑顔で頷いた。

「ありがとうございます。お兄様の今日の格好、なんだか懐かしいわ」

「父上の衣装室から借りたんだ。たまには派手な格好も良いだろう？」

「素敵です。お兄様、日頃からもっと華やかなお召し物を楽しまれれば良いのに」

フェリシアが言うと、兄は肩をすくめた。

「僕は地味好みなんだ。父上には似なかったな」

兄はそう言って、一つ息をつくと姿勢を正した。

「今日は大事な話がある。叶うならば天国の父上にも立ち会っていただきたい話だ。だからこうやって、父上がお気に召していた上着を借りてきた」

兄の言葉に、フェリシアは笑いを収めた。大事な話とはなんだろう。

「コウルマン公爵家への降嫁は取りやめることにした。お前をラズル殿のもとへ嫁がせるわけにはいかない」

予想外の言葉に、フェリシアは目を見張る。

兄から『お前は政略結婚の駒になれない』と宣言されたことを理解した。

だが無理もない。もし嫁いだら、コウルマン公爵家からは、一族の利益に貢献するよう強く求められるはずだ。社交の場に呼ばれることも多々あるだろう。

だがそのような場で、醜聞にまみれ、自分の意思で歩き回ることも困難な『若奥様』にできることなどあるだろうか。……いや、何もない。

だから無理なのだ。今のフェリシアは、政略の駒にすらなれない。

——ごめんなさい、お兄様……。

目を伏せたフェリシアに、兄がとても優しい声で言った。

「あのような男に大事な妹を嫁がせるわけがないだろう」

フェリシアは驚いて顔を上げる。兄は、亡くなった父そっくりの優しい表情でフェリシアを見つめていた。

「辛い思いをさせてすまなかった。これから先、あのラズル殿がお前を幸せにしてくれるとは思えない」

「お兄様、違います。ラズル様の件は、私にもきっと、いけないところが……。ですから、そのような理由で縁談を思いとどまられるのであれば、お考え直しください」

首を振るフェリシアの手を握り、兄は首を振る。

「父上がご存命であれば、何より先にお前を守ったはず。僕も、父上のお考えに倣う」

兄の真っ青な目には、真剣な光が浮かんでいた。

「実の妹を思いやらず政略の駒として使いつぶす人間を、誇り高きオルストレム王国の民は、王とは認めない。そうだろう、フェリシア。民は馬鹿ではない。温情の欠片も持たぬ王は、最も大切な民の敬愛を得られない。僕はそう信じている」

そう言うと、兄は立ち上がり、椅子に腰掛けたままのフェリシアの肩を抱いた。

「半年ほど、新しい夫と二人きりで領地経営を勉強しておいで。お前が生まれたときに与えられた王女領があるだろう？　あそこで療養をかねて過ごしてくるといい」

『新しい夫』という言葉に、フェリシアの身体が強ばる。

誰と結婚させられるのだろう。結婚相手を選び放題の若く健康な貴公子でないことは明らかだ。

六十を過ぎたやもめの高位貴族には何人か心当たりがある。彼らの中から性格が温厚な人間を選び、フェリシアを与えようという算段かもしれない。

兄に悟られないよう拳を握りしめ、フェリシアは明るい声で答えた。

「はい。シャミア村ですね。私も何度も伺いました」

王女領シャミア村は、オルストレムの宝石と呼ばれる美しい村だ。平和で緑豊かで、村中に花が咲き乱れている。

『王女領』と呼ばれてはいるものの、管理は王家の管轄であり、フェリシア自身が統治に赴くことはなかった。あくまで王女の財産であり、将来嫁ぐときの持参金の一つだ。

シャミア村には、村立記念日やお祭りの際などに『王女殿下にご臨席を賜《たまわ》りたい』と頼まれて赴いたことが何度かあった。どれも楽しい思い出だ。

――懐かしいわ……。

シャミア村では、人々の好意で馬に乗せてもらったり、美しい花畑を走り回って日が暮れるまで遊んだりした。幸福な思い出が多く残るあの場所に、こんなボロボロの姿で赴く日が来ようとは。

「オーウェンは優雅な遊びなんぞ何も知らないからな、お前がいろいろ教えてやれ」

「……何のお話ですか？」

突然話題が変わったので、フェリシアは首をかしげる。

「オーウェンがお前をもらってくれるそうだ。良かったな」

「お兄様、何をおっしゃっているの……？」

尋ねた刹那、不意に兄に抱き寄せられた。父と同じ香水の匂いが柔らかに漂ってくる。本当に、この場に父も一緒にいてくれるようだ。父のくれた優しさと愛情を思い出し、フェリシアの目にかすかに涙が滲んだ。

「オーウェンは筆頭秘書官の地位を辞し、お前の夫兼保護者として共に生きてくれるそうだ。あいつは、お前の杖になりたいと言っている。本気のようだから付き合ってやれ」

兄が何を言っているのかわからず、フェリシアは真っ青な瞳を見つめ返す。

「ん……？　オーウェンでは嫌なのか？　僕の次くらいには好きだろう？」

「お、お兄……様……」

フェリシアの身体が震え出す。ご冗談を、と言いかけたとき、背後で鋭い声が上がった。

「何をおっしゃいます！」

驚いて振り返ったフェリシアの目に、真っ青になった乳母の顔が飛び込んできた。

乳母は礼儀正しい女性で、今まで国王の話に割り込んできたことなど一度もなかった。

驚きに言葉を失ったフェリシアには目もくれず、乳母は悲鳴のような声で兄に言った。

「ひ、姫様は、亡きキャスリン妃の血を引いておられます。キャスリン様は……私の母国イスキアの第二王女であらせられた高貴なお方。王族を両親に持たれた姫様が、なぜ名門とはいえ、伯爵家の妾腹の……っ！」

乳母の丸い手は怒りで震えていた。

「彼ならばフェリシアを守り、幸せにしてくれると思って僕が決めた。いけないか」

兄の静かな問いに、乳母は涙をこぼしながら首を振る。

「キャスリン様がお許しになりません、どれほど天国でお嘆きになることか！　ああ、陛下、陛下は間違っておられます……なぜ？　姫様がお歩きになれないからですか？　あんな何を考えているかわからない、血筋も良くない無表情な男に、なぜ我らが宝である姫様を。同じお母様の血を引かれる妹君なのですよ？」

「……言いたいことはそれだけか」

兄の低い声に、乳母がはっとなったように口元を押さえる。いつも優しいその顔は、フェリシアを看護する心労と衝撃で、一回り歳を取ったように見えた。

「も、申し訳ございません」

乳母が身体を折るようにして床にうずくまる。フェリシアは慌てて杖を手に取り、兄の手を借りて乳母に歩み寄った。

「ばあや、大丈夫よ。泣かないで。お兄様は怒っていらっしゃらないわ」

ガタガタ震える乳母の肩に手を掛け、フェリシアは優しい声でそう告げた。

「ひ……姫様……ああ、姫様、陛下、申し訳ございません。わきまえない真似を……」

フェリシアは床に座り込み、乳母の身体に寄り添った。

乳母は、幼い頃から『最高の貴婦人』になれるよう、やんちゃなフェリシアを大切に育ててくれた。亡き母の代わりに愛情を注いでくれたのだ。

その姫が公爵家の令夫人から、出自もしれぬ男の妻に『落とされる』なんて耐えがたいのだろう。そこまで考え、ようやく思考が現実に追いついた。

――オーウェンと結婚？　私が？　嘘でしょう？

最近会いに来てくれなかったオーウェンのことを思い出す。あの綺麗な月色の髪、紫に銀の雫を垂らしたような目。

なんでも知っている優しい彼と、これからも堂々と一緒にいられるのだろうか。

――本当に？　これは私の見ている夢？

乳母に寄り添ったまま、フェリシアは瞬きをした。嘆き悲しむ乳母を気遣う気持ちすら、一瞬揺らいだ。

もし妻になれたら……もうオーウェンと離れなくていい、オーウェンが他の女性を妻と呼ぶ姿を見なくて済む。オーウェンと手を繋ぐこともできるのだ。

長年抑え込んできた想いが、自制という名の石畳を割って芽吹き始める。

――オーウェンとこれからも一緒にいていいの？

そのとき、軽やかに扉が叩かれた。

「陛下、オーウェン・ベルマンです。仕事が終わりましたので参りました」

いつもどおりの淡々としたオーウェンの声がする。かすかに眉をひそめて乳母を見つめていた兄が、オーウェンの声に笑い出した。

「あのな、ここにお前の未来の花嫁がいるんだが、もう少し色気のある挨拶はないのか？入っていいぞ」

扉を開けて、普段どおりの地味な装いのオーウェンが入ってくる。一礼した彼に、兄がおかしそうに尋ねた。

「半年分の仕事を二週間で終えた感想は？」

「陛下は人使いが効率的なので、これから更に立派な王になられるでしょう」

いつもどおりの軽口に、兄が楽しそうに再び笑い声を上げる。

「お前のお墨付きを得られたら百人力だな。立派な王になれそうだ」

笑いを収めた兄が、表情を改めて言う。

「オーウェン、とりあえず半年の間、シャミア村でフェリシアの静養と領地経営の勉強に付き合ってやってくれ」

「かしこまりました。力不足ではありますが、杖として、教師として務めさせていただきます」

オーウェンが優雅な仕草で兄に一礼する。

「もう一つあるな。夫として、妹を幸せにしてやってほしい」

兄はそう言って、乳母の傍らに座り込んだままのフェリシアに手を伸ばし、ゆっくりと立ち上がらせた。

「フェリシアは僕の宝だ。亡き両親の宝でもある。これから先、何があっても愛し、守ってやってくれ。頼むぞ」

「かしこまりました。陛下のご期待を裏切らないよう努めます」

オーウェンは膝をつき、兄に深々と頭を垂れた。そして膝をついたまま顔を上げ、フェリシアの目をしかと見据えた。

「陛下の仰《おお》せのとおり、これからはフェリシア様の杖として、教師として、保護者として務めさせていただきます」

――オーウェン……。

様々な思いが胸に去来する。

『近年まれに見る俊英』と呼ばれるオーウェンの時間を、こんな自分に割いてもらっていいのか。醜聞にまみれ、身体の自由を失った王族の女と結婚し、彼の栄達の道が閉ざされはしないだろうか。それに……。

——私のこと、嫌じゃない……の……？

こぼれそうになった問いを呑み込み、フェリシアは小さな声で答えた。

「ありがとう、オーウェン……」

フェリシアの震える手を取り、オーウェンが指先に口づける。

唇が触れた瞬間、葛藤《かっとう》や不安を押し流すように、歓喜が湧き上がってきた。

自分の立場も、傍らで涙を拭っている乳母のことも、つかの間頭から消え失せる。

嬉しくてたまらず、フェリシアは顔を上げたオーウェンに微笑みかけた。

紫の美しい目がじっとフェリシアを見つめる。心が溶けて、その紫の目に向かって流れ込んでいくような気さえする。

乳母の焼け付くような視線を感じるのに、どうしてもオーウェンから目が離せない。

もしかしてラズルはこの熱狂的な恋心に気づいて怒ったのでは、という考えが再び脳裏をよぎった。

——ごめんなさい……。

だがフェリシアは、今だけはその後ろめたい気持ちを忘れることにした。

急遽決まった『王妹フェリシア殿下』の結婚の報は、オルストレム王国中を駆け巡った。国王が未婚のため、夫となるオーウェン・ベルマン卿は『王妹の婿』として迎えられることが決まったのだ。将来国王が結婚し、王太子となる子供が生まれたら、再度オーウェン・ベルマン卿の立場は見直される。だが、伯爵家の妾腹の息子であるオーウェン・ベルマン卿にとっては『大抜擢』と言っていいだろう。

意外なことに、多くの国民は国王の決めたこの結婚に納得した。

オーウェン・ベルマン卿のずば抜けた優秀さと、十歳のときから王家に仕え、浮いた噂の一つもなかった堅実な振る舞いは高く評価されている。

また、十八歳の王妹が事故により片足の自由を失い、歩行困難な身体になったことも人々の同情を買った。

娯楽誌の『民衆の意見』にも、似たような意見が並ぶようになった。

『姫様の怪我は治らないらしいし、王様の腹心の部下に大事に面倒を見てもらえるなら、そのほうが幸せだと思う。いい子だったのに、お気の毒だな』

『公爵家との縁組取り消しは正解だと思うよ。可哀相だ。頭がおかしい上に殴る蹴る、そんな男のところに嫁がせるなんて……俺の娘には絶対そんな思いはさせないね。縁談は断って正解。陛下は兄として立派だと思うな』

『王妹殿下の伯父はイスキアの国王陛下です。イスキア王は殿下を可愛がっておられるとも聞きます。隣国との関係を考えると、王妹殿下の安全が保障されているという体裁は大切なのでは？　ベルマン氏と結婚するということは、実質的にアンドレアス陛下の保護下に置かれ続けるということですし、対外的にも無難な決定だと思います』

大半の国民は、醜聞は醜聞として面白がりつつも、静観の構えを見せた。

また、国王アンドレアスも、醜聞に関しては一切言い訳をしなかった。ただひと言『妹の幸福を願っての決定』と述べただけだった。

国王がくどくどと言い訳をしなかったことに、良識的な人間は満足した。

男が王族の姫のもとへ忍んでいくのは不可能だと、一般人でさえ知っているからだ。

オルストレム王国では、身分の高い女性は常に複数の衛兵や女官に見守られている。

寝室の隣の間には宿直の侍女が交替で控えているものだし、母親や乳母も周囲に目を光らせているのが普通だ。若い令嬢に一人になる時間などない。

ましてや、王族の姫君ともなればなおさらだ。

また、王家がコウルマン公爵家におもねらなかったことも、人々からは一定の評価を得られた。

アンドレアスが『王家の威光を傷つけた者に王妹を降嫁させることはない』という姿勢を示したことは、おおむね成功だったようだ。

もちろん、面白く思わない人間もいたが……。

第四章

兄からの結婚指示の翌々週、フェリシアは王宮内の聖堂で、ひっそりと式を挙げた。

出席者は、王族の一部と、ぜひ出席したいと申し入れてきた貴族、昔から仕えてくれた侍女や衛兵や騎士達、そしてオーウェンの父や異母兄姉だけだった。けれど祭壇の前に立つフェリシアの顔は、久方ぶりの笑顔にきらめいている。

——私、とても嬉しいわ。

フェリシアは喜びを嚙みしめながら、傍らのオーウェンにそっと寄り添った。

幸せだ。世界一好きな人を、今日から旦那さまと呼べるなんて。

——もしかしたら私、背中を打ったまま寝たきりで、これは夢なのかもしれない。

そう思いながら、フェリシアは己の纏う簡素な衣装に目をやった。

重いドレスを着られないので、飾りを省いたものを選んだのだ。杖に絡まないよう、ヴェールやドレスの裾も短めに切られている。

見ようによっては、哀れみを誘う花嫁姿だったかもしれない。

けれど、フェリシアにとっては、涙が出るほどありがたい式だった。

神の前で愛を誓い、オーウェンの口づけを頬に受けたとき、自分は世界一幸せな花嫁だと思えた。

それに、いつも重厚で古風な王の衣装に身を包んでいる兄が、珍しく、当世風の華やかな装いで出席してくれたことも嬉しかった。

きらめくような兄の姿は、洒落者だった亡き父を思い出させた。まるで父が帰ってきてくれたように思えて、フェリシアの胸は熱くなった。

――そうよ、お兄様、もっとお洒落をなさればいいのに。侍女も皆うっとりしているわ。

他にも嬉しいことがたくさんあった。フェリシアを可愛がってくれた高齢の大伯父が遠くの領地から駆けつけてくれたし、侍女頭や侍女達もフェリシアの結婚を祝福し、できる範囲で精一杯着飾らせてくれた。

それから、オーウェンの父、ベルマン伯爵にも初めて会えた。彼は数百年前から続く名門貴族の当主らしく、上品で洒脱な男性だった。『息子の妻』となったフェリシアに臣下の礼を尽くし、二人の結婚を祝福してくれた。

――お優しそうな方で良かったわ。

フェリシアは内心でほっと胸を撫で下ろす。

華々しい息子の未来を奪った女、と思われても仕方がないと思っていたから……。

──そういえば、オーウェンの義理のお母様はどちらにいらっしゃるのかしら。

オーウェンとベルマン夫人は血が繋がっておらず、あまり関係が良くないらしいと兄に聞いていたので、詳しく尋ねないようにしていたのだ。

だが今日からは夫婦なのだし、義母の事情も知っておいたほうがいい。

フェリシアは、傍らに立つオーウェンの袖をそっと引いて、かがんだ彼に尋ねた。

「ベルマン伯爵夫人はどちらにおいでなの？」

「義母は、私が王都に参った頃に病を患って、実家に戻されたあとにそのまま……」

オーウェンは言葉を濁しつつ、小さな声で答えてくれた。フェリシアは悪いことを聞いてしまったと、すぐに謝罪の言葉を口にした。

「ごめんなさい、悲しいことを思い出させて……」

「いいえ、私のほうこそ、一度もご説明申し上げていなかったので」

オーウェンの笑顔は、いつもと同じで、優しく穏やかだった。フェリシアは笑みを返し、改めて聖堂を見回した。

──ばあや……。

乳母は、オーウェンとの結婚が決まった日から寝込んでしまった。使者には今日の式にもぜひ出たい、と答えてくれたようだが、やはり姿は見えない。

──私の今の姿は、ばあやには受け入れられないものだったんだわ。

沈み込みそうになったフェリシアの肩に、ふとオーウェンの手が掛かった。

「フェリシア様、お歩きになれますか？」

我に返ったフェリシアに、きらめくように美しい花婿が微笑みかける。

やはりオーウェンは美しい。額にこぼれる髪は絹のように艶やかで、淡い色のまつげに縁取られた紫の目は宝玉のようだ。

フェリシアに合わせて質素な花婿衣装を着ているけれど、月の光を浴びた白薔薇のように艶やかな姿だった。

思わず夫の姿に見とれたフェリシアに、オーウェンが優しい声で告げた。

「皆に挨拶をしながら、外に向かいましょう」

出立《しゅったつ》の時間が来たのだ。これからフェリシアは『夫』と共にシャミア村に向かい、半年の間療養をかねて領地経営の基本を学ぶことになる。要するに、王都中にはびこる醜聞から距離を置き、隠遁生活を送らねばならないのだ。

「私の腕にお摑まりください」

差し出された腕に縋り、フェリシアはゆっくり立ち上がった。何事にも巧《たく》みなオーウェンは、どんな杖に縋るよりもしっかりとフェリシアの身体を支えてくれる。

すぐ側にオーウェンの温もりを感じ、フェリシアの胸は淡くときめいた。

自分の状況はわかっている。兄の重荷で、オーウェンの未来に傷を付けた人間だ。なのに、こうして寄り添えることが幸せだなんて……。

——愚かな私……。

フェリシアは悔恨の思いを呑み込み、笑顔を作って顔を上げた。

こんな結婚でも祝福してくれる人達のために、精一杯幸せそうに振る舞わなければ。

聖堂の外では、王宮勤めの衛兵や侍女、役人達が花を持って待っていてくれた。せめて花嫁らしい気持ちを味わえるようにと、兄が取り計らってくれたのだろう。

とうとうフェリシアの目から涙がこぼれる。

目元を押さえたフェリシアの様子に、オーウェンが驚いたように歩みを止める。

「いかがなさいました」

「大丈夫よ。皆がお花を持って待っていてくれたから、嬉しくて」

「ならばよろしいのですが。不安がございましたら、すぐにおっしゃってください」

オーウェンが懐《ふところ》から出した布で、フェリシアの涙を拭ってくれた。周囲の人達から小さな笑い声が上がる。新婚の夫婦の微笑ましい一場面と受け取られたのだろう。

祝福を受けながら馬車に乗り込むとき、見送りに立った兄が言った。

「オーウェン、フェリシアの言うことを聞いて大人しくしていてくれよ」

兄の言葉を聞いた人々が、その冗談にどっと笑い声を上げる。兄がたまに冗談を言うのは周知のことで、周囲からも『普段はお堅いのに、意外性があって可愛らしい』と好意的に受け止められているのは知っている。

オーウェンのほうも、いつもどおりの淡々とした態度だった。

「そのように心がけます。王妹殿下に私を飼い慣らしていただきましょう」

真面目に答えるオーウェンに、再び人々が笑った。フェリシアも小声で笑ってしまう。

だがオーウェンは冗談を言ったつもりがないらしく、あくまで真剣な口調でフェリシアに言った。

「よろしくお願いいたします。私が良き行いをするようお導きください、フェリシア様」

オーウェンの冗談に、フェリシアは笑顔で頷いた。

そのとき、正午を告げる大聖堂の鐘が鳴った。

同時に強い風が吹き、薔薇の花弁を吹き散らす。様々な色の花びらの渦が、フェリシアやオーウェンの身体にも降りかかった。

その美しさにうっとりとなったフェリシアの傍らで、オーウェンが兄に言った。

「陛下も、どうか危ない真似はお慎みください。御身を大切に」

兄とフェリシアにしか聞こえないくらいの声だった。鐘の音にかき消され、周囲の人々には届かなかっただろう。

「……気をつけるよ。ご機嫌の悪い人達もたくさんいるようだから」

オーウェンの言葉に、兄が微笑んだ。だが、目が笑っていない。

「引き継ぎ書類にもきちんと目を通してくださいね。何日徹夜《てつや》して作ったことか」

多分、オーウェンが結婚前に必死に作っていたという資料のことだ。急な結婚で忙しくさせてしまったのだなと、改めて申し訳ない気持ちになる。

「わかっている。全部頭に叩き込んでおく」

兄がやれやれと言わんばかりに肩をすくめる。

「本当に気が利くな。お前がいなくなったら、僕は多忙でひっくり返りそうだ」

「そうならないよう、気を引き締めてお過ごしください」

オーウェンの言葉に、フェリシアはほんのり眉根を寄せる。確かに彼がいなくなったら、兄はますます忙しくなりそうだ。大丈夫だろうか。

――そういえば、オーウェンがお兄様の側を離れるのは初めてかも。

「フェリシア様、失礼ながら先に私が馬車に乗り、中から引き上げさせていただきます」

オーウェンの声に我に返り、フェリシアは頷いた。

馬車に乗り込み、オーウェンに手助けされて席に着く。オーウェンは一度馬車から降り、護衛の騎士達や御者と何かを話し合い始めた。恐らくは道中の各人の配置などを確認しているのだろう。

――やはり国内の状況が不安定な中、オーウェンをお兄様から引き離すのは少し心配だわ。近衛騎士団の皆様が守ってくださるけれど……。

兄は、オルストレム王国を平穏に統治するためならば、無茶をしかねない人だ。華やかな容姿とは裏腹に、統率者として強烈な自負心を持っている。

だから、やはり兄のことが心配だ。オーウェンがいれば、間違いなく兄を諫めてくれるのだけれど。

フェリシアは、馬車の窓から顔を覗かせ、佇んでいる兄に向かって声を掛けた。

「お兄様、どうかお気をつけてお過ごしくださいませ。半年後に帰って来るときは、ちゃんと新しい知識を身につけて参ります」

「ああ。お前も気をつけてくれ。オーウェンと仲良くするんだぞ」

兄の笑顔はいつもと同じ、華やかで力強いものだった。だが、かすかな不安がまとわりつくのはなぜだろう。

「本当に、無理をして夜中までお仕事なさらないでね、危ないことも……」

「大丈夫だ」

請け合ってくれた兄に、フェリシアはようやくほっとして笑みを返す。そのとき、オーウェンが馬車に乗り込んできた。

「フェリシア様、出立いたします」

オーウェンの声と共に、シャミア村に向かう一隊が緩やかに動き始める。フェリシアはもう一度兄を振り返った。

――お兄様、どうかご無事で。怪我も病気もなさらないでね。

手を振る兄の姿が見えなくなるまで、フェリシアは馬車の窓に縋り続けた。

フェリシアの新たな住まいは、五十年ほど前までシャミアの領主が暮らしていたという小さな城館だった。

村が王家の直轄領となって以降、城館は村の迎賓館的な扱いになっていたらしい。フェリシアは、シャミア村には日帰りで滞在したことしかなかったので、いつも村長の屋敷にお邪魔していた。だから、ここに来たことはなかったのだ。

美しく手入れされた庭には、澄み切った湧き水を引いた泉が設えられており、色とりどりの初夏の花が咲き誇っていて、妖精の国のような雰囲気を醸し出していた。

──黒以外の全ての色があるお庭だわ。虹のよう……。

バルコニーから庭を眺めていたフェリシアは、背後に佇むオーウェンを振り返った。

「綺麗なお庭ね。お花が好きだからとても嬉しいわ」

「まだ敷地には余裕があるので、フェリシア様のお好きな花を植えても良いそうです。庭師がいつでも声を掛けてほしいと」

フェリシアは頷き、もう一度庭のほうに目をやった。

──子供の頃は遊びに夢中だったけれど、改めて眺めると、なんて美しい村なのかしら。

村の建物は木造が主で、全て同じ赤い屋根で統一されていた。村中に花が咲き乱れ、遠く霞む山脈はなだらかな稜線を描いている。まるで一幅の絵のような光景だった。

「この辺りは気候も落ち着いておりますし、いい農作物が採れるそうですから、フェリシア様のお身体にもよいのではないかと」

オーウェンが微笑み、手すりにしがみつくフェリシアに歩み寄って、肩を抱いた。

「そろそろ冷えて参りました。お部屋に戻りましょう」

オーウェンの手を借りて長椅子に座らせてもらい、フェリシアは卓の上に置かれた書類を手に取った。

シャミア村の医者が作ってくれた訓練の計画書、新しくこの屋敷に上がった侍女や衛兵の身上書、それに、村内にある病院や孤児院の一覧だ。

――王宮からも何人かついてきてくれたのね。侍女頭も私が落ち着くまで、王都に戻らずに付き添ってくれると言っていたわ。伯爵家の夫人としての仕事もあるでしょうに。

よく働いてくれる皆に、勤め先を急に変えさせたことが申し訳ない。

同時に、従者の名を挙げた書類の中に、乳母メリアの名前がないことを寂しく思う。

気鬱の病が改善せず、未だに王宮に出仕できない状態のままなのだ。

フェリシアが幸せそうに暮らしているのを見れば、彼女もいつか喜んで、嘆くことをやめてくれたに違いないのに……。

「警備兵は皆、信頼の置けるものです。こちらで新たに雇用した者達も、侍女頭に面談させ、心ばえの良さそうな者を選んでもらいました」

オーウェンがフェリシアの傍らに腰を下ろし、手にした書類を覗き込んだ。秀麗な顔が近づき、フェリシアの胸が高鳴る。

今までの彼は、フェリシアの隣に勝手に座ることなどなかった。

夫婦になり、少しだけ距離が近づいたような気がする。そう思うと恥ずかしくてたまらず、フェリシアは頬を染めて俯いた。

書類を真剣に見ていたオーウェンが、あくまで真面目な口調で言う。

「フェリシア様、慈善活動の件ですが、まずは玄関まで馬車で乗り付けられる施設から訪問いたしましょう。お身体の調子が良くなられたら、おいおい範囲を広げればよろしいかと存じます」

「馬車で乗り付けられない施設があるの？」

目を丸くしたフェリシアに、オーウェンが頷いた。

「はい。王都と違い、馬車で行けない施設はたくさんございます。私の育った孤児院もそうでした。長い坂道を汗だくで歩いて、やっとたどり着くような場所に建物がございました。地図を見るに、この孤児院などは、山道を歩かねばたどり着けないでしょう」

「貴方ってなんでも知っているのね。すごいわ。どうして地図を見てわかるの？」

これまでのフェリシアの慈善活動は、何ヶ月も前に計画されて、関係者の予定も全て押さえた上で実行されるものだった。当然フェリシア自身は地図を読んだことなどない。

「ご覧ください。地図に記された記号には全て意味があります。模様や絵ではないのです。例えばここは隘路《あいろ》、ここは針葉樹の林……こちらに数字が書いてございますね。この場合は大型の馬車は通れないことを示しているのです」

フェリシアは大真面目に、オーウェンの指先を追う。

まるで幼い頃に戻ったようだ。なんでも知っているオーウェンにくっついて、彼の柔らかな声を聞きながら、図や文字を追っていた幸福な時間。あの時間の欠片がフェリシアの掌に戻ってきたように感じる。

「では、私が伺ってもご迷惑でなさそうな施設はあるかしら」

オーウェンが地図を追うのをやめ、フェリシアの顔を見つめて、ふと首をかしげた。

「いかがなさいました。お顔が赤い」

まっすぐに指摘され、フェリシアはますます顔を赤らめた。

指摘されずとも真っ赤になっている自覚はあるが、理由は言えるはずがない。

「だ、大丈夫よ」

「まさか、お熱が……失礼いたします」

生真面目な口調で言うと、オーウェンは長い指でフェリシアの額にそっと触れた。

「本当に大丈夫よ、オーウェン」

オーウェンが真剣そのものの顔で自分とフェリシアの額を比べ始める。形の良い目を瞑って黙りこくっていた彼は、たっぷりと考え込んだ後、困ったように目を開けた。

「よくわかりませんね……思えば、私は人と熱を測り合ったことがございませんでした」

フェリシアは正直な答えに目を丸くし、続いて噴き出した。

「貴方でもわからないことがあるのね」

「はい。申し訳ありません」

困り顔のまま、オーウェンが素直に答える。見つめ合っていると、ますます顔が赤らむのを感じた。

フェリシアはそっと美しい目から視線をそらし、平静を装って言った。

「ありがとう。具合が悪くなったらすぐに侍女に言います。心配しないで」

「ならばよろしいのですが」

やや納得しかねる様子でオーウェンが頷く。そして自分の上着を脱ぐと、不器用な手つきでフェリシアの肩に着せかけた。

「風邪を召されるといけませんので」

そう言って、オーウェンが微笑む。幼い頃は、夕方になっても庭ではしゃぐフェリシアによくこうやって上着を被せてくれた。懐かしさで胸が一杯になり、フェリシアは思わずオーウェンの滑らかな手に、自分の手を重ねた。

するとオーウェンが目を見張り、己の手の甲に置かれたフェリシアの指を凝視する。

――い、嫌だったかしら……突然触れたりして……。

おずおずと様子を窺うと、オーウェンが口元をほころばせた。

「お美しい手だ。しみも汚れもない。真っ白で……」

突然手を褒められ、フェリシアの胸がどきんと音を立てる。

オーウェンは目を細め、フェリシアの細い指先を見つめたまま、小さな声で呟いた。

「……どんな穢れも、フェリシア様には近づけないようにしなくては」

「えっ……なあに？　よく聞こえなかったわ」

呟きの意味がわからず、フェリシアは首をかしげた。聞き間違いかもしれない。様子を窺うフェリシアに、オーウェンが不意に、はっきりした声で告げた。

「フェリシア様、以前にも申しましたが」

しばし言いよどみ、オーウェンが躊躇うように視線をさまよわせる。息を呑んで言葉を待つフェリシアに向き直り、彼は意を決したように口を開いた。

「私は、貴女を生涯、必ず大事にするとお約束いたします。口先だけでは……その……信用いただけないかと思いますが、必ずいつかは認めていただけるよう誠心誠意尽くします」

突然の告白にフェリシアは言葉を失う。

「私の気持ちは、以前お答えしたとおりなのです。貴女を妻に迎えることがあれば、命に替えても大切にお守り申し上げると。ですので、どうかフェリシア様には浮世《うきよ》の憂《う》さを忘れ、この城で平穏に過ごしていただきたい。この場所に安寧をもたらせるよう、不肖《ふしょう》この私が、精一杯務めさせていただきます」

「オーウェン……」

優しく真摯な忠誠の言葉だった。

ただ、フェリシアが焦がれていた言葉は全く含まれていない。

フェリシアを女性として愛しているというひと言は、彼の口からは出てこなかった。

「……ありがとう」

震え声で、フェリシアは礼を告げる。

甘い夢がゆっくりと覚めていくような気がした。

これ以上の忠義があるだろうか。足の自由と『政略の駒』としての価値を失った女を守るために、貴重な人生の時間を使ってくれるというのだ。名門の令嬢を迎えて出世する未来を捨て、共に面白半分の醜聞にまみれる未来を受け入れて。

「オーウェン、私に何か望むことがあったら言ってください。私にできることなら何でもするわ。だからこれ以上、権利や名誉を手放さないで。私のために無茶をしないで」

フェリシアの言葉にオーウェンは首を振った。

「いいえ、貴女は出会ったときから私の大切な姫君です。貴女をこの手でお守りできるのは、私にとってはとても嬉しいことなのです。手放して惜しいものなど何一つございません。どうか、気に病まれませんよう」

オーウェンが秀麗な頬をかすかに染め、優しい笑みを浮かべた。

フェリシアの目に涙が滲む。

——今までと同じように、妹のように大切にしてくれるのね。私にはお兄様が二人いる、そう思えばいいのね。

硬く尖った石を呑み下すような気分で、フェリシアは頷いた。

「私、一生懸命歩く訓練をします。だから早くお兄様のところに帰りましょうね。そうすればまた、お兄様が貴方を元の職務に戻してくださるわ」

フェリシアの言葉に、オーウェンはまた首を振る。

「お気遣いはご無用です。フェリシア様は、どうかゆっくりと、ご自分のことだけを」

堪えきれず目から涙があふれ出す。顔を覆ったフェリシアの身体が、そっと引き寄せられた。千切ったばかりの薔薇の葉のような、甘く爽やかな香りがフェリシアを包む。

オーウェンに抱きしめられたのだ。けれどこの抱擁には、フェリシアの望んでいた甘さは欠片もない。泣いている幼子をあやすように優しいだけだ。

「私は命ある限り、フェリシア様の安寧を守り続けます。そのために、こうしてお側に」

そんな言葉が聞きたいのではなかった。

フェリシアは肩を震わせながら、精一杯明るい声でオーウェンに答えた。

「……本当に、ありがとう」

思えば、オーウェンは兄から結婚を命じられた場ではっきりと言っていたではないか。

『これからはフェリシア様の杖として、教師として、保護者として務めさせていただきます』と。

オーウェンは嘘をつかない。昔から嘘が苦手で、本当のことしか言わないのだ。

ずっと一緒にいたから知っている。彼の長所も欠点も、全部フェリシアの心の中に大切に仕舞ってある。

オーウェンは、自分と兄に対しては、なぜか、本当に嘘がつけないのだ……。

――愛する夫が、これから先ずっと、私の杖で、教師で、保護者でいてくれる。十分すぎるじゃないの。感謝しなさい、フェリシア……。

フェリシアはオーウェンの胸に抱かれたまま、ひとしきり泣きじゃくった。側にいられるのに、やはりこの恋には行き場がないらしい。

「どうなさったのですか。何が悲しいのか教えてください。私にできることがあればなんでもいたしますから」

ただの女としての自分を受け入れてほしい、その一番の願いだけは口にできない。

「大丈夫。ごめんなさい」

「ならば、いいのですが」

涙が止まらなくなったフェリシアの背を、オーウェンは優しくさすり続けてくれた。


シャミア村で過ごす、夫婦初めての夜。

オーウェンはフェリシアの部屋の護衛を衛兵と侍女に任せ、『見回りをしてきます』と告げて城館を出た。

——警備を担当する人間が持ち場を間違えていないか、計画どおりの人員配置になっているかを、一つひとつこの目で確かめる。同時に頭の中に置いた城の見取り図と現状を見比べながら『警備の穴』がないか確認して回る。

——大丈夫そうだな。ここは王家の直轄領だ。ラングセン公爵の手の者が紛れ込むのは難しいはず。だが、油断はできない。

城館の敷地内を確認し終え、オーウェンはそのまま敷地の外へと歩き出す。

——俺が刺客なら、まずはあの辺りに隠れるな。

真っ暗な道を歩いて行くと、水音が聞こえてきた。かなりの高さがある崖の下に、勢いよく川が流れている。

上流には水車小屋があって心安らぐ眺めらしいが、残念ながらオーウェンは何も感じない。脱穀用としては効率が悪いだろうと思うだけだ。しかしフェリシアが『昔シャミア村に遊びに来たときに見た水車が好き』と言っていたので、こまめに訪れる予定は立てた。

オーウェンは崖下を覗き込んだ。人が立つような場所はなさそうだ。崖下の川縁に刺客が潜み、隙を狙い続けるのは難しいだろう。周囲にも気になる場所は見当たらない。

——とりあえずよし。明日からも気を引き締めて護衛にあたろう。

気づけば月が傾き始めている。あと数刻で朝だが、今日は結婚式でフェリシアの花嫁衣装を目にしたせいか、気分が昂《たかぶ》りまだ目が冴えたままだ。

フェリシアに温かくて安心できる世界を与える。それがオーウェンの考え得る最高の愛だ。孤児院にいた頃も、ベルマン家にいたときも、どんなに渇望《かつぼう》しても与えられなかった、愛……それを己の命に等しいフェリシアに捧げよう。

——俺は、全てを捧げてフェリシア様に償わねばならない……。

オーウェンは月明かりに照らし出された自分の手を見つめた。

まとわりついているのは、病原菌まみれの黴《か》びた雨水と、他人の血だ。

ここにまた一つ、新たな穢れが加わった。

オーウェンはつかの間目を閉ざして、『あの日』の光景を思い出す。

破れた生け垣を確かめているオーウェンを、フェリシアが追いかけてきたときのことだ。

あのとき、ラズルは王宮の一部屋から、じっとフェリシアとオーウェンを見つめていた。

多分、両親と共に王宮を訪れ、国王との面会時間を待っていたのだろう。

――俺は、ラズル様を壊そうと思って見せつけたんだ。まるで、フェリシア様と逢い引きをしているかのような光景を。

ラズルに見られているのを知っていて、オーウェンはフェリシアの手に口づけ、求められるがままに抱擁した。まるで愛し合う恋人同士のように甘い顔をしてみせた。『恋』が二人の間にあるかのように誤解させたのだ。

それがラズルを壊す一番早い方法だと判断したからだ。

ラズルとは、王宮で何度も会っているし、人となりも知っている。

あれは懸命に常人を装う病んだ生き物だ。オーウェンと同じで、人がましく外面を取り繕っているだけ。獣の目は、あんな弱々しい仮面ではごまかせない。

だから、ラズルの壊し方はすぐわかった。思ったとおりに、彼は崩壊した。

オーウェンの計略は最悪の形で実を結んだ。

――俺のせいだ。フェリシア様がお怪我をなされたのは。

ラズルが異様に潔癖で、時折発作を起こしたように『汚いものは嫌だ』と叫ぶ人間だというのは、昔から噂になっていた。

もちろんアンドレアスもその噂を知っていたが、苦慮の末、フェリシアを嫁がせると決めたのだ。

フェリシアはどこに出しても恥ずかしくない清純な娘だし、ラズルとていくら潔癖症であっても、政略結婚に耐えられないほどの愚か者ではないだろう、というのがアンドレアスの判断だった。

『ならば本当にそうか確かめよう。ラズル様が壊れていると証明できれば、フェリシア様は彼に嫁がずにすむ』

あのとき、オーウェンはそう考えてしまった。

オーウェンの見立てでは、ラズルはひびだらけの精神を脆《もろ》い接着剤でつなぎ合わせただけの人間だった。刺激を受ければたちまち壊れ、脆弱《ぜいじゃく》な中身をぶちまけながら醜態を晒《さら》すだろうと推測できた。

予想どおり……否、予想以上に、ラズルの中身は脆かった。

逢瀬を見せつけられたラズルは狂乱を来し、婚約式の会場で、最悪の事故を起こした。

オーウェンは、フェリシアをラズルに渡さずにすんだ代わりに、彼女に取り返しの付かない傷を負わせ、苦しみを味わわせてしまったのだ。

——あの男が暴れ出した瞬間に、手違いを装って殺せばよかったのだ。そうすればフェリシア様はご無事だった。

近年感じたことのなかった怒りが身体中を駆け巡る。

激情を持て余し、オーウェンは血が出るほど強く拳を握り込んだ。

心を鎮めるために思い切り息を吸い込んだ刹那、フェリシアの優しい声が聞こえた。

『全ての孤児院から雨漏りをなくしてみせるわ』

あんな言葉をオーウェンに与えてくれたのはフェリシアだけだ。

出会った日、小さな手でオーウェンの手の甲の傷跡を撫で、たどたどしい口調で案じてくれた瞬間から、彼女はオーウェンの救い主だった。

オーウェンは改めて、あの日の判断を思い返す。苦い思いが胸に広がり、どうしようもない後悔に苛まれる。

――ラズル様を潰せば、フェリシア様は幸せになれるはずだったのに。どこで間違えたのだろう。あの狂人めが全てを台無しに……いや、そもそも、俺がしたことは本当に正しかったのか。俺は本当に理性の声に従ったのか？

オーウェンの身体から血の気が引いていく。

ラズルを潰せばいいという判断は、本当に理性に基づいた判断だったのか。

理性を装った、『獣』の声ではなかっただろうか。

――獣の声を聞くな。フェリシア様をこれ以上傷つけるな。あの声に従ったら、俺は、何をしでかすかわからない……。

十五の夜、アンドレアスを害そうとした男を殺しかけたときの記憶が蘇った。

殺してしまえと心が叫んだ瞬間、オーウェンは花瓶を振り上げていた。

あのときのオーウェンには、純粋な殺意しかなかったのだ。

――俺は、これからもずっと理性の声だけを聞かなければ。フェリシア様には幸せだけを捧げなければ。これ以上、あの方の人生を壊すわけには……。

アンドレアスはオーウェンに『フェリシアの人生を幸せで満たしてくれ。お前の手で妻として守り、安らかな日々を送らせてやってほしい』と言った。

お前が夫なら、フェリシアも幸福に暮らせるだろうから、と。

アンドレアスは知らない。フェリシアの未来を奪ったのは、彼らのお陰で温情を知り、人のふりができるようになった獣なのに……。

オーウェンは、目の前で拳を開き、掌を確認する。

目には見えない生臭い雨水が、びっしょりと手を濡らしているのがわかる。

雨水に浸食されて魂が腐っていくようだ。

――フェリシア様の幸せのために、この忌まわしい獣の心を抑え続けなくては。ひたすらに安らかな日々を過ごしていただけるよう、衷心からお仕えせねば。

オーウェンの胸に、ぬるりとした冷たい汗が伝い落ちた。

第五章

結婚して初めての朝を、フェリシアは泣きはらした目で迎えた。

夫が帰ってこないのだ。見回りに行くと言って屋敷を出て行ったらしいのだが、まだ戻ってきていない。

——どうしたの。今日は二人で過ごす初めての日だったのに。私と一緒にいるのがそんなに嫌だったのかしら。

オーウェンのことが心配でたまらず、一睡《いっすい》もできなかった。

知らない場所で足を滑らせ、どこか高いところから落ちてしまったのだろうか。想像した瞬間、居ても立っても居られなくなり、フェリシアは杖を手にした。

「捜しに行くわ」

よろよろと立ち上がったフェリシアを、侍女頭と侍女が両脇から抱き留める。

「なりません、フェリシア様。ここは治安の良い場所です。足場が危ないところもありませんわ。オーウェン様は何か事情があってお戻りにならないだけです」

「だからといって、じっと待ってなどいられません」

泣き出したフェリシアの顔を、侍女頭が慌てて拭ってくれる。

「さきほど衛兵隊長が、村の者にオーウェン様を捜してもらえるよう頼みました。地理に詳しい人間に心当たりを見回ってもらいましょう」

「嫌、私も行かせて」

初夜だというのに夫がいなかった。一晩中オーウェンの身を案じて、震えながら天井を眺めて過ごした。疲れているのに一睡もできず、泣きすぎて頭がおかしくなりそうだ。

フェリシアは弱々しく皆の手を振り切り、扉に向かって歩き出す。そのときだった。

「おはようございます」

静かな声と共に扉が開く。手に花を持ったオーウェンが部屋に入ってきて、一同は言葉を失った。

「皆様、いかがなさいましたか」

目を丸くするオーウェンに、侍女頭が厳しい声で問う。

「どこにいらっしゃったのですか！」

「見回りに行っていたのです。初めての夜ですので、特に念入りにと思いまして。こちらは庭師に用意してもらった朝摘みの花です」

オーウェンの返事に、侍女頭が品の良い眉をきりりと吊り上げる。

「初めての夜ということは一応わかっておいでなのね。なのに姫様を放り出して一人で外出ですか？」

きつい声で侍女頭が言う。オーウェンは困惑したように頷いた。

「はい、不案内な場所では、初日こそ最も危険ですからこの目で安全状況の確認を」

「姫様は一睡もなさらずにお待ちだったのですよ。貴方をずっと心配なさって！」

侍女頭の叱責に、オーウェンがかすかに視線を泳がせた。

「申し訳ありません。この近辺をくまなく確認するのに時間が掛かったのです。私はここの地理に不案内ですので。これからは私が不在であってもどうかご心配なさらず」

いつもと変わらない、無機質で事務的なオーウェンの言葉にじんわりと涙が滲んだ。

——馬鹿……もう知らないんだから！

フェリシアは杖に縋ってオーウェンに背を向け、寝台に戻って腰を下ろす。

何だかどっと疲れてしまった。

——初めて二人で夜を過ごせると思ったのに。

女として愛されないだけでなく、身体すら全く求められていないのだ。薄々わかっていたが、改めて向き合うと現実が辛すぎる。

フェリシアは泣きたい気持ちを呑み込んで、侍女達に言った。

「皆、心配させてごめんなさい。オーウェンと二人にしてもらえる？　それと、衛兵隊長にオーウェンが戻ってきたことを伝えてください」

心配そうに出て行く侍女達を見送り、フェリシアは花を生けているオーウェンに目をやった。

一応、侍女頭に叱責されて反省している気配は感じなくもない。ほんの少しだけ気まずそうな顔をしているからだ。

幼い頃から一緒にいたフェリシアには、彼の微妙な表情の差がわかった。

「ねえ、どうして勝手に出かけてしまったの」

フェリシアは涙を拭って尋ねる。

なるべく責めるような口調にならないよう心がけたつもりだった。だが失望と悲しみと、彼の態度に対する苛立ちが滲み出てしまう。

「私はシャミア村の保安状況に詳しくありませんので、夜の間にこの目で確かめておこうと思いました」

「心配したのよ！　花婿がしょ……初夜にいなくなるなんて思わないでしょう？」

『初夜』という単語に顔を赤らめ、フェリシアは抗議した。

いけないとわかっているのに、どうしても口調がきつくなってしまう。

そのくらい心配だったし悲しかったのだ。

自分は『新妻』どころか、ただ足を引っ張る存在だとわかっている。けれど、さすがにこんな思いをさせられては、本音を言わずにいられない。

「申し訳ありませんでした。フェリシア様の身の安全のためですので、どうかご理解を」

──だったら、ひと言言ってから出かけてくれればいいのに。

再び涙が出てきて、フェリシアは目元を拭う。子供みたいに泣くなんて恥ずかしい。自分の振る舞いにうんざりしてしまう。

「そうしておられると、昔のようですね」

花を生け終えたオーウェンが、ぽつりと呟く。何のことだろうと眉をひそめたフェリシアの側に歩み寄り、オーウェンが床に膝をついた。

「昔のようって、どういうこと？」

怖い顔のまま首をかしげたフェリシアに、オーウェンが淡い笑みを見せた。

「一緒にいてくれなければ嫌だと怒るご様子が、です。私が学校の寄宿舎に戻るとき、貴女はいつもそう言って地団駄《じだんだ》を踏んでおられた」

驚くフェリシアの顔に、みるみるうちに血が上る。真っ赤になったフェリシアは、オーウェンからぷいと顔を背けた。

「こ、子供だったからです。我儘《わがまま》を言ったあとは、ばあややお父様に叱られて、いつも反省していたのよ」

「そうですか。けれどフェリシア様のお可愛らしさは、昔のまま変わらないのでしょう」

オーウェンが立ち上がり、寝台の側に置かれた鏡台の引き出しから、木の櫛《くし》を持って戻ってきた。

「どうしたの、オーウェン」

「失礼ながら御髪が絡まっておいでですので、手入れをさせていただければと」

フェリシアの顔がますます熱くなった。家族以外の男の人に髪を触られたことなどないので、ドキドキしてしまう。動揺を悟られないよう、できるだけ落ち着いた口調で尋ねた。

「構わないけれど、なぜ？」

「慣れない杖で肩を痛めておいでと聞きましたので、髪を梳かすために腕を上げるのはお辛いのでは？」

フェリシアの心臓の音が、外に聞こえそうなくらいの大きさに跳ね上がる。

「ですので、御髪のお手入れは私がお手伝いいたします。先ほど湯殿で身体を清めましたので、御髪に触れてもよろしいでしょうか」

フェリシアは息を呑んだ。先ほどまでの苛立ちも忘れ、身体中がときめきに満たされていく。

「い、いいけれど……」

「これからは毎日私がお手入れいたしますが、不要であればお申し付けを」

フェリシアは真っ赤になった顔を隠そうと俯き、寝台の上で少し身体を捻った。

「オーウェン、隣に座ってよくてよ」

「失礼いたします」

寝台が軋み、沈み込む。フェリシアは身体中を強ばらせて待った。背後から伸ばされた手が、長く伸ばした髪をそっとすくい取る。

「私が今まで目にしたなかで、一番綺麗な髪です」

突然の褒め言葉に、フェリシアはびくんと肩を揺らした。

王宮にいた頃は、貴公子達に様々な美辞麗句を捧げられてきたけれど、『オルストレムで最も高貴な女性』に対するお世辞とわかっていたから、全部笑顔で流せた。

なのに、オーウェンに褒められると心が騒いで仕方がない。

「柔らかい髪だ。傷つけないように扱う術を覚えねば。これからは、フェリシア様のお世話は侍女に任せず、なるべく私がいたしますから」

「な……何を……言っているの……？」

「お許しいただければ、髪の手入れもお手やおみ足の保湿も、お召し物の着付けの仕上げも私がいたします。お側においていただく以上は、そのくらいは、と……。侍女頭殿に、いろいろと習っておかねばなりませんね」

顔が熱く、鼓動が異様に速まって、言葉が出てこなかった。

——どうしよう。恥ずかしい。なぜ急にそんなことを言いだしたのかしら。でも……。

緊張と羞恥の隙間から、じわじわと甘い喜びが込み上げてくる。

女として愛されなくても、オーウェンはこれからも自分を気遣い、関心を払ってくれるつもりなのだ。その事実にフェリシアは縋らずにいられなかった。

髪を不器用にくしけずる柔らかな音が部屋に響く。

フェリシアは庭の赤薔薇もかくやとばかりに頬を染め、オーウェンを振り返った。

長い髪の端を手にしたまま、オーウェンが首をかしげる。

「痛かったですか？」

「いいえ、大丈夫」

フェリシアは、オーウェンの秀麗な顔を見つめたまま首を振る。光の加減か、オーウェンの不思議な目は、澄んだ紫水晶の色に見えた。

――今なら機嫌がよさそう。だから、ちょっとだけ本音を言っても大丈夫かもしれない。

この結婚ではオーウェンにたくさん迷惑をかけ、華やかな未来も閉ざしてしまった。

だが、フェリシア自身は彼に心から感謝し、妻になれたことを幸せに思っているのだ。

多大な献身に対する感謝はしっかりと伝えねば。黙ってもじもじしているだけなんて、王族の姫の振る舞いとは言いがたい。

「ありがとう。オーウェンに髪を直してもらえるのはとても嬉しいわ。私、貴方の妻になれて幸せです。結婚式で神様とお兄様に誓ったとおり、私は貴方を大切にします」

勇気を出してそう告げた瞬間、オーウェンが手を止めた。

いつものように大人びた静かな笑みが返ってくるのだろうと思っていたフェリシアは、我が目を疑った。

オーウェンがみるみるうちに真っ赤になったからだ。

白く滑らかな頬だけでなく、形の良い耳までも赤く染まっている。

オーウェンは落ち着かなげにフェリシアから目をそらし、髪から手を離した。

「ど、どうしたの？　私、何か変なことを言って？」

予想外の反応に、フェリシアはときめきも一瞬忘れた。貴婦人にあるまじきことを口走ってしまったのだろうか。懸命に思い返しても、なぜ彼が真っ赤になったのかわからない。何を言おうとも、さらっと流されて終わると思っていたのに。

「い……いえ……あの……」

オーウェンの滑らかな額に、月光色の髪が一筋はらりと落ちる。

フェリシアのほうを見ないまま、オーウェンがぎこちない口調で続けた。

「……顔を、洗って、参ります」

きょとんとしているフェリシアを置いたまま、オーウェンが立ち上がり、足早に部屋を出て行く。何が起きたのかわからず、フェリシアは呆然と広い背中を見送った。

——またどこかに行ってしまったわ……。

眉根を寄せたフェリシアの耳に、すぐに軽やかな足音が届いた。

「失礼いたしました。お手入れの続きを」

そう言ったオーウェンの前髪には、幾つもの水の雫が光っている。明るい部屋の中で月光色の髪がきらきらと輝き、生来の美貌が宝石で彩られているように見えた。

フェリシアは言葉を失ったまま、寝台の傍らに腰を下ろしたオーウェンの顔に見とれた。

なんて綺麗な人なのだろう。王都で一番の大劇場の看板俳優だって、オーウェンほど美しくはなかった。けれど、今しがた見せた、彼の赤面と動揺は何なのだろう。

「オーウェン……あの……どうして急に顔を洗いに？」

尋ねたフェリシアに、オーウェンはいつもの淡い笑みを浮かべて首を振ってみせた。

「……虫が止まったので」

その声はいつもどおりで、さっきの慌てた様子は微塵も感じられない。

――嘘よ、赤くなっていたのに。やんちゃ娘の私が、珍しくしおらしいことを言ったから驚いたのかしら。

かすかに拗ねた表情になったフェリシアに、オーウェンが優しい声で言った。

「さ、フェリシア様、御髪の手入れの続きを」

――オーウェンも落ち着かないのかもしれないわ。突然一緒に暮らすことになったんだもの。無理もないわね。

フェリシアは頷いて、もう一度身体を捻ってオーウェンに背中を向けた。

触れられる度に甘くときめく胸を押さえ、フェリシアは自戒する。

――オーウェンに、あれもこれもねだってはいけないわ。ただでさえ、私の醜聞に巻き込んでしまったのだし……。

試しに投げ出した左足に力を入れてみる。やはり、まるで動かない。オーウェンの心のように思える。

――愛してほしいと望む前に、これ以上迷惑をかけないことが先だわ。オーウェンがこれ以上、何も失わずに済むようにしなければ。

フェリシアは膝の上に置いた拳を握り、多くは望むまいと自らに言い聞かせた。

シャミア村での一見幸せな新婚生活が始まって一週間が過ぎた。

城館にいる誰もが、姫君と優しい夫君の仲睦まじさに目を細めているようだ。

——これでいいんだわ。

フェリシアの朝は、部屋にそっと入ってきたオーウェンに起こされて始まる。

妻になったフェリシアは『夫』と共に最上階で暮らしている。そこは二人の空間だ。ここに至るための階段は衛兵が守っているけれど、その他の人間は備え付けの呼び鈴を鳴らさない限り、めったに上がってこない。

新婚の若い夫婦をなるべく二人きりにしよう、との気遣いだ。

王城で暮らしていたときのように、控えの間で侍女が常に目を光らせていることもなくなった。守るべき『姫様の貞操』は夫の手に委ね終えたからだ。

寝台で毛布にくるまったまま、フェリシアは明るみ始めた窓の外に目をやる。

今日ももうすぐ、控えの間で休んでいたオーウェンが、フェリシアの寝室に来る。朝だから、もつれた髪を梳かしに来てくれるのだ。

——きっとみんな知らないわ。私がずっと一人で寝ていること……。

オーウェンは『私が控えの間におりますので、安全です』と言ってくれるが、求めているのはそんな説明ではない。

なぜ分厚い扉を何枚も隔てて『夫』と別々に過ごさねばならないのだろう。これが義務で娶られた『妹同然の妻』の毎日なのだろうか。

ぼんやりと悲しみに浸《ひた》っていたフェリシアは、ノックの音で頭を上げた。両手をついて起き上がり、動かない左足を寝台の下に落とし、腰掛ける姿勢を取る。

「どうぞ」

声を掛けると、挨拶の声と共に扉が開いた。地味な服装のオーウェンが、櫛と肌の手入れをする道具を持って入ってきた。

「フェリシア様、おはようございます。御髪のお手入れに参りました」

微笑む顔は、端正で大人びていて、眠たげな気配などどこにも見受けられない。身につけた衣装にも一部の乱れもなく、よくできた彫像のようだった。

「ありがとう。おはよう、オーウェン」

女扱いされていなくても、彼の優しく美しい顔を見ると胸がときめいてしまう。

もやもやと胸を満たしていた悲しみも、繊細な指で髪を梳かれると、日差しに散らされた朝霧のようにかき消えてしまうのだ。

髪の手入れをされながら、フェリシアは小さな声で訴えた。

「あの、朝の身支度は自分でしたいわ。もうあまり腕は痛まないし、やっぱり寝起きを貴方に見られるのは恥ずかしいから」

フェリシアの言葉に、オーウェンは首を振る。

「アンドレアス様に、寝乱れた姿は全部夫のお前が整えてやるように、と命じられております。御髪もお顔も。ですのでお任せください」

生真面目なオーウェンの顔に、フェリシアは心の中で語りかけた。

――お兄様がおっしゃったのは、そういう意味じゃないのよ、多分。

フェリシアとて恋愛小説くらい読んだことがある。寝乱れた姿というのが何を意味しているかくらいうっすらわかる。そこまで考えて、フェリシアはかすかに頬を赤らめ、目に涙を滲ませた。

夫に『妻として愛される』なんて、もう自分には起こりえないことなのだ。

一通りの支度を終え、几帳面な仕草で手入れの道具を片付けながらオーウェンが言った。

「フェリシア様、今日は村で一番大きな病院に、お忍びで慰問に行かれませんか」

さりげない口調の提案に、自分の思いに沈み込んでいたフェリシアは火照った顔を上げた。オーウェンが微笑んで話を続ける。

「ようやく一通りの準備が終わりました。院長からもフェリシア様のご訪問を歓迎していただける旨、お返事を頂戴《ちょうだい》しております。久しぶりに長時間の外出になりますが、いかがでしょう。ご無理でなければぜひ」

オーウェンの言葉に口元をほころばせかけ、ふとフェリシアは表情を翳らせた。

――知らない人に会うのが、怖いわ……。私、どんな風に思われているか……。

新聞に面白おかしく書き綴《つづ》られた醜聞が、幾つも頭をよぎる。だがフェリシアは不安を振り払い、笑顔で頷いた。

夢のように美しい城館で、夫に焦がれて悩み暮らすより、人の役に立つ行いをしたほうがいい。身体はかなり弱ってしまったけれど、シャミア村で人目を離れてひっそり休めたことで、大分良くなってきた気がする。

「素晴らしい計画を立ててくれてありがとう。頑張ってできる限りのことをするわ。うまく歩けないけれど、病院の経営者の方の相談には乗れると思うの。問題があれば、私を通してお兄様にご報告差し上げることもできるし」

フェリシアの答えに、オーウェンは形の良い口元に笑みを湛え、頷いてくれた。

「かしこまりました。では早速、馬車と護衛の者達の準備を整えて参ります。お食事を済ませたらすぐに出掛けられるように」


ほんのわずかな供を連れて、フェリシアとオーウェンを乗せた馬車は出立した。

目的地は、村の中央部から少し外れた場所にある病院だ。

――こんなに随行が少ない外出は初めて。不思議な感じだわ。

実を言うと落ち着かない。お忍びとはいえ、婚約式での惨事のあとに人前に出るのは初めてだからだ。

最近シャミア村にやってきた、足が悪い金髪青瞳の貴族の女なんて、フェリシア以外いない。正体は隠せないだろう。皆から好奇の視線を浴びていたたまれない思いをするのではないだろうか。

『王妹は売春婦』という文字が脳裏に浮かぶ。

面白おかしく書き立てられた醜聞の主役は、他ならぬ自分なのだ。そう思うと、緊張のあまり背中の傷がずきずきと痛み始めた。

「いかがなさいました？」

オーウェンの穏やかな声に、フェリシアは慌てて首を振る。

「何でもありません。大丈夫よ。久しぶりの外出だから落ち着かなかっただけです」

「私がお側を離れずにおります。半日だけ頑張ってみましょうか。辛いようでしたらすぐにお助けしますから」

昔と同じ、優しい諭すような口調だった。

厳しい礼法の授業が嫌だとぐずったとき、オーウェンは笑顔で言ってくれたのだ。あとで一緒に復習してあげますから、今日は頑張りましょうと。

多忙な兄に頼まれ、オーウェンは頻繁にフェリシアの様子を見に来てくれた。

幼い頃は甘えん坊だったから、父にも兄にもなかなか会えずに悲しくて、よく駄々をこねた。それに礼法の教師も怖くていつも途中で泣いていた。

――今思えば、一国の王女の躾《しつけ》なのだから、あのくらい厳しくて当然なのだけれど。

何度もお辞儀の姿勢を直され、半べそをかいて振り返る度、オーウェンは微笑んで見守ってくれていた。

周囲の大人達も、幼いフェリシアがオーウェンさえいればぐずらないので、彼が側に控えるのを歓迎してくれた。

──オーウェンがいてくれるなら大丈夫かしら。

フェリシアは勇気を出して、オーウェンのしなやかな手に自分の手を重ねてみた。

──夫婦だもの。手くらい触らせてくれるわよね。

大人になった美しいオーウェンに触れるのはどきどきするけれど、昔と同じくらい落ち着く。矛盾しているけれど、どちらもフェリシアの本当の気持ちだ。

「オーウェン、ありがとう。貴方が側にいてくれるなら大丈夫ね」

フェリシアは傍らのオーウェンに微笑みかけた。

もちろん彼もいつもの落ち着いた笑みを返してくれる……そう思っていたフェリシアは、驚いて動きを止めた。

目の前で、みるみるうちにオーウェンが真っ赤になったからだ。

シャミア村に来て以来、オーウェンの様子が少しおかしい。今まで、こんなに赤くなったことなどなかったのに。

──この前もこんな風に突然おかしくなったわ。照れているように見えなくもないけど、そもそも今更私相手に何を照れるのか、という話だし。なぜ？

フェリシアの中で疑問が膨れ上がる。

オーウェンは、妹同然のフェリシアのことなど女性と見做していない。

妹として可愛がり、教え子として大事にし、怪我人として守ってくれる『保護者』のはずだ。今更フェリシア相手に赤くなる理由が思いつかない。

だがオーウェンはなかなか元に戻らなかった。耳まで赤くしたまま、ぎくしゃくと顔を背けてしまった。

「どうしたの、熱があるのかしら?」

「いいえ、熱はございません。健康管理は、徹底、しております」

普段の滑らかな喋り方からはほど遠い、棒読みのような口調だった。

「だって貴方、顔が真っ赤よ?」

「大丈夫です、正常です」

「……嘘」

フェリシアは身を乗り出し、オーウェンの顔を覗き込む。彼が珍しくびくりと肩を揺らし、後ずさる。

紫の美しい瞳にはほのかに銀の紗《しゃ》がかかっている。その目は信じられないものを見るようにフェリシアを凝視していた。

「額に触らせて」

フェリシアは手を伸ばし、滑らかな額に指を当てる。

オーウェンは身体を強ばらせたまま喉仏を上下させた。指先に触れる肌は焼けるほどに熱い。フェリシアは眉をひそめて彼に尋ねた。

「オーウェン、貴方、とても熱いのだけど……本当に大丈夫なの？」

「はい、問題ありません」

オーウェンはフェリシアの手をそっと払いのけ、背筋を正した。

——熱でないのなら、やっぱり手に触ったのが嫌だったのかしら？　昔はそんなことなかったのに。

しゅんとなったフェリシアに、オーウェンが折り目正しい口調で告げる。

「病院に到着いたします。下車のご準備を」

オーウェンの言葉どおり、馬車は通用門から病院の敷地内に入った。

馬車が停まると、オーウェンが下車を手伝ってくれた。

出迎えてくれたのは、地味だが貴族の身なりをした壮年男性だ。彼はオーウェンに寄り添われ、杖をついて佇むフェリシアに深々と頭を下げた。

口を利かないところを見ると、彼はフェリシアの『正体』を知っているのだろう。

公の場で王族より先に口を利いていい人間はいない。フェリシアは明るい笑みを浮かべ、口を開いた。

「ごきげんよう」

フェリシアの言葉を待っていたオーウェンが、一礼して口を開く。

「こちらは病院長です。代々この病院を経営してこられた方で、経営管理や医師の雇用を担っておられます」

深々と頭を下げ、病院長が言った。

「院長のアムーゼンです。フェリシア殿下、本日はお忍びで当院の見学にいらしたとのこと、誠に恐れ入ります。目立たぬよう、職員用の入り口からのご案内となりますが、失礼いたします」

フェリシアは歩き出そうとして、早速躓《つまず》きそうになる。久しぶりに他人と会話して、予想以上に緊張してしまった。

――やっぱり、患者さんは私がフェリシアだと気づくのではないかしら。何をしに来たのかと思われたらどうしよう。

再び、大衆紙の記事が生々しく頭に浮かんだ。

婚約式で、コウルマン公爵家の長男に殺されかけた王女。

兄の側近を寝室に引っ張り込んでいた『やんちゃな姫君』。

王室の品位を穢した王妹。天罰の雷は姫君の左足に……。

「フェリシア様」

耳打ちされ、フェリシアはびくりと肩を揺らした。

「やはりお帰りになりますか」

紫の目が、心の底を見透かすように、じっとフェリシアを見据えていた。

逃げたいという言葉が一瞬だけ脳裏をかすめる。だが、フェリシアは首を振り、唇の端を吊り上げてみせた。

「いいえ。病院の皆にわざわざ時間を取ってもらったのですから、その好意を無駄にしないよう努めます」

そう答えてフェリシアは背筋を正し、よろよろと歩き出す。

――もっと綺麗に歩きたいわ。昔のようには無理かもしれないけれど。

他人の視線を久しぶりに受けて、フェリシアの心に歯がゆい思いが次々に生まれる。

今の頼りない歩き方では、子供に押されただけで転びそうだ。

怪我をする前は全ての貴婦人の手本になろうと、一挙手一投足まで気を配って過ごしていた。今あの頃と同じように振る舞うのは無理だけれど、できるだけ弱ったところは見せたくない。

「階段は大丈夫でいらっしゃいますか？」

階段の前で、院長が親切に確認してくれた。

フェリシアは息を呑む。ずいぶん急な階段だった。手すりに縋って休み休み上ればなんとかなるが、どうしても、そんな姿を見られたくなかった。

――私はアンドレアス・オルストレムのただ一人の妹なのよ。王族であり、皆を守る側。よれよれの私を見て、誰が信頼を寄せてくれて？

フェリシアは、手を差し出したオーウェンに首を振ってみせた。

自力で階段も上れないなんて知られたくない。

意を決して、フェリシアは杖をついて一段ずつ階段を上り始めた。身体が信じられないほど重い。ここまで非力ではなかったはずなのに。

――訓練に階段上りの練習も入れなくては。私は療養を理由に休みすぎたわ。

疲労のたまっている両腕や右足が痛んだが、フェリシアは平気な顔をしたまま階段を上り終える。息が上がって、背中の傷がますます痛み始めた。

「いけません、少し休憩を」

囁くオーウェンに首を横に振る。自分のために周囲の人々の時間を無駄にさせてはいけない。

なんとか応接室までたどり着き、席について、フェリシアは渡された書類を受け取った。

今後支援が必要な分野、どんな医師が不足しているか、疫病《えきびょう》予防のための啓蒙《けいもう》活動に関してなど、辞書のように分厚い資料だ。

「本日はこちらを説明したのちに、軽症患者の入院棟を見学いただきます。衛生状況や職員の働きぶりなどをご確認ください」

もう既にフラフラだが、投げ出すわけにはいかない。王妹は周囲の人間の手本であるべきだからだ。

醜聞に堕ちた王族という汚名を返上するためにも、情けない姿は見せられない。信頼に足る『王妹殿下』だと思われたい。

気遣わしげなオーウェンの視線を無視して、フェリシアは頷いた。

「よろしくお願いします。いろいろなお話を聞かせてください」


——気持ち……悪い……。

帰り道、馬車に揺られながらフェリシアは目を閉ざしていた。

半日がかりの行程を終えるまではずっと品格を保っていられたはずだ。だが、帰りの馬車の中で、抑えていた疲労と気分の悪さがどっと押し寄せてきた。

予想以上に身体が言うことを聞かなくて、もどかしくて悔しかった。怪我をする前なら軽やかに優雅に振る舞えたのに。そう思うと、胸の中がじりじりと焦げそうになる。

「やはり中断すべきでしたね、無理にでもあの院長の長話に割って入るべきでした。彼の話は重複した説明が多すぎます」

オーウェンがやや不機嫌な声で言い、フェリシアの肩をそっと抱え寄せる。

「失礼。横になられたほうが少しは楽かと存じますので」

支えられるがままに、狭い馬車の中で身体が横倒しになる。フェリシアの頭は、オーウェンの膝の上にのせられてしまった。

肩で息をしていたフェリシアは、だんだんと我に返る。

——え……っ、これって……。

オーウェンの引き締まった太ももに頭をのせたまま、フェリシアは大きく目を見開いた。横向きに寝ているのでオーウェンの顔は見えない。だが、状況を理解すると同時にみるみる頬に血が集まった。

「あ、あの、大丈……」

気分の悪さなどたちまち吹き飛んだ。だが、起き上がろうとすると、大きな手で肩を押さえられてしまう。

──わ、私が触ると赤くなって避けるくせに、膝枕はしてくれるの？　不思議な人。強がってはみるが、胸がどきどきして治まらない。オーウェンの膝に寝かされて、こんな風に二人きりの狭い馬車の中で過ごすなんて。

「無理をしすぎです」

諭すような口調に、フェリシアはかすかに唇を尖らせた。

「大丈夫よ。足が無事なときは、もっと忙しくてもきちんとしていられたわ」

「いいえ。長い間寝込んでおられたのです。おまけに、おみ足も悪くされている。そのような状態で、助けを求めるのは恥ずかしいことではありません。むしろそれを揶揄《やゆ》したり、助けの手を差し伸べない人間のほうが恥ずかしい」

オーウェンの意外な言葉に、フェリシアは膝枕をされたまま息を止めた。

「フェリシア様はご存じかと思いますが、私は幼い頃、育てられ方が原因で人の名前をほとんど覚えられませんでした。思考障害……と申しますか、身体への負荷が頭に出てしまったようなのです。ですがアンドレアス様はそれを一度も責めなかった。大きな問題ではないから庇ってやる、とおっしゃってくださったのです。お陰で私は、少しずつその苦手を克服することができました。もちろん今も、名前を覚えるのは苦手なのですが」

肩を抱いていた手が、フェリシアの髪をそっと撫でる。フェリシアは息を詰めて、オーウェンの話の続きを待った。

「フェリシア様は、孤児院の子供達が、親がいないことを理由に損害を被ってはいけないとおっしゃいました。彼らを守ろうと、助けの手を差し伸べてこられたはず。アンドレアス様も、フェリシア様も、本物の王族です。正しい振る舞いをしてこられた。なのになぜ、ご自分のことは責めるのでしょうか」

「自分を責める？　いいえ、私、そんなことは」

髪を撫でていたオーウェンの手が止まる。

「そうでしょうか？　今日のフェリシア様は、歩けないご自分を責めておられたかと。苦しいのにご自分に鞭打って、結果、このように目を回されておいでだ。なぜ弱っているご自分を助けないのですか」

淡々とそう指摘され、フェリシアは唇を噛んだ。

オーウェンの言うとおりだった。むきになって、何度も差し伸べられた手を振り払ったのは自分だ。

「……私、昔のように動けないのが、悔しいの」

「さようでございますか」

オーウェンがいつもどおり淡々としているので、フェリシアの口も軽くなった。胸のつかえを吐き出すように言葉を続ける。

「私、醜聞をまき散らした挙げ句、まともに歩けなくなって、国の役に立たなくなった女だと思われるのが怖いのよ」

視界が涙でぼやけ始める。

「あの事故で、こんな風に貴方まで巻き込んでしまって。私のせいで、オーウェンの立派な将来まで汚してしまったわ。私がコウルマン公爵家に降嫁していれば、貴方は今頃、お兄様がまとめた良い縁談に巡り合えていたかもしれないのに。ごめんなさい。私、自分が許せないことだらけだわ」

言葉を切り、フェリシアは嗚咽を呑み込む。

何かを考え込んでいたオーウェンが、静かに口を開いた。

「私は、立派な縁談など望んでおりません。そもそも家庭を持つつもりはありませんでしたし、出世にも興味はございません。アンドレアス様が私の助力を不要とされる日が来たら、どこか田舎に籠もって政治学の書物でも編もうかと思っておりました」

「嘘、どうして！」

フェリシアは飛び起きる。

「何を言ってるの、冗談よね？」

「いいえ、私はフェリシア様には嘘を申し上げられません。事実です。私はアンドレアス様のご厚意で、たまたま筆頭秘書官などという位を頂戴しただけ。その地位に未練も執着もないのです。今の私の生きがいは貴女にお仕えすることだけですので、貴女の心配は杞《き》憂《ゆう》と申し上げます」

もしかしてフェリシアは、フェリシアの心の負担を取り除くために、苦手な嘘をついているのかもしれない。フェリシアは、わざと突き放すような口調で言い放った。

「……生きがいのはずがないわ。貴方が押し付けられたのは、歩けないお荷物の世話なのよ？」

「おや？　フェリシア様は杖なしでは歩けない人間をお荷物だと？」

驚いた口調で問われて、フェリシアは慌てて首を横に振る。

そんなことはもちろん思っていない。自分を貶めすぎて、周囲まで批判する形になってしまったことに、彼の言葉で気づいた。

「ち、違うわ。そんなことはありません。ただ自分に対してだけそう思ってしまうの。ごめんなさい、訂正させて……きゃっ！」

突如馬車が大きく跳ねた。フェリシアの身体がふらつき、そのままオーウェンに抱き留められる。

――あ……っ……。

オーウェンは、引き締まった胸にフェリシアを抱きしめたまま、真面目な口調で言った。

「フェリシア様、貴女は昔も今もお美しい。何も損なわれてはおりません」

耳元に響く声は、どんな砂糖菓子よりも甘い。先ほどからどくどくと存在を主張していた心臓が、更に鼓動を速める。

「オ、オーウェン……」

「私のことはどうか心配なさいませんよう。私は、人に中傷されても、特に何も感じません。他人の悪意など私には関係ない。私にとって大事なことは、貴女に安全で穏やかな暮らしを続けていただくことだけです」

なぜ、オーウェンはここまで尽くしてくれるのだろう。兄への恩を返すためなのだろうか。

だが、どんな気持ちであれ、オーウェンが側にいてくれるのは嬉しいし、ほっとする。それどころか、甘えてしまって、包み隠すべき本音が抑えられなくなる。

再び涙で視界が歪み始めた。フェリシアはオーウェンの背中に腕を回し、しゃくり上げながら言った。

「だけど、私は悔しいわ。不道徳なことなんてしていないし、ラズル様を裏切ってもいないのに、一方的に恥をかかされて、突き飛ばされて、足がこんなことになって。どうして？　なぜもう私の足は動かないの？　悔しい。私の自由を返してほしい」

鬱屈《うっくつ》した不満は、一度口に出したら止められなくなった。

「ラズル様はご病気だわ。憎んでも仕方ないとわかっているの。だけど私は、昔のように自由に走ったり、馬に乗ったり、ダンスをしたりも……もうできないのよ……動く足を、返して……」

泣きじゃくるフェリシアを抱いたまま、オーウェンが悲しげにため息をつく。

馬車の狭い車内に、フェリシアの押し殺した泣き声だけが響く。

不意に、オーウェンが聞き取れないくらいの小さな声で何かを呟いた。

「……ばよかった」

ガタガタ揺れる車輪の音に混じって、よく聞こえなかった。

ようやく嗚咽の治まったフェリシアは顔を上げ、オーウェンの紫色の目を見つめる。光の加減か、銀色の不思議な翳りが濃く見えた。

「オーウェン？」

「いいえ、なんでもありません」

オーウェンはそう言って、口元に柔らかな笑みを浮かべた。

同時に瞳を覆う銀色の翳りも薄まり、いつもの澄んだ紫色が現われる。

比類なく整ったオーウェンの顔を見つめ、フェリシアは、耳に届いた言葉を信じられない思いで反芻した。

――今……殺せばよかった……って……言った？

そこまで考え、フェリシアは小さく身を震わせた。

――いいえ、聞き間違いよね。オーウェンがそんなことを言うはずないもの。私の気分が昂っているからよくない言葉に聞こえたんだわ。

フェリシアはオーウェンからそっと身体を離し、姿勢を正して座り直した。

「ごめんなさい。取り乱しました。次からはもう少し貴方の助言を聞いて、無理をしすぎないようにします」

「はい。そう約束していただけるなら安心です」

フェリシアの殊勝な言葉に、オーウェンはいつもの優しい顔で頷いてくれた。


オーウェンは落ち着かない気分で、ようやく眠りについたフェリシアの寝室を出た。

病院訪問を終えた夜、フェリシアは体調を崩し、発熱してしまったのだ。

大丈夫と繰り返していたが、熱は高く、傷も痛むようでかなり辛そうだった。医師からも『あまり奥方様を疲れさせないように』と注意されてしまった。

——顔を洗おう、それから手を。

オーウェンは、ふらふらと水場に向かった。冷たい水で何度も顔を洗い、手を洗う。

最近の自分は何かがおかしい。

フェリシアに必要以上に触ろうとしてしまう。そのくせフェリシアに甘えられれば赤面し、動揺してその場を去ってしまったり……そんな異常行動が増えた。

更に言うなら、今日の自分はひときわおかしかったと思う。

馬車の中で、気分が悪いという彼女を膝に抱き、ふらついた彼女をこの腕に抱きしめ、言うべきでない言葉まで口走って……。

『殺せばよかった』などと言われたら、優しいフェリシアは驚くに決まっているのに。

第一、血塗られた素顔などフェリシアに見せたいわけがない。彼女の前では、ただ穏やかで優しい、兄代わりの『オーウェン・ベルマン』でいたいのだ。人間離れした姿を見せて、彼女から嫌悪されるのは耐えがたい。

――なのに、獣を……どんどん抑制できなくなる。

濡れた手を見つめて、オーウェンはため息をつく。

これまでオーウェンは、理性と獣の本性を切り離し、別のものとして扱ってきた。理性だけを優先し、その判断に基づいて身体を動かしてきた。

アンドレアスに『振る舞いの形』を教えてもらったお陰で、どんなに嫌な思いをしても顔に出さずにいられたし、常に頭で考えたとおりに振る舞うことができた。

だが、最近、その『形』が故障してしまったようだ。

考えたとおりに動けない。身体が獣の声に従って、勝手に暴走する。

獣の求めるままに、腕が勝手にフェリシアのほうに伸びてしまうのだ。

――必要以上に姫様に触るな。あの方は不安で俺に縋っているだけだ。

オーウェンは、必死に理性の声に耳を傾けようとした。

フェリシアが、普段の彼女らしくもなく泣いたり怒ったりするのは、自分に甘えているからだ。

彼女はしっかり者だが、まだ十八歳の娘だ。醜聞に晒され、大怪我までして辛いから、優しく支えてほしいのだろう。

オーウェンもそうしたい。理想の保護者として、ずっと彼女を安全な繭《まゆ》の中に閉じ込めておきたい。

――俺の失策で、あの方の足の自由を失わせ……引き換えに、この俺だけが幸せな生活を得て……。

突然視界が歪んで曇った。

オーウェンは慌てて冷たい水を繰り返し顔に叩きつける。

足を返して、と泣いていたフェリシアの声が耳から離れない。

フェリシアをあんな風に泣かせたいのではなかった。

見せつけるように手の甲に口づけをすれば、ラズルを『潰せる』と思っただけなのだ。

そして、愚かな判断の結果、取り返しが付かないことになった。

泣こうが喚こうが自分の喉笛をかっ切ろうが、フェリシアの嘆きは永遠に去らない。優雅に歩くことのできた彼女の足はもう戻ってこないのだ。

今ならば認められる。

どんな理由を並べ立てようと、オーウェンは、フェリシアをラズルに渡したくなかった。

それだけだ。たとえ彼が正常で優しい貴公子だったとしても、オーウェンは『壊してしまおう』と思っただろう。

腹の中に燻り続ける独占欲と嫉妬の根深さに、我がことながら吐き気がする。

オーウェンの獣の心が、フェリシアの人生を大きく狂わせた。

美しく、優しく、幸福な姫君だった彼女は、今では狂った獣の妻。愛する人を地獄に引きずり込んだのはオーウェン自身なのだ。

――なぜ、俺は泣いて……。

オーウェンは歯を食いしばる。やはり、感情が肉体にそのまま表れてしまう。

このままでは何をしでかすかわからない。獣の声に支配される前に、心と身体を切り離さなくては。そう思うのに、子供のように涙が止まらなかった。

そのとき、遠くで呼び鈴が鳴った。フェリシアが呼んでいるのだ。さっき寝付いたばかりなのに、具合が悪くて目が覚めてしまったのかもしれない。

すぐに向かおうとしたが、涙が止まらず、水場を離れられなかった。

慌てて水で顔を洗うがどうにもならない。許してくれと叫ぶ心に応じるように、涙が次から次へとあふれ出す。

『オーウェン』とか細い声が聞こえた。

乱暴に袖で顔を拭い、オーウェンは鏡をにらみつける。涙は止まった。顔を洗い続けていたので不自然に腫れている様子もない。

「どうなさいました」

オーウェンは声を上げながら、フェリシアのもとへ急いだ。

フェリシアは寝台の上で丸くなっていた。様子がおかしい。慌てて抱き起こし、オーウェンは尋ねた。

「どうなさいました？」

「背中がとても痛くて、怖くて……」

大きな目に涙を溜めて、フェリシアが言う。

彼女の打撲はひどく、致命的ではなかったものの臓器に損傷を与えたと聞いている。緊張を抱えたまま激しく動き回ったので、また痛み出したのかもしれない。

――お休みになったからといって、目を離すのではなかった。

オーウェンは眉をひそめ、フェリシアの傷の辺りをそっと撫でる。熱を持ったり腫れたりはしていない。

恐らくは精神的なものもあるのだろうと思いつつ、フェリシアに尋ねる。

「吐き気がしますか？　痛みの他に、何かおかしなところは……？」

フェリシアは首を振り、か細い声で答えた。

「いいえ、でも、どうしてこんなに痛むのかしら。怖い、今よりもっと身体が動かなくなったら、私、どうしよう……」

細い背中をさすりながら、オーウェンはしがみつくフェリシアを懸命になだめる。

「大丈夫です、医者も、体調によっては痛む可能性があると申しておりました。神経性の疼痛《とうつう》ですから、足に影響はないと聞いております。鎮痛剤の効きが弱いのかもしれませんね、追加しましょうか？」

「あの薬、胃が痛くなるから嫌なの」

「では、このまま少し我慢して、お休みになりますか？」

フェリシアは腕の中で泣きじゃくりながら、素直に頷いた。

「オーウェン、どこにも行かないで」

あまりのいじらしさに、頭の芯がくらりと揺れる。痛みに苦しんで泣いているフェリシアを抱きしめ、愛おしさに恍惚としている自分は、まさに獣だ。

頭の中で『もう姫様を放せ』という声が聞こえた。

そのとおり、彼女を執拗《しつよう》に抱きしめ続ける必要はない。

もう横にならせて、眠らせればいい。痛みは仕方がない、医者もすぐには完治しないと言っている。入眠剤も処方されていたはず。あれを飲ませればいいのだ。

だが、正しい答えがわかるのに、身体は言うことを聞かなかった。

フェリシアを放したくない。この柔らかくて温かい、無抵抗な身体をずっと抱きしめていたい。

――何をしている、理性の声だけを聞かなければ、俺は……。

身じろぎしたフェリシアが、驚いたようにオーウェンの頬に触れた。

「オーウェン、どうしたの」

尋ねられて初めて、己の異変に気づいた。

再び涙が流れ落ち、フェリシアの長い髪を濡らしている。

「……いえ……申し訳ありません」

泣き顔を見られないようにフェリシアを抱きしめ直し、オーウェンは言い訳のように、そう口走っていた。

やはり理性を優先できなくなっている。

――これ以上こんな風に触れていたら、俺は姫様に何をするか……。

オーウェンは歯を食いしばった。フェリシアの全てを壊したのは自分だ。触れる権利などないのに。

腹の奥に溶岩のような熱が湧き上がり、身体を内側から焼いた。

――自分で惨めに慰めても、その欲は永遠に治まらないぞ。わかっているだろうに。

獣のあざ笑うような声が聞こえる。

――私は姫様を絶対に汚さない。永遠に幸せに過ごしていただければ、それでいい。

理性が息も絶え絶えに呻く。

――何を躊躇うことがある。抱いて慰めてやればいい。可愛い、いい匂いがする。他の男になど、指一本触れさせない。姫様を俺から奪う男は、この手で全部壊してやる。

オーウェンは血が出るほどに唇を噛み、忌まわしい獣の声を振り払う。

だが、いつまで経っても獣の気配は去らなかった。

抱きたければ抱き、泣きたければ泣き、殺したければ殺す……。オーウェンの心の中にいる獣が、肉体の支配権を奪おうとしていた。

第六章

――あれは夢だったのかしら。オーウェンが泣くはずがないものね。

鏡台の前で長い髪を梳かし終えて、フェリシアは杖に手を伸ばす。

数日経ってようやく熱が下がり、今朝から起き上がれるようになったのだ。

また体力が落ちてしまったように思えて不安だ。休み続けるのは一層身体に悪い気がするので、事務作業を進めてしまおうと考えた。

――やっぱり、あれは、夢……よね……。

櫛を引き出しに仕舞いながら、フェリシアは発熱した夜のことを思い出す。

苦しむ自分をなだめながら、オーウェンが泣いていたような気がするのだ。

――あの人は大人だし、感情的になったりもしないもの。泣くわけがないわ。

真夜中で、熱と痛みで朦朧《もうろう》としていたからきっと夢だ。まだしくしくと痛む背中を指先でさすり、フェリシアは杖を頼りに立ち上がった。

あの幻のような夜から、オーウェンはほとんど姿を見せなくなった。

侍女は『急なお仕事が入ったようです』と教えてくれたが、本当だろうか。

心のどこかで、いくら忙しくても会いに来てくれるだろうと期待していたが、あの夜からは、一日に一度顔を出してくれれば良いほうだった。

――きっと執務室を離れられないほど忙しいのね。……そうよね？

フェリシアはため息をついて、杖を頼りにゆっくりと書き物机へ歩いて行った。

先ほど侍女頭が届けてくれた、孤児院の子供達からの手紙の束が置いてある。

侍女頭は、この手紙を机の上に置きながら、申し訳なさそうな顔で言った。

『私、家の行事があって王都に戻らねばならなくなりました。フェリシア様が体調を崩されているのにどうしましょう。終わり次第すぐに戻って参りますね』

よほど時間がなかったらしく、侍女頭は手紙をフェリシアに渡すと飛び出していった。

侍女頭は名門貴族の令夫人でもある。ずっとフェリシアの世話係として引き留めるわけにはいかない。

多忙な侍女頭の負担を減らさなければ、と思いつつ、フェリシアは表情を曇らせた。

――オーウェンは本当に仕事が忙しいの？　避けられているような気がするわ。今朝も、髪を梳かしに来てくれなかった。毎日するって約束してくれたのに、どうして？

もどかしい関係の中、彼が世話を焼いてくれることだけがフェリシアの喜びで、希望だった。なのにそれすらもなくなってしまって、失望感に心が落ち込む。

フェリシアは、伸ばしたままの髪をくしけずった。

彼が毎朝くしけずってくれる髪は、乳母が手入れしてくれたときと負けず劣らず、さらさらと柔らかだ。

髪の一房を手に取り、フェリシアはふうと息をつく。

今日はまだ彼の顔を見ていない。いったい、どこに行ったのだろう。そう思いながら、手紙の束をまとめた紐を解いた。

――あら……。

同封されていた小さな絵を見て、フェリシアは口元をほころばせた。

ぐしゃぐしゃの花と、女の子の姿が描かれている。髪らしき部分を黄色く塗ってあるのでフェリシアなのかもしれない。裏を見ると大人の字で『ニルスがフェリシア様を描きました』と書き添えられていた。

四つになったばかりの愛らしい男の子の顔を思い出す。

恥ずかしがり屋で、話しかけても職員の後ろに隠れてしまうが、フェリシアが寄付した子供用の画材を握りしめて、懸命に何かを描いていた子だ。

――嬉しいわ。どこかに飾ろうかしら。

微笑んだまま、フェリシアは他の手紙を手に取る。字が上手なペテルは『旦那さまと一緒に遊びに来てください』と書いてくれている。将来裁縫の学校に行きたいソニアは『もらった道具でカーテンを作りました』と教えてくれた。どの子の顔もはっきりと思い出せる。

一枚一枚手紙をめくるごとに、フェリシアの目に涙が滲み始めた。

どの手紙にも『早く姫様の足が治りますように』と書かれていたからだ。

――あ、マーシャからだわ。身体は良くなったのかしら。

マーシャは定期的な投薬が必要な子だ。フェリシアの私的な援助がなければ生きられない身体だと、職員も言っていた。

今は毎日医者に掛かり、針を刺して身体に直接薬を入れる特殊な治療を受けている。

その治療がなければ、意識が戻らなくなる可能性もあるという。

――マーシャの体調が安定していますように。あの子が、無事に大人になれますように。

フェリシアは、手紙の束を揃え、胸に抱きしめる。嬉しかった。どの手紙にも心がこもっていたからだ。

――あの子達は私を気遣ってくれるのね。

指先でうれし涙を拭い、フェリシアはペンを手に取った。

全員に返事を書こう。もらった手紙をちゃんと読んで、孤児院に対してどんな支援をすれば有効なのかを考えよう。

――シャミア村での勉強が終わって、身体が良くなったら、また皆に会いに行きます。約束したとおり皆で絵を描きましょうね。

フェリシアは気づけば、夢中でペンを走らせていた。

自分には、まだできることがあるかもしれない。一つひとつをやり直し、少しずつ信頼を取り戻そう。その先には新しい未来が待っているかもしれない。

これまでのように大きな期待をかけられることはないだろうが、わずかであっても、フェリシアにもできることがある。

その思いが、鬱屈したフェリシアの心を久々に晴れやかにしてくれた。

最後にこんなに幸せな気分になったのはいつだろう。

時間をかけてたくさんの手紙を書き終えたとき、扉が叩かれた。

オーウェンだろうか。フェリシアは弾む声で返事をした。

「どうぞ」

扉が開いて静かに入ってきたのは、若い侍女だった。王宮からついてきてくれた馴染みの娘だ。いつも笑顔の彼女なのに、何だか困った顔をしている。

「あら、どうしたの？」

尋ねると、侍女は歩み寄ってきて、声を潜めてフェリシアに告げた。

「メリア様が、オーウェン様を訪ねていらっしゃいました」

乳母の名を出され、フェリシアは目を丸くした。乳母には手紙を出しても一度も返事がなく、ずっと寝込んでいるのだと思っていた。

「本当に？　驚いたわ。じゃあ、私もすぐに会いに……」

杖に手を伸ばしたフェリシアを、侍女がそっと制止する。

「それが……秘密裏に来たので、姫様には来たことを告げないように、と」

フェリシアはかすかに眉間にしわを寄せた。どういうことだろう。乳母なら真っ先に自分に会いに来てくれると思ったのに。

それに、侍女の様子を見るに、問題はそれだけではないようだ。当惑した様子の彼女にフェリシアは尋ねた。

「他に気になることがあったら言ってちょうだい」

どうやら侍女頭が不在で、彼女も不測の事態に困っていたらしい。フェリシアの言葉にほっとしたように口を開いた。

「ありがとうございます、殿下。じつはメリア様とオーウェン様が口論じみた雰囲気になっていて……衛兵や他の侍女達も戸惑っているようなのです」

「口論ですって？　オーウェンがですか？」

彼が声を荒らげるところなど見たことがない。目を見張るフェリシアに、侍女は慌てて首を振ってみせた。

「いえ、オーウェン様はいつものように穏やかになさっておいでですが、あの……」

口ごもる侍女に、フェリシアは頷いてみせた。

「わかりました。二人のところに顔は出さずに、様子だけ窺ってみるわ」

フェリシアはそう答えて杖を手に立ち上がる。階下に下りると、衛兵達が困惑顔で、何人か固まって立っていた。

「どうしたのですか」

「はい。メリア様がお見えになって、オーウェン様とお話をなさっているのですが、オーウェン様から人払いを命じられてしまいまして」

衛兵の言葉に、フェリシアは廊下の先へ目をやった。彼らは何を話しているのだろうか。

「……扉の外で様子を窺ってきます。貴方達はここで待っていて」

困った様子の衛兵達にそう言い置いて、フェリシアは足音を忍ばせて応接間に近づいた。杖の音がしないようにそっと歩いて行くと、乳母の声が聞こえた。

その声音にフェリシアは眉をひそめる。まるでオーウェンを叱責するような声だったからだ。悪戯盛りだった幼い頃のフェリシアでさえ、あんな声で乳母から叱られたことはない。なぜ乳母はあんなに怒っているのだろう。

『貴方がおかしな人間であることはわかっていましたよ。私は姫様の母親代わりとしてお仕えして参りました。姫様に近づくおかしなものには、ちゃんと気づくのです』

聞こえてくる言葉が信じられず、フェリシアは眉をひそめる。

『貴方は、アンドレアス様や周囲の者達が貴方に甘いのをいいことに、必要以上にフェリシア様に付きまとっていましたね。気持ちの悪いこと。こうやって姫様をかすめ取って、今、どんなお気持ちですか。あの方は、貴方のような下々の人間が気軽に近づいていいようなお方ではないのですよ』

――ば、ばあや……何を言っているの……。

杖で支えている身体が震え出す。右足がふらついて、フェリシアは慌てて杖に縋る手に力を込め直した。

『ああ、もう、本当に気持ちが悪い男。いくら優秀でも貴方はおかしい。姫様に執着して、穢らわしいことこの上ありません。陛下も、貴方のような下賤な人間など早く解雇なされば良かったのに』

オーウェンにぶつけられる暴言が信じられず、フェリシアは震えながら耳を澄ます。

やめてほしい。乳母もオーウェンもどちらも大事なのに。

『そうですか。メリア殿に嫌われていることは薄々気づいておりました。正直に教えてくださってありがとうございます』

冷静なオーウェンの声に重なるように、乳母の金切り声が聞こえた。

『馬鹿にしているのですか！　私は今すぐイスキアの国王陛下に、姫様と貴方の結婚を無効にしていただけるよう願い出るつもりです。フェリシア様はイスキア国王陛下にとって、大切な妹君の忘れ形見、きっと動いてくださるでしょう。それが駄目でも、他の伝手《つて》を辿って、なんとしてでも新しいお相手を探してみせます！　姫様にふさわしいのは、貴方のような下賤の者ではありません。取り返しが付かないことになる前に、なんとしても貴方には身を引いてもらいますからね』

こんなにうわずった乳母の声は聞いたことがない。底知れぬ不安がフェリシアに忍び寄ってくる。

『取り返しが付かないこととは？』

しばし、二人の話し声が途切れた。聞こえてきたのは、乳母の抑えた声だった。

『……侍女頭殿に、お手紙で相談を受けました。貴方と姫様が、夫婦関係を結んでいないのではないかと』

乳母の言葉に、フェリシアは凍り付く。羞恥のあまり顔が焼けるように熱くなった。

――じ、侍女頭は、私達のことに気づいて……。

だが、貴族社会では、その程度の監視は当たり前のことだ。

経験の豊かな年かさの侍女は、常に『若い女主人』の様子に注意を払っている。

それに兄王に子供がいない今、フェリシアと、いつか生まれるフェリシアの子供は、オルストレム王家の稀少な後継者だ。

仮にフェリシアが懐妊に気づかず無理をして、腹の子もろとも命を落としでもしたら、王家は数少ない直系の王族を二人も失うことになる。

ゆえに、侍女達に『懐妊の可能性』を監視され続けるのは、恥ずかしいけれど仕方のないことなのだ。

乳母と侍女頭は、有能な女官同士、互いを信頼し合っていた。

侍女頭は、いっこうに『夫婦』になる様子がない王妹夫妻を案じて、療養中の乳母に相談をしたのだろう。だが……。

『正直に言います。貴方が姫様の御身を汚していないのであれば、まだ間に合うと思い、このように馳《は》せ参じました。オーウェン、お願いです。アンドレアス様から王都への帰還のお許しが出るまで、姫様には決して手を出さないでください。姫様が清らかな身のまま、新しいご縁を得られるように協力してください。いえ、そうすべきです。姫様は、貴方ごとき下賤の者にふさわしいお方ではないのですから！』

――嫌……ばあや、オーウェンにおかしなことを言わないで。

恐ろしさと恥ずかしさでフェリシアの震えが止まらなくなる。壁にもたれたフェリシアの耳に、オーウェンの低い声が届いた。

『貴女の思惑は存じ上げません。ですが、私は姫様とは生涯夫婦関係を持たないつもりでいます。誰に何を言われるまでもなく、一生そうするつもりでした』

――オーウェン……？

オーウェンの言葉の意味がとっさに理解できなかった。

ゆっくりと残酷な言葉を咀嚼しているうちに、全身から血の気が引いていく。

あまりの衝撃に呼吸の仕方すらわからなくなった。

妹扱いされていても、いつかは愛されるかもしれない。オーウェンに抱きしめられる度、触れられる度に、フェリシアは淡い期待を抱いてきた。

だが、それはフェリシアの妄想に過ぎなかったのだ。

薄々察していたこととはいえ、はっきりと宣言されたのは苦しすぎる。フェリシアは話の続きを聞かずにゆっくりときびすを返し、不安そうな衛兵や侍女達のもとへ戻った。

「いかがなさいましたか」

真っ青になったフェリシアに、侍女が心配そうに問う。フェリシアは首を振り、小さな声で答えた。

「彼らの個人的な問題を話し合っていました。私達には何の影響もありません、だから、大丈夫よ」

「ですが、お顔の色が」

「……少し休みます。一人にしてください」

もの言いたげな皆の視線を尻目に、フェリシアはゆっくりと階段を上り始めた。

頭の中が真っ白になって、何も考えられない。ふらふらと自室に戻り、フェリシアは寝台に腰を下ろした。

机の上にはさっきまで書いていた手紙が見える。

あれを、孤児院の皆に送らなければと思う。けれど身体が動かない。ただでさえ動かない身体に、更に鉛を詰め込まれたようだった。

さっきまでいろいろな希望が見えていたような気がするけれど、今はもう何も見えなかった。

子供達がくれた手紙を見たときの嬉しさも、まるで思い出せない。

一番欲しいものは、永遠に得られないと決定されたからだ。

——オーウェンに愛されないくらいで……私、駄目な人間だわ……。

恵まれない子供達のために力を尽くしたい、という思いも、兄の役に立ちたいと言う気持ちも、全て砂になってさらさらとこぼれ落ちていくような気がする。何もする気力がない。涙すら出なかった。

妻になれたときは、世界の色が違って見えるくらい嬉しかった。

だが、あのとき見た中途半端な夢は、永遠に手の届かないものになった。どれほど渇き焦がれても、オーウェンだけは得られないとわかったから。

オーウェンへの恋は火傷の傷のようだった。優しく抱きしめられ、大切に守られても、その先を知る権利はフェリシアにはないとわかってしまったから。

だんだん室温が下がってきたけれど、上着を羽織る気力も湧いてこない。侍女が代わる代わる、扉の外から遠慮がちに何度か声を掛けてきた。だがフェリシアは生返事をし、ひたすら寝台に座り込んでいた。

——どうして、オーウェンは顔を見にすら来てくれないの……？　ばあやに嫌なことを言われて、私が嫌いになったのかしら……。

窓の外に目をやると、もう日が陰り始めていた。

そこでふと、聞き慣れない若い女の声がしてフェリシアは顔を上げた。

——今の声は何……？

侍女の声ではないし、村の者がこんな時間に訪ねてくるとも思えない。

フェリシアはおぼつかない足取りで、杖を手にバルコニーへと歩いた。

ひどく真面目そうな、しっかりとした口調の女性の声。ただの村娘とも思えない。不思議に思ったフェリシアの目に、オーウェンの傍らに立つ若い貴婦人の姿が飛び込んできた。

「まあ素敵。ここが『オルストレムの宝石』の中でも、一番美しいと言われる庭園ですね。ではお願いしたとおり、拝見させていただいても……？」

まっすぐに背筋を伸ばした貴婦人が、オーウェンを見上げて尋ねる。問われたオーウェンはしばし考えるような素振りを見せ、城館から離れた庭の奥を指さした。

「ええ、ではまずあちらから参りましょう」

フェリシアは無意識に拳を握りしめる。美しい若い女性が、古くからの知り合いのようにオーウェンに寄り添っている。

オーウェンは彼女と肩を並べ、迷いのない足取りで、庭の暗がりへと歩み去って行く。

——その人……誰……。

フェリシアの目に涙の膜が張り始める。

きっちりと整った旅装姿の女性はオーウェンを見上げ、時折笑みすら浮かべている。

フェリシアのように杖もつかず、しっかりとした足取りで、まっすぐに背筋を伸ばして。

胸の中にじりじりとした痛みが広がる。なんとなくわかった気がした。オーウェンがフェリシアを『女』として扱わないのは、別の女性がいるからなのだ。

二人が庭の奥へ去ったあとも、フェリシアは呆然と佇んでいた。

追いかけたくても無理だ。足を引きずって必死に追いかけたところで、二人はきっと、待ってくれない。健やかな足でフェリシアを置き去りにするに決まっている。

——嫌……。

気づけば、溢れた涙が服の胸の辺りをびっしょりと濡らしていた。

惨めすぎて声も出ない。

フェリシアは乱暴に杖をつきながら、身体を引きずるようにして室内に戻った。

信じられない光景を見て放心し、再び寝台に座り込む。

先日訪れた病院の状況をまとめ、必要な支援を洗い出さなくては。それに、寝込んでしまった時間を取り返すため、勉強も必要だ。シャミア村の観光収入についての報告書を読まないといけない。

自分の義務を果たすために立ち上がらねばならないのに、殴られたような衝撃を感じたまま、放心していた。

——オーウェンに愛されないくらいで何もかも放棄するなんて。私、最低な人間だわ。

フェリシアは動かない足を撫でた。

オーウェンと庭の暗がりに消えていった美しい女性の姿を思い出す。軽やかな足取りに、品の良いきびきびした動作。

——私だってあんな風に歩けたのに。オーウェンと歩けたのに……。

どす黒い感情が込み上げてくる。

オーウェンは明日も明後日もきっと優しくしてくれるだろう。でも半年後はわからない。

あの女性が半年後には、花嫁のヴェールを被ってオーウェンの傍らに立っているかもしれない。

フェリシアは、離縁されるのかもしれない。

乳母が言ったように別の『高貴な人』に嫁がされるのかもしれない。

人々の前で『一度も夫に抱かれなかった』と屈辱的な証を立て、愛してもいない、オーウェン以外の男に身体を開かれる未来が待っているのかもしれない……。

そのとき、部屋の外でかすかな音が聞こえた。

オーウェンが控えの間に戻ってきたのだ。続いて聞こえた声に、フェリシアは耳を疑った。若い女性の華やかな声。侍女のものではない。

「まあ、ベルマン殿らしくもない可愛らしい封筒ですね」

「フェリシア様のために用意してもらった品を、少しわけていただきました」

「おかしな方。まあ、いいですけど、これじゃ恋文みたいだわ」

「ええ、では、恋文ということで」

女性の理知的な笑い声が聞こえ、フェリシアは凍り付いた。

扉を凝視するフェリシアの耳に話の続きが聞こえてくる。

「私がベルマン殿からの恋文を持ち帰ったら、陛下も驚かれるでしょうね。では、失礼」

「門までお送りします」

「いいえ、結構です。ごきげんよう」

女性が立ち去る気配がする。

——恋文を持ち帰ったら、お兄様が驚くって……。

もしかしてオーウェンと彼女の関係は兄も公認なのだろうか。もう頭が働かない。

フェリシアはふらふらと杖を手に立ち上がり、扉を開けた。

女性を廊下で見送ったらしいオーウェンが、驚いたようにフェリシアを振り返る。

なんだか、疲れた顔に見えた。だがそれを気遣う余裕が出てこない。

「フェリシア様、何も召し上がっていないと聞いておりますが」

言いながら、オーウェンが戸惑ったように手巾を取り出し、フェリシアの顔を拭う。

「泣いていらしたのですか、なぜ……」

美しい紫の目が、くるくると色を変える。銀の翳りが晴れ、かと思えば再び煙のように澄んだ紫の泉を覆う。

不思議な瞳の色合いに見入りながら、フェリシアは口を開いた。

「ばあやと貴方の話を聞いたからよ。王都に戻ったら私と別れるって」

オーウェンが形の良い目を見開く。絶句した彼に、フェリシアは続けて言った。

「やっぱり私がお荷物だったのね。ごめんなさい」

「フェリシア様、それは」

何か言いかけたオーウェンの言葉を待たず、フェリシアは続けた。

「でも、ばあやがイスキアの伯父上に頼んで新しい縁談を探してくれても、一生幸せになんてなれないわ。私はきっと、新しい旦那さまからもお荷物扱いされます。その前に乙女かどうかも医者に検査されるのでしょう？　夫に相手にされなかった女だって証明するために、調べられるのよね。死んだほうがマシだわ、そんなの……。だけど、どんなひどい目に遭わされても、この身体では逃げることもできないのよ」

オーウェンの顔からみるみるうちに血の気が引いていく。

こんなことを言っては駄目だと思いながら、フェリシアは乱れた感情のままに言葉を続けた。

「一生守るって言ってくれたのに。嘘だったのね」

オーウェンはフェリシアから目をそらし、何も言わなかった。

悲しげな彼の顔を見ていたら、たちまち後悔が押し寄せる。

――私、なんてひどいことを。

フェリシアは杖に縋ってゆっくり彼に背を向けた。

「ごめんなさい、立ち聞きなんて恥ずかしい真似をして。だけど私、貴方を……愛していたから、失望したの……それだけよ。じゃあ、おやすみなさい。明日から身の回りの世話は侍女に頼みます」

貴方はあの女性とお幸せに。

だが、その捨て台詞を言おうとしても泣いてしまって喋れなかった。

嗚咽しながら立ち去ろうとしたフェリシアの背後に、オーウェンが歩み寄ってくる。

「来ないで！」

フェリシアは駄々っ子のように声を張り上げた。

自分の態度は八つ当たりだとわかっている。オーウェンはフェリシアを女として愛せないから抱かないし、王都に戻ったあとは離婚しても構わないと考えているけれど、別れの日までは大事に面倒を見てくれるだろう。

オーウェンは何も間違っていない。ただフェリシアが『愛されたい』とオーウェンに一方的に求めているだけなのだ。

背中から抱き寄せられ、フェリシアは腕を振りほどこうともがく。

「放して。もういいの」

「誤解があるようなので、ありのままを申し上げます」

フェリシアの脳裏に、先ほどの明晰な女性の声がよぎる。オーウェンの恋文を持って帰った美しい人。

どんな絶望的な『真実』を聞かされるのだろう。

この先の話を知りたくない。

「聞きたくないわ、もう何も話さないで」

「いいえ、お聞きください。まず初めに、私は先ほどのメリア殿のお申し出を全て断り、帰っていただきました」

オーウェンの腕を振りほどこうとしていたフェリシアは、驚いて抵抗をやめた。

――どういうこと……？

腕の力が緩む。フェリシアはオーウェンの腕に縋り、顔を見上げた。

銀紫の瞳が、悲しげにフェリシアを見下ろしている。

フェリシアは声を震わせて、オーウェンに尋ねた。

「何を……？　でも、さっきの女性に、恋文って」

「恋文というのは冗談で、あれは、私からアンドレアス様へのお手紙です。彼女は陛下の近衛隊の一員ですよ。さすが隠密行動の玄人、見事な貴婦人姿でしたね。恐らく騎士の制服姿に戻れば、フェリシア様もご存じの人物なのでは」

オーウェンの言葉にフェリシアは眉根を寄せた。

――お兄様の騎士……確かに、近衛隊には女性が何人かいるわ。皆、女性だけれど腕も立つし、乗馬も男性並みにこなすって……。

困惑したフェリシアは、情けない声で言った。

「二人で庭の奥に行ったじゃないの、わ、私……見たのよ」

「彼女は、アンドレアス様にフェリシア様のお住まいの状況を報告したかったそうです。庭を案内して、警備状況を確認してもらったのですが、何か問題がありましたか？」

「え……っ……それは……ごめんなさい。私、貴方達が二人で逢い引きをしているのかと思ってしまったの……」

ますます困惑して、フェリシアは俯いた。

どうやら自分がまくし立てた文句は、大半が一方的な思い込みだったようだ。

あまりの恥ずかしさに、身体を支える右足が震え出す。だがこれだけは確認しなくては。

フェリシアは縋るような気持ちでオーウェンに尋ねた。

「ば、ばあやに、私と別れないと言ってくれたの？」

「はい」

はっきりとしたオーウェンの返事が聞こえた。狂おしいほどの希望がフェリシアの胸に湧き上がる。

「ずっと一緒にいてくれるの？」

オーウェンが、銀紫の目をそっと伏せる。

「はい、お約束したとおりです。私はフェリシア様に嘘はつけません。ただ、隠し事を……しているだけなのです」

「かくし……ごと……？」

フェリシアは無意識に、強くオーウェンの腕を摑んでいた。

「教えて」

「いかがいたしましょう。……お教えしないほうがいいと頭ではわかっているのですが」

瞳を覆う銀の翳りが強くなる。

隠し事とはなんだろう。顔を強ばらせるフェリシアに、オーウェンが微笑んで言った。

「……やはり正直に申し上げます。今も、頭の中でやめておけという声が聞こえているのですが、黙っていられない。本当は、貴女の足の怪我は私が原因なのです」

先ほどまでの悩ましげな表情が嘘のような、ひどく明るい声だ。

だが、口にした内容は、にわかには理解しがたいものだった。

「オーウェン、何を言っているの？　違うわ、これは、突然暴れ出したラズル様が……」

フェリシアの言葉にオーウェンがゆっくりと首を振った。

「私は貴女をラズル様に嫁がせたくなかった。だから、機会を得たときに、あの男を挑発いたしました。前々からラズル様は脆い人間だとわかっていました。ですから、潰そうと思えば潰せると思ったのです」

言葉を切ったオーウェンが、正面からゆっくりとフェリシアを抱きしめる。

凍り付いたフェリシアを逞しい胸に閉じ込めたまま、オーウェンは続けた。

「私は、ラズル様が見ているのを知っていて、貴女の手の甲に口づけ、抱擁してほしいという言葉にも応えました。ラズル様は私の予想どおり壊れた。そして、貴女もあの男に壊された。貴女をどこにもやりたくないという私の願いは叶いましたが、同時に、貴女をも取り返しが付かない形で傷つけてしまった。ですので、私には、フェリシア様の夫になる資格はありません」

フェリシアはゆっくり瞬きした。まるで動かない左足に意識が行く。

ラズルが自分を売春婦と罵り、突き飛ばしたせいで動かなくなった足。

破れた生け垣の外で、フェリシアの手に口づけ、抱きしめたオーウェン。

あの光景を、ラズルはどこかで見ていたのだ。だから『別の男に汚された』とフェリシアを拒み、暴れたのだ……。

けれどあのとき、フェリシアは幸せだった。永遠に抱きしめられていたかった。

だから、ラズルの怒りは間違っていない。神の前で婚約を誓うとき、フェリシアの心は既にオーウェンで塗りつぶされていた。フェリシアはオーウェンしか愛していない。ラズルを愛することなど生涯ありえなかったのだから……。

「貴女は私が守りたかった。誰にも渡したくなかった。これからもお守りしたい。ですが、貴女には私から離れる権利があります。お心とお身体が癒えたら、どうぞ私から離れ、陛下のもとにお戻りください。それがいい。それが正しいと私の理性は判断しています」

誰にも渡したくなかった、という言葉だけがはっきりとフェリシアの頭に残った。

一番聞きたかった、そして永遠に聞けなかったはずの言葉。夢のような気分だ。

荒れ狂う希望が、フェリシアからなけなしの理性と建前を剝《は》ぎ取っていく。

「お兄様のところには帰らないわ」

動かない左足を意識したまま、フェリシアは熱に浮かされたように言葉を続ける。

オーウェンがずっと好きだった。本当は誰のところにも嫁ぎたくなかった。

もしもこの足の自由が、オーウェンの側にいられる代償だったとしたら、自分はそれを受け入れる。

足が動かなくなったせいで、たくさんの人に多大な迷惑をかけたのはわかっているけれど、足の代わりにオーウェンを得られたのならば惜しくない。

オルストレム王国の王妹としては失格だ。足より、国より、オーウェンのほうが大切に思えるなんて。わかっているのに、気持ちはどうやっても変えられなかった。

――私……私は……なんて愚かな……。

右足の震えが身体中に広がっていく。オーウェンの力強い腕に支えられたまま、フェリシアは涙に濡れた顔で微笑んだ。

「足が動かない代わりに、貴方と結婚できたのなら嬉しい。貴方が私と一緒にいたいと思ってくれたなら、嬉しい。だから、ずっと私と一緒にいて」

自分の言葉の恐ろしさに震えながら、フェリシアは背中に手を回し、力いっぱいオーウェンに抱きついた。

「私は貴方が好き。ラズル様は嫌、ばあやが探してくれる他の殿方も全部嫌よ。だから私をどこにも行かせないで」

言い終えたとき、フェリシアの頤《おとがい》にオーウェンの指先が掛かった。

すぐ側にオーウェンの比類なく整った理知的な顔がある。

食い入るようにフェリシアを見つめる瞳は、銀の翳りに覆われていた。

――ああ、綺麗だわ、なんて綺麗な人。

昔から、くるくると色を変える彼の美しい瞳が大好きだった。

一対の不思議な宝石に魅入られていると、オーウェンの顔がゆっくりとフェリシアに近づいてきた。

唇に、唇が重なる。

何が起きたのかわからなくて、フェリシアはしばしぼうっとなった。千切りたての薔薇の葉のような匂いが、フェリシアの身体を包み込む。

――私、口づけをされて……！

唇に接吻《せっぷん》されるのは、生まれて初めてだ。フェリシアの心臓が大きな音を立てて鼓動を刻み始める。

顔が熱い。身体中の血が、顔に集まったかのように感じた。

あまりの恥ずかしさに唇を離そうとしたが、頭の後ろを抱え寄せられて動けない。

戸惑いながら口づけに身を任せていると、不意に唇を舌先で舐められた。

「ん……っ……」

突然の刺激に声が漏れ、身体がびくりと揺れる。

フェリシアを抱くオーウェンの腕に、絡みつくような気配を感じた。

オーウェンは、普段介抱してくれるときは、少し身をよじればすぐ手を離す。けれど今は違う。どんなに暴れてももがいても、オーウェンの腕は振りほどけないような気がする。まるで蜘蛛《くも》の巣にかかった蝶のような気分だった。

「どうかお帰りください、ご自分のお部屋に」

言葉とは裏腹に茨のように絡みつく腕に抱きしめられたまま、フェリシアは首を振った。

「本当に貴女を放せなくなります。私の話を聞いていなかったのですか？　貴女を苦しませているのは、私の愚かさゆえだとご説明申し上げたはず」

「聞いていたわ」

震え声でフェリシアは続けた。

「聞いていたけれど……嬉しいの。私、足の代わりにオーウェンを得たのでしょう？　それならば、満足よ。だって貴方のお嫁さんになれたんだもの……」

オーウェンの長い指が、フェリシアの髪をそっと摑んだ。逞しい身体から激しい鼓動が伝わってきて、フェリシアの胸がつられて高鳴る。

「満……足……」

掠れ声でオーウェンが繰り返す。フェリシアは頷いて、彼の銀の目を見上げた。

「そうよ。ラズル様のところに行くのは嫌。貴方が好きだから、貴方の側にいたかったの」

「……私といたら、貴女はどこまでも壊されるのに……それなのに満足だと？」

オーウェンは、とても不思議そうだった。フェリシアはわずかに首をかしげる。壊されるとはどういう意味だろう。

オーウェンは立派な貴公子で、王宮中の信頼を得ていて、自分には勿体ないくらいの男性なのに。

そんな人の妻になれて不幸なはずがないのに、何が壊されるというのだろうか。

フェリシアは顔を上げ、どこかぼんやりした表情のオーウェンに言った。

「いいえ、壊れたりしないわ。どうして？　私、貴方の妻になれて幸せなのに」

フェリシアの答えに、オーウェンが口元をほころばせた。けれど、目が笑っていない。

こんな笑い方をするオーウェンは初めて見る。

「そう、貴女は壊れないのですね……。それなら……良かった」

優しいくぐもった声に、得体の知れない何かが潜んでいた。怖いのに、『何か』の正体を知りたくなる。フェリシアはオーウェンの目に惹きつけられたまま、しっかりと頷いた。

「では、貴女は俺のものだ、フェリシア様」

俺、という言葉に、フェリシアはかすかに身体を震わせた。まるで庶民の男性のような言葉遣いだ。彼が自分を『俺』というのは初めて聞いた。

不思議に感じるけれど、嫌ではない。

――どうしたのかしら。

困惑しつつ、フェリシアはオーウェンの顔を見上げた。

「今から貴女の夫として振る舞わせていただきます」

染み入るような声に聞き惚《ほ》れていたフェリシアは、言葉の意味を理解して真っ赤になる。

焼けるように火照った顔で頷いてみせると、オーウェンがうっすらと笑みを浮かべた。

優しげで静かで、きらめくように美しいオーウェンの笑み。だが、その静謐さの奥に、フェリシアの知らなかった獣性が滲んでいた。

銀に染まった神秘的な瞳に引き込まれそうになり、フェリシアは震える手でオーウェンの頬に触れた。

オーウェンの指が頤に触れ、フェリシアの顔を上向かせる。

不自由な身体を巧みに支えながら、オーウェンは再びフェリシアに口づけた。逞しい片腕に抱えられ、顎を固定されたまま、フェリシアはされるがままに口づけを受け止める。

逞しい身体から、激しい熱が伝わってくる。引き締まった胸も力強い腕も、フェリシアのものとはまるで別物だ。うっとりと口づけに身を任せていたフェリシアは、唇を舌先で割られ、身を固くした。

「ん……」

舌で口の中を探られて、身体の芯がむずむずしてくる。

フェリシアは恐る恐る、オーウェンの舌先に、己の舌で触れてみた。舌と舌を触れあわせるなんて初めての経験で、膝が震え始める。気づけばフェリシアは、子供のようにオーウェンの上着を摑んでいた。

「……っ……ふ……」

執拗に口内を弄られて、目尻に涙が滲む。

身体中がゾクゾクしてきた。フェリシアを抱くオーウェンの腕にますます力がこもる。

フェリシアの痩せた柔らかな身体は、オーウェンの引き締まった身体にぴったりと密着していた。

オーウェンがゆっくりと身体を離し、フェリシアを軽々と抱き上げる。

身体が火照って震えて、何も言葉が出なかった。オーウェンは控えの間の寝台に歩み寄り、フェリシアを座らせると、ドレスに手を伸ばした。

「あ……あ……っ……」

フェリシアは、置かれていた枕をたぐり寄せ、その端を摑んだ。縋る物がないと不安で恥ずかしくていたたまれなかったからだ。

衣装の背中の留め金が、オーウェンの手で一つひとつ外されていく。

フェリシアは焼けるような頰を持て余しつつも、抗わずに身を委ねた。薄い絹の衣装が肩から滑り落ち、頼りない下着姿になる。

オーウェンはあられもない姿になったフェリシアを優しく抱き寄せ、こめかみに口づけた後に、シュミーズも身体から引き剝がしてしまった。

フェリシアは下穿《したば》き一つの姿になって、両腕で胸を押さえた。

オーウェンは恥じらい涙ぐむフェリシアの額にキスをして、軽々と己の上半身の服を脱ぎ捨てる。一つの無駄もない彫像のような肉体が視界に飛び込んできて、フェリシアは思わず目を瞑った。

何を考える間もなく、腰掛けていたフェリシアの身体は、寝台の上に組み敷かれた。胸を隠していた腕を、オーウェンの手で強引に解かれる。

両手首を敷布に押さえつけられ、裸身を隠す術がなくなった。

――はずかしい、どうしよう……。

ずっと臥せっていて痩せ細った身体を見られ、フェリシアは動揺した。もっと真っ暗で何も見えない場所で抱かれると思っていたのに、窓からは月明かりがまぶしいくらいに差し込んでいる。

「い、いや……お願い、目を瞑って。見ないで……っ！」

懇願したフェリシアは、むき出しの乳嘴《にゅうし》を舐め上げられて身体を跳ねさせた。

「あ、いや、何して……っ……」

オーウェンは答えない。熱い舌を押し付けるようにして、小さな蕾《つぼみ》を執拗に舌で弄ぶ。

「だ、だめ、そんなところを舐め……あぁ……っ」

唇で優しく乳嘴をついばまれ、フェリシアの目尻に涙が滲んだ。だんだんとその部分が硬く立ち上がってくる。

「あ、はぁ……っ、ほんとうに、何を、あっ……」

だんだんと吐息が熱くなってきた。けれどオーウェンは乳房から唇を離してくれない。逃れられずに、フェリシアは寝台の上で弱々しくもがいた。

「いや、これ、はずかし……吸っちゃいや……あん……っ」

呼吸が乱れ、身体の奥にじっとりした熱がたまり始める。胸への刺激で更に涙が滲み、視界が歪み始めた。

「あ……あ……オーウェン……いや……っ」

潤んだ目で懇願し続けると、オーウェンの唇が乳房から離れた。ようやく押さえつけられていた手首も自由になる。オーウェンはフェリシアに口づけながら、最後の一枚になった下穿きを足から引き抜いた。

──だ、大丈夫……夫の前では脱いで良いと習ったわ……大丈夫……。

嫁入り前に学んだ閨《ねや》の作法を思い出し、フェリシアは『大丈夫』と繰り返す。だが、一糸纏わぬ姿で、恋しい男の前に身を投げ出すのは怖い。それに、怖いだけでなく、どきどきしすぎて息が止まりそうだ。

オーウェンが今度は、フェリシアの唇に接吻をした。のし掛かるような体勢で、すぐ側にオーウェンの素肌を感じ、鼓動がますます速まる。かすかに肌と肌が触れあう度、ときめきと緊張で息が止まりそうになった。

──なんて綺麗な、磨《みが》いた石みたいな肌……。

圧倒的な男の熱量が、触れるか触れないかの距離でも伝わってくる。フェリシアは焼け付くような身体を持て余し、己に口づけるオーウェンの首筋に遠慮がちに手を掛けた。

「……そう、そのまま摑まっていてください」

ようやくオーウェンが言葉を発する。

素直に頷いたフェリシアは、次の瞬間ぎくりと身体を強ばらせた。オーウェンが膝の裏に手を掛けて大きく脚を開かせ、その間に身体を割り込ませたからだ。

「痛かったら、言ってください」

何を、と言いかけたフェリシアの秘めた茂みに、オーウェンの指先が触れる。

誰にも触れさせたことも、見せたことすらない場所なのに……あまりのことに、身体中から力が抜ける。

オーウェンの指先は、遠慮がちに濡れ始めた泉の表面を撫でた。

「あ……！」

オーウェンは、フェリシアの顔を覗き込むように半身を倒した体勢のまま、秘裂の縁をつっとなぞった。

未知の刺激に、たちまち、身体がびくりと跳ねる。

妙な声を出さないよう耐えるフェリシアの顔を見つめて、オーウェンが優しく言った。

「これから中に入りたいのですが、大丈夫でしょうか？」

「な、中……って……」

羞恥のあまり、顔が燃えるように熱くなる。大きく開かされた脚が緊張で震え出す。

「ええ、中です。俺はここに入りたい」

言葉と同時に、オーウェンの指が蜜口の奥へと滑り込んだ。

「や……！　なんで、指、っ、あぁ……！」

突然秘部に指を押し込まれ、フェリシアは身もだえて抗議する。こんな場所、人に触れさせてはいけないのに。ひんやりした肌に、汗が滲む。だが指は止まることなく、ずぶずぶとフェリシアの奥へと沈み込んでいった。

「ひ、っ、だめ、指……なんて……っ……」

力を込めて押しのけようとした刹那、額に口づけられて力が抜ける。

好きな人の目の前で裸で脚を開かされ、あられもない声を上げている自分が信じられない。ますます息が弾んで、身体から抵抗する力が失せていく。

「……っ、やぁ……っ……オーウェン……っ……」

「このようにしないと、後がお辛いのです」

身体を震わせ、泣きそうな声で悪戯な指を止めてほしいと訴えても、彼は応じてくれなかった。ぐちゅりと淫らな音を立てて指が付け根まで沈む。

「あ、はぁ……っ……」

オーウェンの手が、フェリシアの頭を肩口に抱き寄せた。フェリシアはかたかた揺れる手で背中にしがみつき直す。指が行き来する度に触れられた秘所は濡れそぼち、耐えがたい水音を響かせる。

抱え込まれる体勢になったことで、オーウェンの胸板がフェリシアの肌に触れた。

硬くなった乳嘴が滑らかな肌に擦られ、身体中に掻痒《そうよう》感に似た刺激が広がっていく。

指の動きはまだ止まらず、ぬるついたフェリシアの中を何度も行き来した。

重なった胸からオーウェンの乱れた呼吸を感じ取り、フェリシアの身体はますます蜜を溢れさせる。

――助けて……恥ずかしい……。

未知の快感に身体がひくひくと反応する。意思とは裏腹に、右足が快感から逃れようと敷布を蹴った。

オーウェンの指先は愛おしむように、火照って濡れた襞の間を愛撫する。閉じ合わさった場所を開くように中をぐるりとかき回し、優しく擦り立てる。

フェリシアの目尻から涙が伝い落ちた。呼吸はダンスの後よりも激しく乱れ、オーウェンの背中にしがみつく腕が強ばった。

「あ、あぁっ、こんなの恥ずかしいっ……」

「いいえ、フェリシア様」

オーウェンは一つ息を吐いて、裂け目の縁にある何かをぎゅっと押した。

「あぁぁ……っ！」

刹那、身体がびくんと痙攣する。足がわななき、オーウェンの指を咥《くわ》え込んだ蜜襞がぎゅうぎゅうと収縮した。

「気持ちがいいとおっしゃってください。お身体はこのように反応しているのですから」

「だ、だって、怖い……っ……」

オーウェンが空いた片手で、フェリシアの額に貼り付いた髪をかき上げた。

「怖いのですか？」

完璧な形をした唇が、弓のように吊り上がる。

「俺は期待で狂いそうですが」

「き、期待……？」

「ええ」

銀の目を細め、オーウェンが柔らかな低い声で言った。

「貴女を抱けるという期待で」

指が粘着質な音を立てて抜け落ちる。その指を惜しむように、とろりとした雫が秘裂からこぼれた。

裸の胸を上下させるフェリシアに軽く口づけをして、オーウェンが下半身に纏っていたものを全て脱ぎ捨てる。

半身を起こしたオーウェンに見下ろされ、フェリシアは小さく身構えて、思わずまた枕の端を摑んだ。

オーウェンが両脚に手を掛け、更に大きく脚を開かせた。

恥ずかしさに息の仕方すらわからなくなりそうだ。濡れそぼった蜜口を銀の瞳に晒したまま、フェリシアは目を瞑る。

フェリシアの脚を開かせたまま、オーウェンが何かの先端を泉の中心にあてがった。

反射的に逃れようとしたが、腿の辺りを摑まれてしまった。ぬかるんだ秘部が、圧倒的な質量の熱塊をゆっくりと呑み込んでいく。

「……っ、は……っ……」

フェリシアは枕の端を摑む指に力を込めた。指よりもはるかに太く大きく、存在感のあるそれが、フェリシアの無垢な身体を押し開いていく。

　お腹の中がいっぱいで苦しいほどだ。だがその昂りは、もっと奥深くを目指してフェリシアの身体を貫いていく。

「あっ、あ……オーウェン……っ」

　震えが止まらず身体中を侵食する。オーウェンは苦しげに顔をしかめ、ゆっくりとフェリシアの中に己自身を沈めていく。秀麗な額に汗が滲んでいるのが見えた。こじ開けられる違和感が強まり、フェリシアの喉から声が漏れる。

「んっ、む、無理……はいらな……っ」

「大丈夫です。今少しご辛抱を」

　フェリシアの腰の辺りを掴むオーウェンの指に力がこもる。焼けるように熱い鋼杭が、フェリシアの一番奥をぐいと押し上げた。

　身体中で喘ぎながら、フェリシアは小さな声で尋ねた。

「もう……入った……？」

「ええ、フェリシア様。全部、最後まで……」

　身体の中がオーウェンで満たされているのだと思った刹那、下腹部がかすかに波打った。

　今まで知らなかった満足感と愛おしさが胸の中に込み上げる。何も言わずに、フェリシアはオーウェンに抱きつく腕に力を込めた。

　肩の辺りにフェリシアの頭を抱え、オーウェンが耳朶に囁きかける。

「お苦しいですか？」

フェリシアは抱きしめられ貫かれたまま、小さく首を振った。苦しくて痛いけれど、繋がり合っていたい。このままもっと、深いところまで彼を呑み込みたい……その気持ちをどう言葉にすればいいのか、フェリシアにはわからない。

「オーウェンは、苦しくない……？」

こんなに自分の身体がきついのだから、オーウェンも辛いかもしれない。涙ぐんだまま尋ねると、腕の中でオーウェンがかすかに身体を震わせた。

——どうして、笑って……。

フェリシアは当惑する。耳元で、オーウェンの艶めかしい声が聞こえた。

「いえ、俺は最高の気分です」

彼の声はいつにない欲情と、怖いくらいの色香を孕んでいた。その声が耳朶を震わせた刹那、オーウェンを呑み込んでいる部分がずくんと疼いた。

だんだんとその疼きが強くなっていく。逞しい熱杭の感触が、未熟な粘膜をじわじわと焼き始める。

「そ、そう、なら……いい……の……」

逞しい雄を咥え込んだ蜜窟から、熱い雫が湧き上がった。耐えがたいむずがゆさに、フェリシアは落ち着きなく右足を動かす。同時にオーウェンが耐えがたいとばかりに大きく息を吐き出した。

「動いてもよろしいですか？」

「動く……？」

　こうやって繋がって終わりだと思っていたフェリシアは、戸惑ってオーウェンの言葉を復唱した。だがそれ以上の質問は許されなかった。

　汗の味がする唇がフェリシアの唇を塞ぐ。同時に、やっとの思いで呑み込んだ肉杭が、ぐちゅりと音を立てて前後に動いた。

「んうっ」

　唇を塞がれたまま、フェリシアは身じろぎした。

　異様なほどに高まった熱と刺激が、下腹部で弾ける。思わず腰を浮かせたが、オーウェンにのし掛かられて動けない。

　くちゅ、くちゅと規則正しい音を刻みながら、オーウェンの剛直が中を行き来する。

　抽送が繰り返される度に、フェリシアの隘路は反応し、別の生き物のように蠢いた。

　まるで、オーウェンの身体を奥につなぎ止めようとするかのように。浅ましささえ感じるくらいに、粘膜が反り返る彼自身に絡みつく。

「く……ふ……っ」

　柔らかな襞から、次から次へと蜜が滲み出す。初めに感じた痛みは、鈍い痺れのようなものに変わっていた。

　オーウェンは口づけをやめない。フェリシアはどこにも逃れられないまま、ひたすらに逞しい雄を受け入れ続けた。

火照った隘路を責め立てていた熱杭が、ひときわ強く奥を押し上げた。

先ほどよりも熱くなった舌が、フェリシアの舌先を絡め取る。

上からも下からもオーウェンに摑まって、もう彼のことしか考えられない。不器用に舌先を舐め返すと、再びオーウェンが緩やかに動き始めた。

一つひとつの動きが、身体の奥に快楽を刻みつけるように感じる。

フェリシアは唇の端から切れ切れの声を漏らし、強すぎる悦楽から逃れようと必死で右足をオーウェンの腰に絡めた。

「ん、う、んく……っ……」

熱い蜜が滴り、尻を伝って落ちていく。汗に濡れたオーウェンの胸が、乳房の先端を擦る度、抑えきれないわななきがお腹の奥から湧き上がった。

気づけばフェリシアのそこは、オーウェンのむき出しの雄を強く締め付けていた。

身体を焼く熱を持て余し、フェリシアは思わず腰を揺らす。だが、まるで楽にならない。

熱はいや増して、フェリシアの息を余計に弾ませただけだった。

「どうなさったのですか？　そんな風に腰を動かして。もう怖くなくなりましたか？」

唇を離したオーウェンが、フェリシアを見つめて問うた。やはり彼の声を聞くだけで、身体がおかしくなる。繰り返し貫かれる下腹部が、引きつるように蠕動《ぜんどう》する。

「……こ、こわく、ないわ……」

答えた刹那、身体を穿《うが》つ動きが強くなった。

フェリシアは、ああ、と声を上げ、汗に濡れた背中にしがみつき直す。身体を開く肉槍は硬度を増し、フェリシアの蜜窟にその形を刻み込んだ。

「あ……あ……いや……さっきより硬い……どうして……」

「フェリシア様を抱いているからです。貴女だから、こうなるのです」

言い終えたオーウェンが、息を乱してフェリシアの唇を奪った。唇越しに感じる獣のような欲望に、フェリシアの頭に紗がかかったようになった。

身体の深いところまで押し入ったオーウェンは、そのまま接合部を擦りつけてくる。ぐずぐずに濡れそぼった和毛《にこげ》がざりざり音を立てた。同時にその奥に秘められた小さな芽が押しつぶされ、フェリシアの身体に更なる火を付けた。

「あんっ、やぁぁっ！」

擦られたそこから、強い官能がはじけ飛んだ。オーウェンを咥え込んだ部分がより強く締まり、彼を呑み込むように脈動する。

「いっ、いや、だめ……私、あぁぁっ……！」

身体を駆け抜けた快楽にフェリシアは背を反らせた。オーウェンの汗が胸に落ちる。

「だめではありません、もっと抱きたい、俺の全部を貴女の中に吐き出したいのです」

うわごとのような言葉が耳に届く。だが、何を言っているのか深く考えられない。

「オー……ウェン……？」

「取り返しが付かなくなるまで俺が汚して差し上げます。貴女は誰にも渡さない、愛しています、俺だけの姫様……」

愛しているという言葉が、フェリシアの身体の全てを、一気に塗り替えた。

身体中に花が咲いたような気持ちになる。

この恥ずかしい行為は、愛し合うための行為だと実感できたからだ。こんな格好で、誰にも触れさせない場所で彼を呑み込んでいるのは、オーウェンが愛しいからなのだ。

そう理解した瞬間、オーウェンの汗ばんだ肌も激しい吐息も、何もかもが愛おしくてたまらなくなる。

自分の身体の淫らな反応に戸惑っていたフェリシアは、嬉しさのあまりオーウェンの耳の辺りに頭を擦りつけた。

――私も、オーウェンがとても好き……好きすぎて苦しいくらい、好き……。

フェリシアは力いっぱいオーウェンを抱きしめ、嗄《か》れかけた声で言った。

「私も、愛してる」

めまいがするほどの圧倒的な幸福感がフェリシアの胸を満たす。

抱かれて初めて思い知った。オーウェン以外の男に触れられるのは、死んでもごめんだ。

政略結婚なんて、フェリシアにはできない。

「オー、ウェン……好き……」

言い終えると同時に、フェリシアを抱きすくめる力が強くなる。

痩せたフェリシアの身体を食い尽くすように和毛同士を擦り合わせ、オーウェンがフェリシアの唇を貪る。

身体を穿つ肉槍が勢いを増し、フェリシアの身体を揺さぶりながら繰り返し突き上げた。

「あぁ、っ、ああ……オーウェン……っ……」

繋がり合った場所がどろどろに濡れほころびて、どこまでが自分の身体なのかわからなくなる。

オーウェンの激しい息づかいに呑まれ、フェリシアは無我夢中で彼の劣情を受け止めた。

「……姫様、貴女は、俺の……」

オーウェンの引き締まった喉がごくりと動く。

もみくちゃにされたフェリシアの身体を潰れんばかりに抱きしめ、オーウェンがかすかな呻き声を漏らした。

同時に、蜜窟の奥でおびただしい熱が弾ける。フェリシアは弱々しく四肢を震わせて、腹を満たす灼熱に耐えた。

身体に力が入らないまま、フェリシアはもう一度繰り返す。

「どこにも行きたくないの……貴方の妻にしかなりたくない」

汗にまみれたフェリシアの身体を抱きしめ、オーウェンが小さな声で返事をした。

「ええ、一生、俺の側にいていただきます」

フェリシアの目尻からとめどなく涙が伝う。安堵のあまり、もう声も出ない。

オーウェンが、どこにも行かせないと約束してくれた。その言葉を胸に抱き、フェリシアはぐったりと目を瞑った。

――大好き……私、他の人のところになんて……絶対行かない……。

こうやって肌を合わせ、隙間なく抱き合っている今が信じられないくらい幸せだ。オーウェンの肌を身体中で感じながら、フェリシアはゆっくりと気を失った。

オーウェンが目を開けると、部屋の中にほのかな光が差し込み始めていた。

寝起きはいつも、全く頭が働かない。

毎朝毎朝、獣になるか、人になるかの選択を迫られているような気がする。日に日に『人』であることを選ぶのが億劫になっていく。

ゆっくりと瞬きをしたとき、己の身体に細い腕が絡まっていることに気づいた。

――え……？

オーウェンはぎくりとして、身体を起こした。寝台には目にも鮮やかな金の髪が乱れて広がっている。子供のように泣き疲れた顔で、裸のフェリシアが眠っていた。

『人』になるための扉を懸命に押していたオーウェンは、しばし硬直した。だがすぐに思い出す。抱いたのは自分、愛していると囁いたのは自分、無垢な身体を開き、執拗なまでに劣情を注ぎ込んだのは自分だ。

——フェリシア様……。俺は何ということを。

激しい焦りが、オーウェンの身体から熱を奪っていく。

オーウェンは震える手を伸ばし、毛布にくるまれたフェリシアの身体を確かめた。

無我夢中で理性が飛び、獣に支配されてしまったのだ。

身体を傷つけてはいないだろうか。首筋や形の良い乳房、触れあった箇所を目を血走らせて確認する。

フェリシアの身体は真珠のように艶やかで、傷一つ見当たらない。大丈夫のようだと安堵したとき、フェリシアがゆっくりと目を開けた。

「……ん……オーウェン……」

眠たげに瞬きをしたフェリシアが、引きつったオーウェンの表情に眉根を寄せる。

あっと思う間もなかった。

フェリシアは片腕をついて身体を起こし、一糸纏わぬ姿で胸に飛び込んできた。

柔らかな乳房が裸の胸に押し付けられた刹那、昨夜味わい尽くした劣情が鮮やかに蘇る。

オーウェンはごくりと唾を飲み込んだ。

「どうしたの、オーウェン。そんな怖い顔をして……」

あられもない姿でオーウェンに縋り付き、フェリシアは言った。

細い腕が、オーウェンの身体に回される。まるでオーウェンの抱いた後悔の念を嗅ぎ取って、それをなだめるかのような仕草だった。

絹のような肌の感触に、萎縮したオーウェンの身体の不自然な強ばりが解けていく。

オーウェンは、柔らかな金の髪をそっと撫でた。

甘い香りが胸を満たし、フェリシアへの愛おしさが込み上げてきた。

腕の中のフェリシアが、か細い声で呟く。

「愛してるわ……だからそんな顔をしないで」

オーウェンは、壊れ物のようなフェリシアの身体をそっと抱きしめた。唯一オーウェンを狂わせる甘いフェリシアの香りが、胸をいっぱいに満たす。

なんて可愛らしくて美しくて、清らかな人なのだろう。彼女は、ただの獣の子だったオーウェンに寄り添い、守ってくれようとした気高い姫君だ。

オーウェンはずっと、フェリシアのことが愛しくて、触れたくてたまらなかった。

多分、彼女を抱けるなら何を失っても良かったのだ。己の善性さえも。

ふと気づけば、『人』に続く扉はどこにも見えなくなっていた。

オーウェンは満たされた気持ちで、長く柔らかい髪を繰り返し指で梳く。

「はい、フェリシア様。昨夜は失礼いたしました。どこも苦しくありませんか？」

「ええ、大丈夫よ」

フェリシアの声は優しく、温かかった。

オーウェンは目を伏せ、裸身のフェリシアを抱く腕に力を込める。甘えるようにしがみついてくる小さな頭に頬ずりしながら、オーウェンは答えた。

「愛しています。俺のせいで、おみ足がこのようなことになってしまいましたが……償います。俺が貴女を永遠に守ります」

汚い雨水と、血と、罪過《ざいか》で汚れた手でフェリシアを抱いたまま、オーウェンはもう一度繰り返した。

「俺は、貴女を愛しています」

腕の中のフェリシアが、こくりと頷いて肩を震わせ始めた。

「私もよ。私、絶対にオーウェンと離れないから……。他の人に嫁ぐなんて嫌……」

柔らかな女の身体の感触が、オーウェンの腹の底に再びほの暗い火を灯す。

――これでいい。無垢な彼女の身体に快楽を刻み込み、尽きるまで劣情を注ぎ込んで、俺の子を孕ませてしまえばいい。そうすれば永遠に彼女は俺のものだ。

欲しいものが手に入って嬉しい。ずっと欲しかった。永遠に離さない。獣の吠え猛る声が頭蓋を揺さぶる。

――違う、私は、フェリシア様を平穏に幸せに……私のような獣といるよりも、もっと幸せな……未来を……。

理性の声がかき消える。

オーウェンの中の獣が、喜びの咆哮《ほうこう》を上げた。

第七章

「ありがとう、オーウェン」

フェリシアは乱れた髪を梳いているオーウェンに鏡越しに声を掛ける。身体を重ねて初めて迎えた朝も、オーウェンはいつもどおり優しくて、完璧な紳士だった。

――だ、だけど、まさか一緒に湯殿に付き合ってくれるなんて……それは、侍女に手伝ってもらって、どうして汚れたのか聞かれたら困ったけど……。

思い出すだけで顔から火が出そうだ。

だが、睦み合いながら二人で身を清めるのも悪くなかった。

フェリシアは落ち着かない気持ちで何度も腰掛ける姿勢を直す。

「もうすぐ終わりますので、お待ちください」

オーウェンが丁寧な仕草で両脇の髪を編み、後ろで一つに結んでくれる。

人妻というより、若い娘らしい髪形だったが、夫が慣れない手つきで髪を結ってくれたのが嬉しくてたまらない。見れば、髪を結んだ場所に、赤い小さな花の飾りが付いていた。

「どうしたの、これ？」

「先日村の役所に行った帰りに、雑貨屋で見つけました。木で作られているそうです。よくわかりませんが、良い品のようなので、貴女に喜んでいただけるかなと。最近、お元気がなかったので、何か可愛らしいものを差し上げれば、ご気分も晴れるかと思いまして。お元気がないのは、俺のせいだったわけですが……」

オーウェンが困ったように口をつぐむ。フェリシアはおかしくなって、笑いながらオーウェンに教えた。

「これはシャミア村の伝統工芸品なの。こんなに薄い花びらを削り出せるのは、とても上手な職人だわ。しかも樹脂で固めてあるから丈夫なのですって」

「さようでございますか。確か、店の者もそのようなことを申しておりました。女性用の品のことは俺にはわからなくて」

オーウェンが滑らかな頬をかすかに赤く染めている。

「女性に贈り物をするのは初めてなの？」

「……はい」

鏡に映ったオーウェンが、低い声で返事をして、目をそらす。

――信じられない。こんなに素敵な男性なのに……！

だが、夫の初めての贈り物の相手が自分だというのは、たまらなく幸せな気分だ。

「ありがとう。嬉しいわ。毎日髪に付けてくれる？」

振り返って微笑むと、オーウェンが身をかがめて口づけをしてくれた。

今までは考えられないことだ。

嬉しさと恥じらいで、フェリシアは頬を火照らせた。唇を離したオーウェンが、熱くなった耳朶に囁きかける。

「お疲れでしょうから、今日の午前の勉強はお休みにいたしましょうか」

オーウェンの言葉に赤い顔で首を振る。

「いいえ、元気だから大丈夫よ」

心の憂いが晴れたからか、フェリシアの身体には嘘のように活力が満ちていた。身体の節々や下腹部は少し痛むが、心は今までになく晴れやかだった。

オーウェンに微笑みかけたフェリシアは、ふとあることに気づいて首をかしげる。

「あら、今日は目が銀色なのね。紫がほとんど見えないわ」

そう言うと、オーウェンが不思議そうに鏡を覗き込む。

「本当だ。なぜでしょうね、自分でも色が変わる理由はよくわからないのです。視力に影響があるわけではないのですが」

「そうなの？　綺麗だけれど、とても珍しいわよね……」

フェリシアは、オーウェンに顔を近づけて、瞳を覗き込んだ。その瞬間、不意にオーウェンが笑い出す。

「初めて会った日のようですね。貴女はそうやって、俺の目を覗き込んできょとんとしておられた」

悪戯盛りの四歳の頃の話を持ち出され、フェリシアの頬が再び熱くなる。

「私、小さい頃、色の名前をたくさん知っているのが嬉しくって、ああやって遊んでいたのですって。恥ずかしいわ、いきなり飛びつかれて驚いたでしょう？」

「いえ、可愛らしかったです。元気いっぱいで子うさぎのようでした」

オーウェンが穏やかな声で言い、フェリシアの肩を抱いて、再び唇を押し付けてきた。

どうしようもなく胸がときめき、ドレスの膝の辺りをぎゅっと握る。

長い長い片思いが叶った喜びで、熱が出そうだ。

フェリシアは口づけをされたまま、オーウェンの広い背中にそっと手を回した。心臓の鼓動が大きくなりすぎてオーウェンに聞かれてしまいそうだ。

——大好き。貴方は何をしたら喜んでくれるのかしら。もっと私が仕事を頑張って、貴方に安心してもらって、それで……。

心の中に甘い蜜が満ちていく。このままずっと口づけをしていたいと思ったとき、部屋の扉が叩かれた。

「おはようございます、フェリシア様」

侍女の溌剌《はつらつ》とした声に、心の中でため息をつく。

——もう少し二人で過ごしたかったわ。

残念な気持ちで、フェリシアはオーウェンから身体を離す。彼は何食わぬ顔で背後に控えてしまった。先ほどまで漂わせていた艶めかしい空気など微塵も感じさせない。

――私だけ真っ赤じゃない。ずるいわ、一人だけ大人の顔をして。でも、そういうところも素敵なのだけど。

そう思いながら、フェリシアは入室してきた侍女に微笑みかけた。

「では、私は執務がありますので、失礼いたします」

軽やかな足取りで出て行くオーウェンを見送り、侍女を振り返る。

「今日は、歴史学の先生は予定どおりにいらっしゃるのかしら」

他愛ない会話をしながら、侍女が運んできてくれた軽食をとる。

昨日、フェリシアがずっと部屋に籠もっていたから、無理に食堂に連れ出すことはないと気を遣ってくれたのだろう。

「体調のほうはいかがですか。もう良くなられましたか」

「大丈夫よ、ありがとう。心配をかけてごめんなさいね」

侍女頭が選んでくれた娘達は皆、気立てが良い。渡されたお茶を啜っていると、侍女が思い出したように言った。

「そういえば、メリア様はなぜ、姫様にご挨拶もせず、あんな風に出て行かれたのでしょうね。お急ぎだったのでしょうか」

侍女の言葉に、昨日の午前中にやってきた乳母のことを思い出す。

オーウェンに愛されたことで頭がいっぱいで、嫌だったことなど全て脇に押しやっていた。フェリシアは己の現金さを反省しつつ、侍女に尋ねた。

「帰り際に何かあったの？」

「はい。私達も、せっかく見えたのなら姫様とお過ごしになったらどうか、とお勧めしたのですが、何だかご様子が……青い顔で、ふらふらと出て行ってしまわれて」

「青い顔で？　来たときから体調が悪そうだったの？」

侍女はしばらく考え、きっぱりと首を振った。

「いえ、いらしたときは意気軒昂《けんこう》と申しますか、オーウェン様を出せと息巻いておられる感じで……。帰るときは様子が変わっておられました。オーウェン様に何か言われたのでしょうか……？　でもオーウェン様は、メリア様があんなに青くなるようなことなんておっしゃいませんよね。誰に対しても穏やかで、とてもお優しい方ですもの」

侍女の言葉に、フェリシアも違和感を覚えた。

まず考えられないことだが、仮にオーウェンが怒鳴ったりしたのであれば、廊下にいた皆に聞こえたはずだ。それに気丈な乳母が、オーウェンとの口論くらいで心神喪失した状態になるとも考えがたい。

「何があったのかしら。あとで手紙を書いてばあやに聞いてみます。王都への早馬で一緒に届けてもらうわ」

返事が来るかわからないが、一応フェリシアはそう侍女に告げた。

「それと一緒に、孤児院の皆への手紙も送ってほしいの。皆でつまめるような村のお菓子を添えてもらえる？」

「かしこまりました。お菓子のほうは早速手配して、お手紙に添えさせていただきます」

侍女はにっこり笑って、ひと言付け加えた。

「それと、明日からは朝のご挨拶に参りませんので、お支度が整いましたら呼び鈴でお呼びくださいませ」

目を丸くしたフェリシアは、一拍遅れて侍女の言わんとしていることに気づく。オーウェンと過ごす朝を邪魔しないと言っているのだ。さすがは有能な侍女頭が選び、後事を託した娘だけあって目端が利くらしい。

フェリシアは精一杯の威厳を保とうとしつつ、うわずった声で答えた。

「あ、ありがとう。では手紙に添えるお菓子の件はお願いね」


その日は、あとでオーウェンに別れ際の乳母の様子を聞いてみようと思いつつ、あっという間に過ぎた。

シャミア村に来たとはいえ、オーウェンは相変わらず多忙な様子だ。

村の状況を学べるよう、集めた資料をフェリシア用にかみ砕いてくれたり、兄がひっそりと寄越す使者に持たせる書類を熱心に書き綴っている。

――お兄様ったら『ゆっくりしてこい』っておっしゃったくせに、オーウェンにたくさんお仕事を押し付けていらっしゃるなんて。

夫との時間を兄に取られたようで寂しいが、仕方がない。

――あの子達、お菓子を喧嘩せずにわけ合ってくれるかしら。

孤児院の子供達へ送った手紙を思い出し、フェリシアは微笑みを浮かべた。

一日張り切って過ごしたので、どっと疲れが出て寝台に横になる。

――私、昨日はオーウェンと別れたくないって泣いていただけのくせに、本当に調子のいい女だわ。

フェリシアは枕の端をぎゅっと握った。オーウェンが愛してくれただけで、自棄《やけ》になって投げ出そうとした全てを、一つひとつ丁寧にやり直す気になった。

愛している、どこにも行かせない。愛する夫がそう誓ってくれただけで、干からびた器に命の水が満たされたように感じる。

オーウェンへの想いは、まるで劇薬のようだ。しかも、日に日にその作用が強くなる。

足の自由を失い名誉を貶められたというのに、ますますオーウェンへの執着が深まったような気がする。

――本当は逆なのに。重荷は重荷らしく、何も望まずにいるべきなのに……。

オーウェンは、フェリシアがラズルに怪我を負わされたのは、自分のせいだと言った。

しかし、オーウェンに対して、何の怒りも湧かない。

愛する人が、自分の夫になってくれる口実ができて良かった、としか思えない。

――多分、私は間違っている。でも、間違っていてもいいわ。また愛してるって言いながら抱いてほしい。

今はもう、被った恥辱すらもどうでもいい。

己の心のありようが恐ろしくて、フェリシアはそっと両手で顔を覆った。

オーウェンに妻と呼ばれ愛されれば全ての空虚は埋まり、指先にまで力が満ちてくる。

今までと同じように背筋を伸ばして『王妹』として振る舞える。

――ばあやにはとても申し訳ないけれど、私、オーウェン以外には触られるのも嫌……。

寝台に置かれたクッションを引き寄せて胸に抱きしめたとき、扉がノックされた。

「フェリシア様、もうお休みですか」

甘く低い夫の声に、フェリシアはうさぎのようにぴょんと跳ね起きた。

「いいえ！　起きているわ」

たちまち甘く満ち足りた幸福感が、身体中に漲る。

部屋に入ってきたオーウェンが、頬を火照らせたフェリシアを見て、優しげに微笑んだ。

「お食事は？」

「もういただきました」

「疼痛治療のお薬は全部きちんとお飲みになりましたね？　苦いからといって、こっそり捨ててはいませんね？」

「もちろんよ、飲んだわ。ちゃんとお食事ごとに服用しています」

素直に答えて、これでは保護者のようではないかと気づく。涙が出るほど苦い熱冷ましを、飲まずに枕の下に隠して怒られたのは、六歳の頃の話なのに。

「大丈夫よ。そんなに子供扱いしないで」

かすかに口を尖らせると、オーウェンは笑顔のままフェリシアの隣に腰を下ろした。千切った薔薇の葉のような香りに、拗ねた気持ちもたちまちどこかへ吹き飛んでいく。

「昨日は一日、何も召し上がらなかったのでしょう？　俺のようなうるさい男に世話を焼かれたくなければ、きちんと規則正しくなさってください」

「……これからは気をつけます」

答えると、大きな手がフェリシアの頬に触れた。あっと思う間もなくオーウェンの顔が近づき、唇が奪われる。

優しく紳士的な口づけなのに、フェリシアの身体の奥深くがずくんと疼いた。口づけ一つでお腹の奥が火照り始める。オーウェンは落ち着きなく身じろぎしたフェリシアから唇を離し、耳朶に静かに囁きかけてきた。

「どうなさいました？　顔も耳も赤い。お熱でも？」

――意地悪……。

羞恥心を持て余して、フェリシアはオーウェンの肩に顔を埋めた。

昨日あんな淫らなことをされて、今だってこんな風に口づけをされて、平常心でいられるはずがないのに。

「そ、そうやって口づけをされると、身体が、熱くて……」

正直に答えたあと、すぐに後悔する。馬鹿正直に言うのではなかった。ますます子供扱いされそうだ。

オーウェンが楽しげに笑い、フェリシアの身体を抱きしめた。

「可愛いお方だ」

艶やかな声が、フェリシアの下腹の辺りを熱く震わせる。自分の反応に戸惑いながら、フェリシアもオーウェンに縋る手に力を込めた。

「だって……本当に熱くて……」

そろそろ顔から火を噴きそうだ。オーウェンはフェリシアの気持ちを知ってか知らでか、髪を撫でながら、火傷したように熱くじんじんする耳朶に歯を立てた。

「あ……」

ほんのわずかな刺激なのに、身体中に電流が走ったように感じる。身体を揺らしたフェリシアは、裾から忍び込み、腿の辺りを撫で上げた掌の感触に再び身体を揺らした。

「いや……っ、恥ずかしい……服の下に手を入れるなんて」

思わず服の上から手を押さえるが、非力なフェリシアが抗えるはずもない。弄る動きが激しくなると共に、なぜかフェリシアの息も弾み始める。

「触りたいのです、他の男に触れさせない場所全部に、俺だけが。歯止めが利きません。

貴女が可愛らしすぎるせいだ――

もう、心臓の音がオーウェンに聞こえてしまいそうだ。両頬に火が付いたように感じる。

フェリシアは乱れる息を必死で抑え、小声で言った。

「さ……触っても……いいけれど……」

熱を帯びた掌が肌を行き来する度に、どうしようもなく胸が苦しくなる。

多分知ってしまったからだ。愛する人と肌を合わせる幸せを。だからこの身体は浅まし
いくらいに、オーウェンの愛撫に反応してしまうのだ。

「今宵もフェリシア様と過ごしたかったので、仕事を切り上げて戻って参りました」

「そ、そう……なの……」

――私も待っていたわ。早く戻ってきて抱きしめてほしいって……。

オーウェンと自分は同じ気持ちなのだ。そう思うと、嬉しいのか、落ち着かないのか、
身体が熱いのか……もう、頭の中がぐちゃぐちゃで訳がわからなくなってきた。

「ええ、愛する貴女を抱かずにいられない。一刻も早く二人になりたかった」

オーウェンの言葉に、羞恥心がどうしようもなく高まる。

「邪魔なものには、しばらく退場してもらいましょう」

服の中に潜り込んだオーウェンの手が、フェリシアの下着を脱がせ、寝台に投げ出す。

そして、羞恥で動けないフェリシアの両脇に手を差し入れ、ひょいと膝の上に抱いた。

――し、下着が邪魔って……それって……。

あまりの恥ずかしさに、どうしようもなく顔が熱くなる。

フェリシアは下着を取り去られ、薄物一枚の姿で夫の膝に腰掛ける体勢になった。

「可愛らしい寝間着ですね」

足が不自由なので、服も着替えやすいものに変えてもらったのだ。子供が着るようなストンとした寝間着姿を可愛いと言われ、フェリシアはもじもじしてしまう。その態度がおかしかったのか、喉を鳴らしたオーウェンが、フェリシアの顎をつまんで後ろを向かせ、唇に唇を重ねてきた。

身体を捻って後ろを振り返りながら、口づけを交わし合う。ただそれだけで、身体中を駆け巡る熱が耐えがたいものになる。

同時にオーウェンの手はフェリシアの硬く尖り始めた乳嘴を、薄い服の上から弄んだ。

「あ……あぁ……っ」

不安定な体勢で唇を奪われながら、鋭敏な部分を弄ぶ指に身体をひくつかせる。口づけされ、触られているだけなのに、身体が疼いて目に涙が浮かんだ。

それに、目の前に姿見の鏡があるのも気になる。寝台の別の場所に座れば鏡の前に座らずに済むのに。

愛し合おうとしているときに、乱れた自分の姿が映るのは気になって仕方がない。オーウェンはもしかして鏡に気づいていないのだろうか。

「ねえ、オーウェン……ここだと、場所が……」

淫らな口づけの間に小声で抗議したが、オーウェンはどこ吹く風だ。やはり鏡のことは気にしていないのかもしれない。

フェリシアは諦めて、再び身体を捻ってオーウェンの口づけを受け止める。

オーウェンが、最近少し変わった気がする。

王宮にいた頃の彼は、いつもどこかひっそりとしていた。だが最近の彼は違う。夜空を照らす満月のようにまばゆく、自信に溢れ、フェリシアに触れる動きにも躊躇がない。

「ここから手を入れても？」

長い寝間着の裾に手を入れ、オーウェンは言った。

「そ、そこを触る……の……？　服を着たまま？」

愛しい夫のとんでもない言葉に、フェリシアは首筋まで赤くなる。

「そうですよ、お召し物を着たまま、俺の言うとおりになさってくださいね」

甘い声で囁かれ、脚の間の小さな泉がずくりと疼いた。

恥ずかしさも困惑も、これから与えられるであろう快楽の前には無力だった。フェリシアは素直に頷き、きゅっと目を瞑った。

オーウェンが、あらわになったフェリシアの脚の間に触れた。むき出しの秘裂を指先で突かれ、フェリシアの呼吸が大きく乱れる。

「やっ……だめ……」

とろりとした雫が身体の奥からあふれ出す。息が熱くなり、フェリシアは羞恥と快感に身をくねらせた。

「いいえ、駄目ではありません。俺のモノを召し上がっていただく前に、たっぷりほぐして差し上げなくては」

オーウェンの言葉に身体中が熱を帯びていたたまれなくなる。膝にのせられたまま、フェリシアはちらりと目を開け、すぐ側に置かれた鏡に目をやった。

――やっぱりこの鏡、気になるわ……。

フェリシアはそっと脚を閉じようとした。だが、その動きはオーウェンに阻まれる。

「どうなさったのですか？　それでは見えないでしょうに」

「え……見えないって……きゃっ！」

彼はフェリシアの力の入らない左足に手を掛け、鏡の前で大きく脚を開かせた。

――な……っ！

金の和毛にうっすら覆われた、鮮やかな桃色の裂け目があらわになる。

オーウェンの力強い右腕が、フェリシアの右の乳房を摑む。動けないフェリシアの脚を屈曲させて更に開かせ、裾をめくり上げて、秘部を鏡に映し出した。

「い、いや……こんな場所、晒しては駄目なのよ……」

「いいえ、晒して良いのですよ。俺達の間では」

甘い声に身体の奥がじくじくと疼き出す。

「裾を持ってください、俺によく見えるように」

「あ……」

オーウェンの言葉には抗えない。フェリシアは震える手で、言われたとおりに長い寝間着の裾をたくし上げた。投げ出された白い脚が生々しく目に焼き付く。

「フェリシア様、昨日は何もご説明せずに、申し訳ありませんでした」

優しい、けれど得体の知れない欲情を秘めた声でオーウェンが囁きかけた。

「昨夜、俺がどこに触れたのかお教えいたします」

フェリシアはいたたまれない気持ちで鏡から目をそらす。

「な、なんだか、先生みた……あぁんっ！」

最後まで言えなかった。オーウェンの長い指が、蜜を湛えた秘裂にずぶりと沈み込んだからだ。

「狭くていらっしゃる。苦しかったですか、昨日は」

「あっ……大丈……夫……はぁんっ」

滑らかな指が、狭い蜜窟の奥深くまで沈み込む。鏡の中のフェリシアは、その指を、両足を震わせて嬉しげに呑み込んでいた。

――い、嫌……恥ずかしい……。

やはりこんな淫らな姿を見てはいけない。再び鏡から目をそらそうとした刹那、オーウェンに耳元で叱咤される。

「説明の途中です。しっかり鏡をご覧ください。……やはり貴女のここはとてもきついで

すね、ですが俺は、どうしても入りたかった」

「あ……あ……だめ……こんなの……っ……」

せめてもの抵抗に、フェリシアは秘部を弄ぶオーウェンの手を摑んだ。

だが、フェリシアの力ではまるで妨げにならない。

オーウェンはわざとらしく蜜音を立てて指を抜き差しする。長い指に蜜が絡まり、一筋したたり落ちるのが見えた。

「指一本でもここまで締め付けてくるのです。まだ狭いので、もう少し慣らしましょう」

「やぁっ、オーウェン……っ……」

オーウェンはもがくフェリシアの乳房を摑み、身体を固定したまま、人差し指と中指を揃えて秘裂を暴いた。

「ああっ、あっ、だめ……だめぇ……っ……」

「駄目ではありません。いいと言い直して」

「だって……あぁんっ！」

「貴女に拒まれると悲しいのです、さあ」

そんな風に言われて抗えるはずもない。フェリシアは嬌声を呑み込み、うわずった声で答えた。

「い、いいわ、とても……」

中でくにくにと指を曲げられ、フェリシアの下腹部が波打つ。頬に涙が一粒転がった。

「可愛いお声だ。どこがどのように『いい』のでしょうか？」

焼けるような息を弾ませ、フェリシアは懸命に答える。

「お、お腹が、ぞくぞくして……っ……あぁ……っ、いやぁ……！」

ちゅぷちゅぷと音を立てて指を動かしながら、オーウェンが耳元で囁く。

「のちほど、この指と同じように俺のも絞り尽くしてくださいね、フェリシア様」

艶めかしい言葉に、オーウェンの指を咥え込んだ隘路がひくひくとわななく。ますます蜜がしたたり落ち、オーウェンの手を濡らすのが見えた。

「フェリシア様、もっと裾をたくし上げていただけますか」

「な……なんで……やぁ……っ」

「他に気持ちのいい場所を教えて差し上げますから」

思考が曇って何も考えられないフェリシアは、もはやオーウェンの言いなりだった。

鏡に向かって秘部を晒したまま、フェリシアは寝間着の裾を手の中に握りしめ、下腹部を丸出しにした。

オーウェンの指が、ぐちゅりと生々しい音を立てて抜かれた。

再び閉じ合わさった秘裂が、名残惜しげにひくひく蠢く。

まだもっと愛しい男の指を味わっていたかったと言わんばかりに、蜜を垂らすのが見える。

濡れた指が、秘裂の上にある小さな芽をぎゅっと押した。蕩けそうに緩んだ身体に、再び火のような刺激が走り抜けた。

「あああ……っ！」

のけぞるフェリシアの乳嘴を服の上からつまみ、オーウェンがひどく優しい声で言う。

「これほど硬くなっていては、擦れてお痛みになるのでは？」

「ひっ……あ……」

涙で曇った視界の先、鏡に映った薄物越しに、確かに硬く立ち上がった乳嘴の存在が見える。

「だ、だって……オーウェンがこんな、っ……」

「先ほどの良かったところをもう少し可愛がって差し上げます。その間にご自分の手で胸をはだけてください」

そう言って、オーウェンはフェリシアの首筋にキスをし、胸から手を離す。そして、力なく開いた左足に手を掛け、更にぐいと開かせた。

――もうだめ、何も考えられない。

フェリシアは震える指先で、服の前を留めるボタンを一つひとつ外していく。

その間にも、脚の間の芽を弄られて、絶え間なく快楽の声が漏れた。

腹の辺りまであるボタンを外し終えると、オーウェンは左足に掛けていた手を、胸に滑り込ませた。

服が肩から滑り落ち、上半身が裸になる。

「ほら、服が触れていないほうが楽でしょう？　こんなに敏感になっておられるのですから」

言いながら、オーウェンがむき出しの乳房をぎゅっと摑んだ。身体の割に豊かな乳房を揉みしだきながら、再び指を蜜窟の中へと埋め込んだ。

「ひぃ……っ！」

強い快感に耐えきれず、フェリシアの身体が跳ね上がる。

くちゅくちゅという粘着質な音が再びフェリシアの耳に届く。

オーウェンの手は、巧みにフェリシアの小さな芽を刺激しながら、繰り返し濡れそぼった蜜襞を責め立てた。

「あっ、あ……あぁんっ」

耐えがたい愉悦にフェリシアは思わず身体を揺する。長い指を食い締めたとき、オーウェンが硬く尖った胸の先端をきゅっとつまんだ。

「ほら、感じれば感じるほど、ますます硬くなります」

「はぁ、だめ……指で……気持ちよくなっちゃ……っ……あああっ」

とろとろとあふれ出した雫が、尻を伝って幾筋も流れ落ちていく。

「オーウェン……っ、これ以上、手でされたら、私……っ……」

指を動かすのを止めずに、オーウェンが言う。

「ええ、中がひくひく言っておいでだ。では一度達してしまってはどうでしょう？」

再び花芽を強く押され、フェリシアの身体がびくんと上下する。

「や、やぁ……なんで、指で……あぁんっ」

「ああ、なぜ貴女は、身体中これほどに可愛らしいのか」

快楽から逃れようともがいても、オーウェンの腕からは出られない。まるで、絡みつく茨の蔓《つる》に囚われたようだ。

「あああぁっ！」

こめかみに優しくキスされると同時に、オーウェンの指を締め付けた部分が強く収縮した。恥ずかしさも忘れるほどに、熱い滴りが伝い落ちる。

「フェリシア様、次は俺のことも気持ちよくしてくださいますか」

息を弾ませるフェリシアを抱いたまま、オーウェンが耳に唇を寄せた。

むき出しの乳房に、愛撫に濡れそぼった内股。白い肌には汗が浮き、目も当てられない淫らな姿になっている。

鏡に映る乱れた姿態をぼんやり眺めながら、フェリシアは答えた。

「でも、私、汚れてしまったから、一度身を清めなくちゃ……」

「いいえ、駄目です」

驚く間もなく、フェリシアの身体が軽々と抱え上げられ、寝台に押し倒された。逞しい身体に組み伏せられ、フェリシアは弱々しく身をよじる。

「ねえ、お湯を使わせて」

「わざと汚したのです。洗い流されては意味がない」

銀の目が、じっとフェリシアを見つめている。はしたない姿であることも忘れ、フェリシアは頬を染めた。

「もっともっと汚したい……俺の全部を貴女になすりつけて、注ぎ込みたい」

大きな温かい手が、フェリシアの平らな下腹を撫でた。

「貴女のここに劣情を注ぎ込んでいい男は、俺だけです、そうでしょう？」

涙と涎《よだれ》で汚れた顔が、焼けるくらい熱くなった。だがオーウェンの銀色の目から視線をそらせない。

「え……え……」

羞恥に震えながら頷くと、オーウェンがかすかに口元を緩め、唇を重ねてきた。

指戯で果てたはずの身体に、再び濁った火が灯った。

舌で舌を嬲りながら、オーウェンの手が左足の膝裏に触れた。フェリシアの脚を大きく開かせた彼は、己の衣装の前をくつろげる。

引きずり出された肉槍は、力強く立ち上がっていた。

「あの……服は」

「脱いでいる余裕などありません。早く抱きたい。昨日身体を離したときからずっと抱きたかったのです」

何か言おうと思ったが、言葉は全部、喉元でどろりと溶けた。

再び口づけられ、フェリシアは愛しい男の首筋に手を回す。散々愛撫されて濡れそぼった蜜口に、焼けるような熱杭の先端が押し当てられる。

ぬかるんだその場所は、こじ開けられる感触と共に昂りを受け入れた。

「は……あ……っ」

硬い棒で身体の中を押し開かれるような感覚は変わらない。フェリシアの目尻から涙が伝い落ちる。

「痛みますか?」

ゆっくりとフェリシアの身体を開きながらオーウェンが囁きかける。フェリシアは彼の身体にしがみついたまま無言で首を横に振った。

はだけた裾に丸出しの胸。こんな恥ずかしい格好をオーウェンに見られているのかと思うと、身体が震えてしまう。だが、心で感じる恥じらいとは裏腹に、フェリシアの隘路は萎縮して、オーウェンをうまく受け入れられない。

「そんなに強ばらなくて大丈夫です、力を抜いてください」

フェリシアの中を満たした熱い塊が、蜜を纏ってぬるりと前後する。やはり内臓が突き上げられるほど苦しい。不慣れなフェリシアの様子を確かめるようにゆっくりと腰を揺らしながら、オーウェンが手をついて身体を浮かせた。

「フェリシア様、お身体の力を……」

「か、からだ……?」

震えが止まらず、力が抜けない。硬く反り返ったオーウェン自身を受け入れるのも苦しいくらいだ。

「どうすればいいの……」

このままではオーウェンを気持ちよくできない。だが、焦れば焦るほど、ますます身体が強ばってしまう。

「……ああ、そういえば鍵を閉め忘れてしまいました」

ふと、オーウェンが呟く。

とんでもない告白に、フェリシアはますます身体を強ばらせた。

「どうしたのです？　私に抱かれる姿を侍女に見られたら、恥ずかしいですか？」

「当たり前よ、いや……いや、そんなの……っ！」

フェリシアは貫かれ、組み伏せられた体勢のまま弱々しくもがいた。

信じられない。オーウェンは何を言っているのだろう。

「私は構いませんよ。貴女と交わっている淫らな姿を皆に見せつけて、俺達が夫婦になったと知らしめるのも悪くない。いっそそうしましょうか。フェリシア様の全ては、もう俺のものだと……」

オーウェンの滑らかな唇が、首筋に落ちてくる。

恐ろしい、やめてほしい、そう思うのに、身体の芯が口づけ一つでぶるりと震え、その余韻がさざ波のように広がって動けなくなる。

「だめよ……だって、私……服が……乱れて、っ……」

涙を溜めた目で訴えたとき、オーウェンが首筋に唇を触れさせたまま静かな声で言った。

「そうでしたね。こんなに乱れた美しい貴女の姿を、俺以外の人間に見せるなんてありえません」

フェリシアは涙ぐんだままほっと息をついた。愛し合う姿を人に見せたいというおかしな考えは諦めてくれたようだ。

「でも、鍵、どうしたら」

途切れ途切れに尋ねると、オーウェンが顔を上げ、フェリシアに微笑みかけた。

「よく考えたら、施錠は済ませておりました」

からかわれたのだとわかり、全身が熱くなった。本気にして半泣きで恥ずかしがったというのに……。だが、フェリシアの拗ねた顔すらオーウェンには楽しいようだ。身体を穿たれたまま優しく接吻されると、たちまち拗ねた気分が解けてどこかへ流れ去っていく。

「オーウェンの意地悪」

涙ぐんで首筋に縋り付くと、愛おしむようにそっと耳を噛まれた。今の驚きで身体の力が抜けたせいか、挿れられても、苦しくなくなっている。

——身体……なんだか……力が入らない……。

小さな音を立てて、こめかみや頬、首筋に口づけが降ってくる。

同時に身体を貫く動きが少しずつ速くなり、ぐちゅぐちゅという音が番い合う部分から響き始めた。

「……っ……あ……」

大きく開かされた右足が震え始める。感覚はほとんどないが、左足も同じかもしれない。

「こんなに蕩けて。フェリシア様は今、どのような心持ちでいらっしゃるのでしょうか」

問いと共にオーウェンの肉槍が質量を増す。未熟な媚壁を繰り返し擦られて、フェリシアの呼吸は抑えようもなく乱れた。

「ど、どんなって……あぁ……っ！」

意思とは裏腹に勝手に下腹部が収縮を繰り返す。

「俺は、貴女に愛らしくむしゃぶりつかれて、たまらないですよ。こんなに欲しがられたら……もっともっと、永遠に抱いていたくなる」

いつしかオーウェンの息も乱れ始めている。その艶めかしい息づかいに、フェリシアの身体はますます疼き、ねっとりとした熱を帯びた。

抜き差しされる度に、蜜口が痙攣するように震える。身もだえしたくなるほど恥ずかしい水音が、抽送に伴って高まっていく。

「あ……オーウェン、オーウェン……っ……ああっ」

身体中が潤み、痺れたように身体が動かない。ひたすらに快楽を受け止めながら、フェリシアは弱々しくのけぞった。

あらわになった喉元に、オーウェンが口づける。くちゅくちゅと音を立ててオーウェンを食みながら、フェリシアは必死に敷布を摑んだ。

「オーウェン、ちょっと、おやすみして……変になりそうだから……っ……」

「お休みとは……？」

オーウェンが笑って、剛直を根元まで突き入れる。思わず腰を浮かせると、下生え同士をぐりぐりと擦り合わされた。

ふやけて敏感になった小さな芽が、摩擦の刺激でびくんと縮む。

「あああああっ！」

フェリシアはあまりの快感に身をよじった。どっと蜜があふれ出し、敷布を汚したのがわかった。

オーウェンはのたうつフェリシアの身体を寝台につなぎ止め、執拗なくらいに接合部を擦り合わせる。その度に痺れに似た強い愉悦を覚え、フェリシアは切れ切れに嬌声を上げた。

「だ……だめ……本当に……ひぅ……っ……」

「いいえ、『お休み』はできません。このまま全部、俺の精を飲み干してください」

「だ、だって……もう、私、変に……あぁぁ……っ」

ますます速まる抽送に、フェリシアの中が強く収縮した。

「ひぃ……っ、だめって……あんっ、やぁ……っ！」

蜜窟がオーウェンの肉槍を吸い込むように激しく蠢動する。自分ではその動きを止めら

れない。涙と涎でぐちゃぐちゃになった顔で、フェリシアは無我夢中で腰を揺らした。

「いやぁっ……また、びくびくって、なっちゃ……っ、あぁんっ」

激しい突き上げに身体を揺すられ、フェリシアは声にならない声を上げた。

「んっ……あんっ、やぁ……！　お、お腹……とけちゃ……」

もはや蜜壺はぐちゃぐちゃに融解したかのように感じる。呑み込んだオーウェンのものだけが焼けるように熱くて、目の前が真っ白になる。

「そうです、なんてお上手なんだ。そのまま全部……っ……」

オーウェンの大きな手がフェリシアの腰を摑む。打ち付けるような腰の動きが止まり、最奥を押し上げながら、じっとりとした熱を吐き出す。

溢れんばかりの情欲を注ぎ込まれ、フェリシアの薄い腹がひくひく波打った。朦朧として息を弾ませるフェリシアに口づけし、オーウェンが小さな頭を抱き寄せる。

「愛しております、貴女は、俺の、私の全て……」

荒い息と共に囁かれた言葉に、フェリシアの目から涙の粒がこぼれた。

「私も……私も好き……大好き……」

繋がり合ったまま抱き合い、繰り返し口づけを交わして、フェリシアは目を瞑る。

オーウェンが愛おしくてたまらない。それ以外のことは、まるで考えられなかった。

第八章

シャミア村での新婚生活が始まって一ヶ月が過ぎた。

毎日が幸せすぎてめまいがする。

オーウェンは、これ以上ないくらいに優しい夫だ。

フェリシアは侍女達にからかわれるくらい、時間が許す限り、常にオーウェンと寄り添っていた。

――だって好きなんだもの……。離れていたくない。オーウェンが好きで好きでたまらない。

フェリシアに対してひどく過保護なオーウェンは、午前中の歩行訓練にも、領地経営の勉強にも極力付き合ってくれた。

領地経営の勉強の教師役としては、『形ばかりの領主』であるフェリシアには勿体ないくらい優秀な先生だ。

王立大学を首席で卒業した頭脳は、さすがとしか言いようがないものだった。

かつて兄が、様々な省庁から『オーウェン卿を一時的に派遣してほしい』と依頼されても、絶対に側から離さなかった理由を、フェリシアは今更ながらに思い知らされた。

オーウェンが兄の『腹心』と呼ばれているのは、幼い頃から一緒で、信頼できる人間だから、というだけではない。

身びいきを抜きにしても、オーウェンが優秀すぎるからなのだ。

彼はどんな仕事にも手を抜かない。

領地経営の資料に穴があれば、即座に問題点をまとめて問いただし、不明点を明確にしていく。フェリシアには自分で資料を探して判断せねばならないのか、聞けばわかることなのかの切り分けが難しい内容であっても、即座にすっきりと資料をまとめ直してしまう。

「治水の資料が古いですね。二年前の物が最新のはずです」

それほど重要ではない治水工事の記録書を手に、オーウェンが眉根を寄せた。

シャミア村で暮らしていたわけでもないのに、なぜ、一枚きりの資料を見ただけでわかるのだろう。首をかしげたフェリシアに、オーウェンは言った。

「二年前の予算案に治水工事の費用が上がっていたのですが、その工事の記録がないのです。あの金額であれば記録は残っているはずなのですが……なぜ届いていないのでしょう。シャミア村は水害のひどい土地ではありませんが、領主の手元に届く資料が不完全なのはよくありません」

「貴方もしかして、今まで見た資料を全部覚えているの？」

目を丸くしたフェリシアに、オーウェンは曖昧な笑顔で答えた。

「ええ、まあ、必要なところを押さえて、それなりには」

オーウェンは『人と違う』と言われるのを嫌うのだ。物珍しさでいろいろ聞こうとしたわけではないことを示そうと、フェリシアは慌てて首を振った。

「すごいのね。私には、表の数字がどれも同じに見えてしまうの」

「それぞれ意味があって違うのですよ」

オーウェンはそう言って、引き締まった口元をほころばせた。

「ですが、人の興味の方向性はそれぞれですから、お互いの得意分野を活かせればいいですね。俺は今でも人の名前を覚えるのが苦手です。フェリシア様は孤児院の子供達の名前を全部覚えていらっしゃいますが、俺には多分不可能だ」

ほんの少しおどけたオーウェンの言葉に、フェリシアは笑い声を上げた。

「じゃあ、私がこれから知り合う人達の名前を全て覚えるわ。だから細かい数字は全部貴方が見てちょうだい」

「全部は駄目ですよ。押し付け上手なところがアンドレアス様に似ていて心配です」

言い終えたオーウェンが笑い出す。フェリシアも頬を染めて噴き出した。

「そうね、兄妹揃って口だけが達者なんて貴方に呆れられたら大変」

くすくす笑っているフェリシアの肩を抱き、オーウェンがこめかみに口づける。

──幸せ。だけどオーウェンは、王宮に戻ったらまた筆頭秘書官に任命されるのかしら……ちゃんと日付が変わる前に私のところに帰ってきてくれるかな。

蜜月の終わりを思いフェリシアがため息をついたとき、部屋の扉が叩かれた。

「オーウェン様」

低い男の声。侍女ではなく男性の声だ。衛兵であれば必ず侍女を伴ってこの最上階に上がってくるのに。不穏な気配を覚えたフェリシアの傍らで、オーウェンが立ち上がった。

「どうしました」

オーウェンが扉を開けると、衛兵隊長の姿が見えた。深刻な顔で、フェリシアを一瞥する余裕もないようだ。

不安を覚え、フェリシアは胸の前で手を握った。

「国王陛下が刺されて……重体だと……」

フェリシアは瞬きする。たった今まで甘い時間を過ごしていたのに、突然何が起きたのだろう。

「え……な、なに……今なんて……？」

「国王陛下が重い傷を負い、意識不明の重体だと……。同時に、コウルマン公爵領を通過して、ラングセン公爵の軍が王都へ迫っているそうです。コ、コウルマン公爵家が、ラングセン公爵と共謀し、王都を攻め落とそうと……」

ゆっくりと、衛兵隊長の言葉が頭に染みこんできた。

幸せな時間が、嵐の翌朝の薔薇のように無残に乱れ散っていく。

「そう……ですか……」

呑み込むには重すぎる事実が、ようやく理解できた。

王家が一番恐れていた事態が起きたのだ。

フェリシアは、震える手で口元を覆った。

――私は、なんとしてもラズル様に嫁ぎ、コウルマン公爵家を王家の側に付けねばならなかったのに……。なのに、今の私は、足が動かなくなったお陰で、オーウェンの妻になれたって、暢気に喜んでさえいた……。

己の愚かさに、神の雷が落ちたのだ。そして兄の身に最悪の事態が起きた。なぜコウルマン公爵家が蜂起に協力したのか。

衝撃で揺らいだフェリシアの肩を、オーウェンがしっかりと支えた。

「大丈夫です、フェリシア様」

彼の声は、いつもと変わらず落ち着き払っている。

「状況は理解いたしました。コウルマン公爵ご夫妻は、まだ王都に滞在されているはず。ラズル様があのような事件を起こされた後、ご夫妻はコウルマン公爵家に謀反の意思がないことを示すため、王都の貴族や有力者を訪ねて、謝罪に回っておられました。恐らく、ラングセン公爵に呼応して蜂起したのは、領地に残っていたコウルマン公爵の弟君です。弟君は常日頃から、ラズル様を『精神異常者』と呼んで、自分こそがコウルマン公爵家の跡継ぎにふさわしいと主張していらしたそうですので」

オーウェンの説明は、動揺したフェリシアにもすぐに理解できた。確かに、コウルマン公爵の弟は素行が良くなくて、評判も悪かった覚えがある。

「な、なぜ、なぜお兄様が、こんなことに……」

フェリシアは、込み上げる涙を呑み込んだ。この場で『王妹』が泣き伏していたら周囲の皆が困る。双肩に見えない責任がずしりとのし掛かる気がした。

「……衛兵隊長、すみませんが、数分だけ二人にしてもらえないでしょうか」

オーウェンの言葉に、衛兵隊長が部屋から出て行く。

椅子に腰掛けたままのフェリシアの頭を、オーウェンがそっと抱き寄せた。

「な……何が起きているのか……まだよくわからないの……どうしていきなりこんな……お兄様、お兄様が」

震え声で言ったフェリシアに、オーウェンが優しく囁きかける。

「フェリシア様、私は今から王都へ向かいます」

「な、なぜ、貴方まで」

オーウェンの言葉に、フェリシアの身体が強ばる。

反射的に、行かないでほしいと思った自分を、フェリシアは強く恥じた。

フェリシアは歯を食いしばる。『夫』に危険な目に遭ってほしくない。だが、兄を一人にはしておけない。本来なら王妹である自分が駆けつけるべきなのだ。だがこの足と身体では、誰に同行してもらったところでお荷物にしかならない。

——自分が……情けないわ……。

とうとう堪えていた涙がこぼれ落ちた。必死に嗚咽を呑み込むフェリシアに、オーウェンが落ちついた声で言う。

「大丈夫です、ラングセン公爵と交渉し、王宮への立ち入りを請願いたします。その後は、アンドレアス様が適切に治療を受けられるよう計らい、陛下に代わって王宮の指揮命令系統を整えて参ります。ラングセン公爵との交渉も、王宮の代表として引き受けますので」

どうしても頷けない。危ないところに行かないで、と言いたいからだ。

「フェリシア様は泰然《たいぜん》と構えていてください。ここは王領の奥庭と呼ばれた場所。最後までラングセン公爵軍は攻め入れない地域です。どうか安心して、周囲の者を信じて心静かにお過ごしください」

——嫌。一緒にお兄様のところに行きたい。私だけ安全なところで待っていたくない。貴方一人を危険に晒したくない……。

泣きじゃくり、答えないフェリシアの髪を撫で、オーウェンは言った。

「貴女はたとえ足の自由を失われても、今も昔も変わらぬ私の……俺の淑女、気高く愛おしい姫君です」

フェリシアは、涙に霞んだ目でゆらゆらと首を振った。

「違うわ。言ったでしょう？　私、足が動かなくなっても、王妹失格になっても、貴方を得られるならそれでいいと思った人間よ。淑女なんかじゃないわ」

「いいえ、貴女は何も悪いことなどしていません。出会った日から今日までずっと、清らかなまま変わらない。どうか、怯むことなく顔を上げて、足の不自由さなど負い目になさいませんように。お辛いときは、遠慮なく侍女や衛兵を頼ってください」

こんなの、まるで別れの言葉のようではないか。しゃくり上げるフェリシアに微笑みかけ、オーウェンがそっと額に口づけをしてくれた。

言葉を失ってオーウェンを見上げると、彼は昔と同じ、優しい兄代わりのような顔で言った。

「私がいなくても、ちゃんとご自分のお身体をお大事に。どうかご無理はなさらないで」

ぼろぼろと涙があふれ出す。夫婦になったのに、二人でささやかに幸せに生きていきたかったのに、愛する夫だけが危険な場所に行くなんて悲しくてたまらない。

「嫌よ。絶対に私のところに帰ってきてくれなくちゃ」

涙を流して懇願すると、オーウェンは笑顔のまま言った。

「ありがとうございます。私の浅ましさを知り、その上でそのように言ってくださるのは、恐らくフェリシア様だけですね」

「何を言っているの？　貴方は私の大切な夫よ。浅ましいと思ったことなんてない！」

「……そのように言ってくださるのは、貴女だけ。貴女は何の見返りも求めずに、ただ私に寄り添ってくださった私の救い主です」

美しい紫の目には、不安も動揺も浮かんでいない。

――オーウェン、また、目の色が……いつの間に変わったの？

「では、しばしのお暇を。どうかお元気で。くれぐれも私の忠言をお忘れなきよう」

彼は穏やかな声で、呆然としているフェリシアに告げた。

「待って……オーウェン……っ……」

オーウェンは軽やかに身を翻《ひるがえ》し、フェリシアの視界から歩み去って行く。杖を手に慌てて追おうとしたが、彼は待ってくれなかった。淡々とした彼なりに、未練を断ち切ろうとする仕草に思えた。

――行かないで……。

もちろん、王妹としては、そんな言葉は口に出せない。よろよろと廊下にしゃがみ込むフェリシアの身体を、若い侍女が慌てて支えた。

「フェリシア様は、状況が落ち着くまでこの城館の建物内からお出になってはならないとのことです。お部屋にお戻りくださいませ」

顔を覆ったままフェリシアは頷く。

――お兄様、オーウェン……。どうかご無事で……。

オーウェンがシャミア村を発ってから数日が経った。

彼がラングセン公爵軍と交渉し、王宮への立ち入りを許可されたことまではわかっている。だが以降は音信不通だ。公爵軍の包囲網により、王宮との連絡は途絶し、兄が無事なのかもわからない。

王宮の中の人間は外部と切り離され、消耗しているに違いない。気鬱で潰れそうな日々だが、王家の人間として背筋を伸ばしていなければ、という思いだけがフェリシアを支えている。

フェリシアは、しおれ始めた花瓶の花に目をやった。足が不自由なフェリシアのために、毎朝オーウェンが摘んでくれていた花だ。毎日水を換えているけれど、だんだん元気がなくなってきてしまった。

——オーウェン……無事よね。お兄様に会えたわよね……？

一人になると涙が出る。フェリシアは涙を拭いながら机に向かった。

兄が動けない今、フェリシアはできる限りのことをせねばならない。国内の領主達からも、王都の異変を察して問い合わせが殺到している。諸外国の大使からも、面会の申請が届いていた。王宮が機能していない以上、最低限の『王族の義務』はフェリシアの双肩にのし掛かるのだ。

——私が答えて大丈夫なのかしら。私の判断は、正しいのかしら……。

もちろん、王妹として、必要な教育は受けてきた。だが怖いのだ。十八歳のフェリシアには、政治の経験がほとんどない。

自分がどれだけ兄達に守られてきたのかを痛感しながら、ペンを走らせる。

これが終わったら、王立軍の責任者との打ち合わせだ。

——私が、お兄様の代わりに王立軍の行動に認可を出さなくてはならないのね。もちろん、案は将軍が考えてくださるけど、私もきちんと理解しなくては。

フェリシアでは、兄の抜けた穴の十分の一も埋められないことが悲しい。

国内に散らばった王族に手紙を書いて助力を求めつつ、最低限の王権代行をする。それだけで精一杯だ。

——役に立たないわ、私は。ごめんなさい、お兄様。

再び気鬱と責任感がフェリシアを押しつぶそうとする。だが、負けるわけにはいかないのだ。兄もオーウェンも戦っている。歩けない以上、座ってできることは全てやらなくては。背中の傷の痛みを堪え、鎮痛剤を飲んで、フェリシアは机にしがみつき続けた。

震える手で、自分の署名した書類を見直す。本当は許可してはいけないものに、誤って許可を与えていないだろうか。王都の機能が停止しても、王国はまだ生きて動き、国王の判断を必要としている。その流れをここで止めるわけにはいかないのだ。

そして優秀な臣下達は、フェリシアがいる限りは最低限の裁可を仰がねばならない。王族の承認があるだけで、付帯する諸々の手続きが例外的に減らされるからだ。

——オーウェンなら、なんて教えてくれるか考えて……。頑張らなきゃ。

フェリシアは、大きくため息をついた。

新しい書類をめくる。『昼までに確認必須』の箱に入った書類だ。

戦況の報告書らしい。これまでの経過と現状がまとめられている。

現在王立軍は、ラングセン公爵軍を刺激しないよう、王宮から離れた場所に軍を下げている。

王都オルスハイムは巨大な都市で、他の領地との間にこれといった関門はない。

ラングセン公爵の軍は一直線に王宮へ迫り、正門の前に陣を敷いた。そして、王立軍が抗う様子を見せたら、王都に火を放つと宣言し、『国王アンドレアスは、譲位の意思を示す書類に血判を押せ』と要求したという。

その後、兄は『誰か』に襲われて大怪我をし、未だに安否がわからない。

だが現在、ラングセン公爵軍は少々焦っている様子のようだ。

なぜならば、国王アンドレアスの母である先代王妃の母国、イスキア王国が、王立軍へ援軍を差し向けてくる可能性があるからだ。

その他にも、国王派の貴族が団結し、打倒ラングセン公を掲げて挙兵する可能性もある。事態はラングセン公爵に必ずしも有利ではない。

一方で、コウルマン公爵軍の将官達は、困り果てているようだ。

突如『兄に代わって俺が領主だ』と名乗りを上げた公弟と、王都に滞在中の兄公爵。どちらの顔色を見ればいいのかわからず、軍事行動には積極的に介入しようとしない。

ラングセン公爵の領内通過も、ただ黙認しただけのようだ。つまり現在、ラングセン公爵軍には、援軍と呼べる存在はいない。

一方で王家の側には、最大の戦力であるダルクセン辺境伯の軍が背後に控えている。ダルクセン辺境伯家は国境警備を担う武門の名家で、亡き先王の妹姫が降嫁している。国王派の最大の忠臣であり、この度の内乱も看過することはないだろう。ただ、ダルクセン領は西の国境地域にあるため、かなり遠い。辺境伯軍が王家の危機を知って駆けつけるまでには、かなりの時間が掛かる。

ゆえに、ラングセン公爵は、辺境伯の援軍が王都に到着する前に、兄に『譲位する』と言わせたいのだ。

兄が首肯しなければ、劣勢に陥る前に、王都で全面戦争に突入する計画なのだろう。

王立軍の戦略班は、そのように分析していた。

王都に滞在中だったコウルマン公爵夫妻は、王立軍に助けを求め、現在はシャミア村の拠点で保護されている。

公爵夫妻は、公弟と手を組んだラングセン公爵に命を狙われるのを恐れているのだ。夫妻は国王派への恭順を誓い、弟の件さえなんとかできれば、王立軍に協力してラングセン公爵に対抗すると約束してくれた。

だが一つ気がかりなことに、ラズルが行方不明らしい。

ラングセン公爵軍が攻め込んできた当時、公爵夫妻は謝罪行脚中で、ラズルを王都の屋敷に閉じ込め、留守にしていた。

ラズルは、ラングセン公爵軍の侵攻で大騒ぎになった屋敷から逃げ出し、以後消息が知れないという。

『今の息子が、一人で出て行けたとは思えないのです。誰かに連れ出されたのかも』

公爵夫人の言葉から、ラズルの精神状態は相当に悪化していると思われた。自分の面倒も見られないほどなのだろう。頭の痛いことばかりだ。

次にフェリシアが手に取ったのは、イスキア大使からの親書だった。

必要があれば、国境の軍をオルスハイムに向かわせると書かれている。恐らく大使は、ある程度の軍事権限を国王から預かっているのだろう。

伯父のイスキア国王に助力を請うこともできなくはない。

だが、兄は王権の更なる弱体化を招くと言い、伯父に頼ることは避けていた。

いくら伯父とはいえ、無償の愛で甥と姪を救ってくれるわけではない。彼はイスキアの利益を最優先する『王』なのだ。

イスキア軍に助けを乞うのは最後の最後、王都の人々を巻き込むような戦になったときだけにすべきだ。

――落ち着いて。オーウェンならなんて助言してくれるか考えるのよ。

不安に突き動かされ、軽挙妄動に走るのが一番いけない。フェリシアは大使とイスキア国王の厚情に礼を告げ、しかるべきときにお力添えを願うかもしれません、と手紙に綴るに留めた。

「フェリシア様、新しい書状が届きました」

王立軍の使者が、フェリシアの目の前で敬礼する。どうやら王都から早馬が来たようだ。

「内容を教えてください」

「王立孤児院を占拠した、フェリシア様の御身柄と引き換えに孤児達を解放する……と。差出人は不明です。書状も、その辺の伝達人に金をやって運ばせたようで」

フェリシアは眉根を寄せる。ここであの孤児院の名前を聞くなんて。

「どういう……ことですか……？」

フェリシアは額を指先で押さえた。気が遠くなってくる。

背中の古傷に鈍痛が走る。気分が悪くなってきて、フェリシアは唇を噛んだ。

——今は倒れている場合ではないわ。

「他には何が書いてあったの？」

使者が当惑したように俯く。眉根を寄せたフェリシアの前で、彼は悩む様子を見せ、しばらくして顔を上げた。

「……本日日没までにフェリシア様がおいでにならない場合、孤児、および職員達を全員殺害するとあります。孤児院に到着次第、フェリシア姫一名のみが孤児院の建物に入り、内側から扉に施錠するように、と……。それ以外のことをした場合は、孤児、および職員達の命は保証しないそうです」

フェリシアの様子を心配そうに窺っていた侍女達が、怯えた声を上げた。

――全員……殺害……？　二十人近い子供達と職員を？　なんて恐ろしいことを！

頭がぐらぐら揺れて吐き気がする。

いろいろなことがありすぎて、もう身体が付いていけない。

兄が、何の罪もない孤児達が……。

「本当に、あの子達が人質に取られているの？」

「孤児院の辺りまでは、市民の扮装をしていれば近づくことができるので、確認して参りました。幼児の泣き声が中から聞こえたようです。建物内に子供達がいるのは間違いありません」

――なんてこと。赤ちゃんもいるのに、どれほど怖い思いをしているのかしら。

震えていたフェリシアは、ふとあることに気づき、凍り付く。

――マーシャの薬！　毎日投与しないといけないものなのに！

フェリシアは鋭い声で使者に尋ねた。

「孤児院はいつから占拠されているのですか。今朝ですか？」

「恐らくは本日の正午前には、このような状況になっていたかと」

フェリシアは拳を握りしめた。マーシャは昼食をとったあと、職員と共に医者に行くと聞いている。恐らく、今日は医者に掛かれていない。毎日受けねばならない治療を、受けられていないのだ。

――マーシャが死んでしまう……ぐずぐず迷っている時間なんてないわ。それに、他の子達もきっと怖い思いをしているはず。

フェリシアの目に、今までとは違う涙が滲む。

恐怖ではなく、怒りの涙だった。

――どうしてこんな卑劣な真似ができるの。誰がこのような恥ずべき犯罪を考えたの！

フェリシアは椅子に立てかけていた杖に縋り立ち上がった。

これほど残酷な犯罪予告を、王族のフェリシアが見過ごすわけにはいかない。

――私がいなくなっても他の王族がまだいるわ。仕事だって、私がいなくても……なんとかなる。

ラングセン公爵に匹敵する格の王位継承者は、まだ残っている。

王都からはるか遠いダルクセン辺境伯領にいる父の妹と、その子供……フェリシアの従姉兄達や、挙式に来てくれた大伯父の子供や孫達。

万が一、兄とフェリシアが死んでも、オルストレム王家が絶えるわけではない。

だが、孤児達の命は失われたら戻らないのだ。もしこの犯罪を見過ごしたら、国民はフェリシアを『王都の危機を理由に、未曾有の犯罪から逃げた』と思うだろう。

――私は、より大きな困難を選び取らねばならない立場よ。頑張って、フェリシア……。

お兄様はきっと大丈夫。お父様とお母様が見守ってくださるはず。まだこちらに来ては駄目だって押しとどめてくださるわ。

涙の滲んだ目を見開き、フェリシアは深呼吸した。怖い、誰かに助けてほしい、そのような甘えた気持ちを必死で振り切る。

フェリシア・オルストレムは、国王の妹。全ての貴族の手本となる貴婦人として生きねばならない。

罪のない孤児達を見捨てて逃げたフェリシアを、国民は信頼してくれないだろう。

亡き父や兄と共に必死に培ってきた国民の信頼だけは、どうしても裏切れない。

王家は、コウルマン公爵家の裏切りにより、ラングセン公爵軍に王都への侵入を許し、民の平穏を守れなかった。

その時点で王族の義務を果たせていないのだ。これ以上失敗を重ねず、王族としての正しい姿を見せなければ。

「馬車を用意してください。王立孤児院に行きます」

フェリシアの命令に、皆が凍り付く。フェリシアは強ばる顔に笑みを浮かべ、言った。

「いけません……オーウェン様が、殿下は絶対にここをお出にならないようにと……」

侍女の一人が掠れた声で言ったが、フェリシアは譲らなかった。

「孤児院には重い病の子もいます。時間との闘いです、急いでちょうだい。今すぐにダルクセン辺境伯家の叔母様に連絡を取って。遠くて時間が掛かりますから、万が一に備えて早めにお願いね」

辺境伯夫人は、フェリシアに次ぐ王位継承権を持っており、本人も非常に理知的な貴婦人だ。兄とフェリシアに何かあっても、オルストレム王国のために適切に行動してくれるだろう。

「殿下！　少しお休みになってください。今は気が立っておいでなのです」

　侍女の言葉にフェリシアは首を横に振った。これでも冷静に考えている。国民は『王家』の姿勢をよく見ている。自己保身に走ったら、もうそこで終わりなのだ。そうでなくてもフェリシアは醜聞に巻き込まれ、脚の自由を失い、政略結婚すらも果たせていない立場だ。

　このまま自分だけを守っていたら、待っているのは王家に対する信頼の崩壊。先祖代々培ってきたものを、フェリシアが壊してしまう危険性がある。

「王位継承権者も、お仕事を回すことができる人もいます。私の代わりはたくさんいるの。だけど、何の罪もない孤児二十人の命には替えが利きません。非常事態です。私が見捨てたら、今夜には殺されてしまうのです」

「そんな、フェリシア様の代わりだっておられません！　悪く言う不届き者がいても皆でお守りします。ですから、どうかここに残ってください、殿下、そんなお身体で……」

　侍女がしゃがみ込んで、泣きじゃくり始めた。

　フェリシアは唇を噛み、杖に縋って歩き出す。弱々しい姿だとわかっている。人々に侮られるかもしれない。だが、もう、怯んでなどいられなかった。

　王都へ向かい、孤児院の子供達の解放交渉をしたい、というフェリシアの意見は、初めは王立軍側に強く却下された。

だが、フェリシアは頑として譲らなかった。

フェリシアは直系の王族だ。国王アンドレアスの同母妹でもあり、正式な命令には強制力がある。

強硬に反対していた将軍も、最後はフェリシアの命に従わねばならなかった。

――ここにいても迷惑だし、王都に向かっても迷惑を掛けてしまう。本当に……どうしてこうなったのかしら。辛くてたまらないわ。私がラズル様と結婚できなかったせいで、全てが狂い始めたのだから……。

オーウェンが愛してくれたから、ラズルに大恥をかかされ、足の自由を失った過去を受容できた。愛する人の妻になれて嬉しかった。

フェリシアは本気でそう思っている。その思いに、神が罰を与えたに違いない。

――オーウェン、私は本当に馬鹿だわ。こんなときでも貴方のことを考えているの。本当に馬鹿。貴方のことしか考えられないのに、なぜ貴方と離れてラズル様と政略結婚ができるなんて思ったのかしら……絶対に……無理なのに。

自嘲の笑みが口の端に浮かぶ。

フェリシアは髪の先に付けた赤い髪飾りを握りしめた。

初めて夫からもらった宝物だ。何があってもこれだけは最後まで身につけていよう。

集まる人々に笑顔を見せ、フェリシアは明るい声で言った。

「では、あとのことはお願いします。なんとか話し合って、孤児院の子供達を解放してもらえるようにするわ」

もちろん、そのあと自分が無事である保証などないけれど……。

フェリシアは、沈痛な顔の侍女や衛兵、シャミア村の人々に見送られ、王都に向かって出立した。

熟練の騎兵が、フェリシアを馬に乗せて運んでくれ、豪華な馬車では半日かかるところを一時間ちょっとで着くことができた。

だが、女性用の横座りの鞍を使い、騎兵もかなり気遣ってくれたとはいえ、身体中がギシギシ言うほど痛い。やはり身体はまだ本調子ではないようだ。

「連れてきてくださってありがとう。こんな身体ですから馬にも乗せにくかったでしょう。貴方が素晴らしい騎手で助かりました」

フェリシアは、自分を前の鞍に乗せて抱え、不自由な体勢で運んでくれた騎兵をねぎらった。

「い、いいえ、私のような者が、フェリシア殿下のお供をさせていただく光栄に浴するとは。また何かあればご下命を。命に替えてもどこにでもお連れいたします」

顔を真っ赤にした騎兵が臣下の礼を取る。

彼はフェリシアに対して、批判的ではないようだ。あれほどの醜聞に晒され、王権代行者としても、兄にはまるで及ばない頼りない姿しか見せられなかったのに。

王族として失敗し、迷惑を掛けているフェリシアを許容してくれる人間もいるのだと、心から嬉しくなった。

「本当にありがとう。またいずれ、きちんとお礼をさせてくださいませ」

不安な顔を臣下には見せられない。明るい笑みを浮かべて手を差し出すと、騎兵は恭しくフェリシアの手を取って、そっと口づけを返してくれた。

無言で見守る王立軍の人々に背を向け、フェリシアは王立軍の責任者に声を掛ける。

「フェリシア・オルストレムが参りました。国王陛下はご無事なのですか」

背筋を伸ばして尋ねると、責任者は歯切れ悪く答える。

「……私どもにもわかりかねます。容態が急変したという報告は入っておりません」

彼も不安なのだろう。顔色はすこぶる悪かった。フェリシアはそれ以上尋ねずに頷いてみせた。

——王宮医師団は、国でも一、二を争う腕利きぞろい。お兄様のことはお任せするしかない。とにかく私は孤児院へ。病院が機能しているかわからないけれど、マーシャは王宮へ連れて行ければ、医師団がなんとかしてくれるはず……。

フェリシアは不安を悟られないよう、できるだけ落ち着いた声で命じた。

「王立孤児院へ連れて行ってください。あの辺りまでは王立軍でも入れるのでしたね？」

孤児院を訪れるまでの間に、フェリシアは馬車の窓から王都の様子を確かめた。

ラングセン公爵は王宮の近辺に陣を敷いたという。

王宮から離れたこの辺りには、それほど変わった様子はない。老人や女性、幼い子供達は出歩いていないけれど、それなりに店は開かれ、人々も働いている様子はある。

当然だ、皆には生活があるのだから。

戦いが起きた気配もない。まだ王都は無事なのだろう。

ほぼふた月ぶりに訪れる孤児院は、ひっそりして見えた。庭で遊ぶ子供達の姿はなく、不気味なくらいに静まりかえっている。

――早くマーシャを医者に診せなくては。

フェリシアは差し出された兵の手を取り、なんとか馬車から降りる。身体が重い。だが、まだ倒れられない。

「これ以上は難しいです。馬車で近づくとラングセン公爵軍を刺激する恐れが」

頷いて、フェリシアは杖を手に歩き出す。

たった二人の護衛に伴われて孤児院の門に立ったとき、恐怖心が込み上げてきた。

怒りと自負心に任せて突き進んできたが、フェリシアは人質としてここに呼ばれたのだ。子供達の命と引き換えに。

――負けない……わ……。

脳裏に、オーウェンの優しい顔がよぎる。フェリシアは最後まで逃げなかったと、誰かが伝えてくれるだろうか。

――弱気にならないで。最後まで諦めずに考えるのよ。オーウェンならどうするか、こんなとき何て答えてくれるか、最後まで……。

フェリシアは震える手で、孤児院の入り口の把手に手を掛けた。

「……では、行って参ります。あなた方は約束どおり、孤児院から見えない場所まで下がってください」

フェリシアは息を呑み、ゆっくりと薄暗い玄関へ踏み込んだ。見慣れた孤児院、いつもはここに子供達が出迎えてくれて、温かな場所だった。だけど今はこの中に化け物が潜んでいそうな気さえする。

――怯えた顔をしてはいけない。

古い建物の中に、自分の足音と杖の音だけが響く。耳を澄ますが、一階には人の気配はないようだ。ここには遊戯室と面会室、職員の事務室と浴室がある。

二階と三階は子供達や職員の部屋で、最上階の四階は食堂と半露天の植物園がある。回廊で結ばれた小さな別棟には歴代院長の住居と、子供達の教育施設があるのだ。

――皆はどこにいるの。外に泣き声が聞こえたということは、奥の別棟ではないわね。監禁するなら一箇所に集めているでしょうから、恐らくは、一番広い食堂に……？

フェリシアは勇気を奮い起こし、階段を上り始める。息を切らして四階まで上り、ゆっくりと食堂のほうへ歩いた。

――足が震えてるわ。しっかりして、フェリシア……。

こんなとき、自分はなんて箱入りの姫君だったのだろうと思う。

常に人々に守られて、真綿に包まれるようにして暮らしてきた。それが日常で、当たり前なのだと思っていた。

ラズルとの婚約破棄と、彼から被った不名誉と大怪我のせいで完全に落ちぶれたと思っていたが、この状況に比べればずっとマシだ。自分は本当の恐怖や危険を知らなかった。

かすかな音が聞こえる度に恐怖で杖を取り落としそうになりながら、フェリシアは食堂の扉に手を掛けた。

難なく、それは開く。

扉が開くと同時に、押し殺したような子供の泣き声と、小声でなだめる職員の声が流れ出してきた。

――良かった、皆無事なんだわ……！

ほっとしたフェリシアが部屋に入った瞬間、年かさの子が鋭い声で叫んだ。

「フェリシア様、来ちゃ駄目！」

同時に、背後から飛びついてきた誰かが、フェリシアの喉を腕で締め上げた。

「ようこそ、俺の、未来の奥様」

息はできるが、動けない。

――こ、この声は……ラズル様……？

「フェリシア姫、お一人でいらっしゃったんですよね。わざわざありがとう」

芝居の台本を読み上げるような口調だった。喉を締め上げられ、フェリシアは杖を取り落として、その腕に抗う。

不意に腕が緩み、長い髪を力任せに摑まれる。

振り返ると、そこにはラズルと、地味な身なりをした一人の男がいた。まるでラズルを監視するように、じっと視線を注いでいる。

「お久しぶりです。どこにいらっしゃったんですか、フェリシア姫。結婚式を挙げねばならないのに。オルストレム王国の安定のために……僕達は……」

突然、ラズルの声がうわずった。

「僕は、娼婦と！　結婚式を！　挙げねばならないんです！　どんなに嫌でも……っ！」

フェリシアの髪を摑んだまま、ラズルはうわずった声で妙なことを口走った。

あまりの気味の悪さに、フェリシアの右足が震え出す。髪を摑まれたまま目を走らせると、子供達が引きつった顔で凍り付いていた。

──逃がさなくては……。

それに、ラズルの背後の男の視線も気持ち悪い。彼は何のためにここにいるのだろう。軍人のように思えるが、どの軍の制服でもない。いったい彼は誰なのか。

必死に平静を装いながら、フェリシアはラズルに尋ねた。

「お待ちください、ラズル様……お話の前に。あの子達を、ここに留め置く必要はあるのですか」

ラズルは虚空《こくう》を見つめて髪をかきむしっている。唇が『いやだ、いやだ、いやだ』と繰り返していた。

会話にならない。とにかく、子供達と職員は逃がさなければ。そう思い、フェリシアはラズルの背後の男に言った。

「ねえ、貴方、ここの子供達を解放して！」

「……ラズル様に決めていただきましょうか。なにしろ、ここに子供達を集めたのはラズル様ですから。ねえ、そうでしょう、ラズル様」

髪をぐしゃぐしゃとかきむしっていたラズルが、悲鳴のような声で答えた。

「うるさいな！　なんでガキが部屋にいるんだ！　空気が汚れたらどうするッ！」

「ラズル様、どうか少し声を抑えて」

男の声に、ラズルがろれつの怪しい口調で言った。正気っぽかったり、明らかに常軌《じょうき》を逸していたり、表情がくるくる変わる。あまりの恐ろしさに、フェリシアの背中を汗が伝い落ちた。

「僕達は、結婚、せねばならないんだ。王国の……安定の……ために……王家の娼婦を僕の妻に……」

男が話にならない、と言わんばかりにため息をつく。

――この男は誰？　どこの軍の人間なの？　こんなとき、オーウェンだったらどうするかしら。早く子供達を、マーシャを外に出さないと……そうだ！

フェリシアは、ラズルに髪を摑まれたまま、彼の耳に顔を寄せた。近づくのは怖かったが、子供達には聞かせたくないことを言おうとしたからだ。

「ところでラズル様、子供達と同じお部屋で大丈夫ですか？」

ラズルの灰色の目が、瞬きもせずにフェリシアの顔を覗き込む。間近では虫類と見つめ合っているような気持ちになり、フェリシアは悟られないように息を吞んだ。

「ぁ……あ？　フェリシア姫って……こんな顔だったかな……母上みたいだ……あは、あはは」

フェリシアは恐怖を堪え、突き放すような口調で囁いた。

「ラズル様、幼い子供達はどこを転がり回ったか分かりませんよ。いつも外で遊んで砂まみれなのですから」

本当はこんなことを言いたくない。だが、明らかに狂った様子のラズルの気を引く言葉が、他に浮かばなかった。

ラズルの灰色の目がぎょろぎょろと左右に動く。

「あれ、本当だ……ガキがいる。汚いな……どこを歩いたか何を触ったかわからないのに汚いな！」

しばらくして彼は声を張り上げた。

「おい、このガキどもを外に連れて行け。汚い。ネズミは出て行け、僕と同じ部屋にガキを置くな」

ラズルの命令をあざ笑うような笑みを浮かべ、男が腕組みをする。

「子供達はまとめて見張りたいんですよ。ラズル様が移動されてはどうでしょうか」

男が吐き捨てるように言う。フェリシアは歯を食いしばり、しばらく考えて耳飾りを外した。彼はどこの軍にも属さない傭兵なのかもしれない。軍紀に縛られない立場であれば、金銭と引き換えに交渉に応じてくれる可能性がある。

フェリシアの耳飾りは、母の遺品だ。大きな金剛石があしらわれている。侍女が今朝『このような状況ですが、せめてお顔周りには華やぎを』と言ってつけてくれた品だ。確か、とても高価な品だと聞いている。

「お願い、二人だけ、特別に外に出してあげてください。病気の子がいるのです。今日中に医師に診せないと危ないの」

「知りません。それがその子の運命でしょう」

何という言い草だろう。怒りを呑み込み、フェリシアは落ち着いた声で交渉を続けた。

「この耳飾りを差し上げたら、病気の子と職員一人だけは解放してもらえますか？　これは、三十年ほど前にイスキアの宝石商が私の母に献上した品です。鉱山は閉山されて、これほどの石はもうなかなか出てこないと聞いています」

男はしばらく考え、フェリシアの手から対になった耳飾りをひったくった。

「他の子供や職員は、逃げたら殺す」

男のおどすような口調に、幼い女の子が怯えたように泣き出した。

職員がマーシャを抱いて、急ぎ足で扉のほうへ向かっていく。

――早くマーシャを病院へ……。

「それでは、ラズル様とフェリシア様は、植物園のほうへ。お二人で積もるお話でも」

男が扉を開ける。フェリシアはラズルに腕を掴まれ、慌てて杖を拾い上げた。

怯えたような表情の子供達に微笑みかけ、よろよろと同じ階の植物園へと向かう。

屋上に屋根を付けた構造の植物園は、子供達が花や香草を育てながら、園芸の勉強をするための場所だ。広い露台のような構造で、居心地の良い場所だった。

――飛び降りたら命がないわね。

壁のない場所に連れてこられても、逃亡の手段がないことに変わりはない。

男はラズルとフェリシアを植物園に押し出すと、ガチャリと施錠して去って行った。

「ラズル様、あの者は誰です」

「家臣……、そう……家臣……知らない家臣だ。父上の……部下じゃない……わからない……」

ラズルが自分の頭をガリガリかきむしる。駄目だ。彼は当てにならない。

――二人きりにされてしまったけれど、これはこれで危険だわ。ラズル様と一緒にいたら何をされるか。

フェリシアは拳を握り、歯を食いしばる。

「ラズル様、あの男性に命じて、子供達を先ほどの部屋に監禁させたのですか？　私宛ての手紙を書いたのは貴方ですか？」

「結婚式を挙げねば。俺の婚約者は王妹フェリシア・オルストレム……結婚しなければ……俺は、ずっと、あの、汚い牢屋のような部屋に……」

――駄目だわ、会話にならない。

時間稼ぎとわかっているが、フェリシアは必死に知恵を絞る。

同時に、横目でラズルの様子を窺った。彼は天井の隅を見上げ、口だけを動かし何かを呟いている。消毒用の薬が欲しい、ひたすらそれだけを繰り返しているようだ。

前々から様子がおかしかったが、もう既に理性などほとんど残っていないように見える。

――正気ではないわ。彼に、孤児院を襲って子供達をここに閉じ込める真似ができたとは思えない。そもそもラズル様は取り立てて剣の腕もなく、どちらかといえば非力だってお噂だし……いったい誰が、ここに子供達を集めた……の？

考えれば考えるほど、ラズルが一人で孤児院を制圧し、自分を呼び出す書状を書いたとは思えなくなる。

――おかしいわ。あの軍人らしき男は誰？　ラズル様は知らないって言っているけれど、本当なのかしら？　私をここに呼び出したのは誰？

恐怖のあまり胃がわしづかみにされたように痛い。

杖を頼りに、片足だけで身体を支えるのも辛くなってきた。

フェリシアは、自分が弱っていることを悟られないよう、表情を変えずに言った。

とにかく、この動かない足でなんとかラズルと距離を取らねば。逃げてもすぐに捕まる。

ラズルが出て行くように仕向けなければ。

「ところでラズル様、私の髪を触っていらしたけれど、大丈夫ですか？　夫の汗がたっぷり付いているかもしれないけれど」

もちろん、たった今思いついた嘘だ。だが、突然のフェリシアの言葉に、ラズルは動きを止めた。

――ご病気の域に達した潔癖症は、未だ健在のようね。

フェリシアは話を続けた。

「結婚していただけるというお気持ちはありがたいのですが、私は既婚者です。既に夫がいて、貴方のお好きな『汚れなき乙女』ではありません」

言い終えた刹那、ラズルの瞳孔がはっきりと開く。

貴婦人にあるまじきことを口にしたが、もう後には引けない。

――オーウェンなら、どうやって彼を退けるかしら。……そうね……。

フェリシアは恥をかなぐり捨て、勇気を奮い起こした。

「私に触ったら、オーウェンの汗など、いろいろなものが貴方の手に付きます。私、あの人の汗に濡れて毎晩眠っているから」

フェリシアから距離を取るように、ラズルが後ずさる。額には脂汗が浮いていた。

「い、いやだ、汚い……」

「汚くはありませんわ。……この辺にも、彼の汗、まだ残っているかも」

意味ありげに腕を上げ、二の腕の辺りに目をやる。ラズルの顔が、土気色に変わっていく。

「他人の汗……、気持ち……悪い……腕を動かすな、男の汗……垢が舞ったら……空気に混ざったらどうするんだ、やめろ……」

こんな状態でもフェリシアの言葉の意味はわかるし、とてつもない嫌悪感を覚えている様子だ。

本当に他人が触ったものは嫌で、それが性的な接触であればなおさらなのだろう。理屈ではないらしい。そう思いつつフェリシアは続けた。

「あの人、毎日私の髪に口づけをしているのですよ。場所は、そう、貴方がちょうど握っていた辺り。私の髪を指に巻いて、可愛い人だと言って接吻してくれます」

「……っ、ひぁぁぁッ！」

奇声を上げたラズルが、手を擦りながら、転がるように扉に縋り付く。

「開けろ、開けろ……ッ！　ここにいたら優男の垢が喉に貼り付くぅ……ッ！」

しばらくして、男の声で扉の向こうから答えがあった。

「ラズル様、申し上げたとおり、大人しくなさっていてください」

「いやだいやだ、イヤダ!!!」

あの男は、ずっとラズルを見張っているようだ。何のために見張っているのだろう。

とにかく今が一人になる好機と思ったときだった。

「……国王に何かあれば、フェリシア姫が次代の王、愚かな叔父上とラングセン公爵を出し抜くには、フェリシア姫を、僕の、妻に……」

扉にしがみついていたラズルが、不意に静かな声で言った。正気と狂気がない交ぜになり、ラズルの思考を支配しているのだろう。今は少し正気なのかもしれない。フェリシアは勇気を出して、もう一度ラズルに尋ねた。

「あの男は誰ですか」

「さあ、僕の家の従者ではないな……」

眼球を左右に動かしながら、ラズルが言う。だが、口調は落ち着いていて、今のフェリシアの質問は理解できたようだ。

「ラズル様がお雇いになったのでは？」

「いや。僕は屋敷から連れ出してもらった、無理やり？　そう、無理やり……だな……」

「……誰に……？」

「あの男とその部下が、無理やり、僕を屋敷から、あは、あはは……」

そう言ってラズルが楽しげに肩を揺らす。

「馬鹿だなぁ……一度割れた皿は、永遠に割れたまま。つまり割れるとは、皿の死を意味する。僕は割れた皿で、死んだも同然、だからこんなことになったんだ」

再びラズルの声がうわずり出す。あの男の雇い主は誰なのか、と聞こうとしたフェリシアは拳を握りしめた。

下手に刺激したらラズルがどうなるかわからない。距離を取って、彼が再び正気になるのを待とう。垢が付くのが嫌なのか、ラズルはもう寄っては来ない。

杖を手に植物園を横切り、隅に置いてあった木の長椅子に腰掛ける。

フェリシアは歯を食いしばる。

この足ではラズルとあの男を振り切って逃げることはできない。否、足が無事でも無理だろう。

そもそもフェリシアはなぜここに閉じ込められたのか。呼び出した黒幕は、誰なのか。

考えれば考えるほど絶望しかない。

――せめて食堂に閉じ込められたままの子供達だけでも助けなくては……。

やはり兄やオーウェンには、もう会えないかもしれない。

そう思った刹那、堪えていた涙が一筋こぼれ落ちた。

ラズルは、先ほどから室内へ続く扉の前に座り込み、動かない。独り言も言っていないようだ。

――やはり、ラズル様が私を呼び出したとは思えない。あの神経衰弱の状態では『人質を取る』という発想なんて、出てくるように見えない。考えれば考えるほどわからないことばかりだわ。

フェリシアは杖を握りしめる。

──ラズル様が私を呼び出した本人なら、私を連れてどこかへ行くはずよね。なぜ二人で閉じ込められるの？　まるで誰かの到着を待たされているかのよう。

フェリシアはため息をつく。

大分日が陰り、肌寒くなってきた。真っ暗になるのが怖い。暗闇で逃げ場もない上、ラズルと二人きりにされて恐怖しかない。

杖を手に立ち上がり、フェリシアは手すりから外の様子を窺った。

この植物園は、道路から見て建物の奥側にある。周りは全部孤児院の広い庭で、近所の様子はよくわからない。中心部から離れているせいで建物一軒一軒の敷地が広く、その分、隣の建物ともかなり距離があるのだ。

──マーシャは無事かしら。この状況で、ちゃんとお医者様が見てくださればいいのだけれど……。

そのとき、フェリシアの視界の端でラズルが立ち上がった。身構えたフェリシアは、ラズルの行動に眉をひそめる。

「来るな……来るな、来るな……」

ラズルが大声で叫びながら、扉を押さえつけ始めたからだ。

幻覚でも見えているのだろうか。眉をひそめたフェリシアの耳に、人の声が届いた。一人の声ではなく複数の声だ。

中に女性の声も混じっている。そう気づいた瞬間、フェリシアは妙な気分になった。不思議と、懐かしいような気分になったからだ。

ラズルが押さえつけていた扉が、乱暴に開かれる。

先ほどの男が、扉の向こうから顔を出した。男は、扉に撥ね飛ばされて転んだラズルに、容赦のない蹴りを入れる。

やはりラズルは彼の主でもなんでもないようだ。ラズルはフェリシアと同じ囚われの身だったらしい。そう確信したと同時に、状況がより悪くなったことを実感した。あの男は誰の手先なのだろう。

「お二方とも、お話は終わりましたか。ではそろそろ始末の時間ですので、食堂へ移動してください」

始末の時間、という言葉に、フェリシアの身体が強ばった。

――ああ、殺される……のね……。

どんな目に遭わされて殺されるのだろう。想像するだけで身体がすくんで動かない。

だがフェリシアは意を決してドレスの裾に手を入れ、動かない左足に括《くく》り付けてきた短剣を引き抜いた。

フェリシアには武術の心得などない。ただでさえ非力なのに、この身体だ。短剣で一矢報いようとしても、間違いなく取り上げられるだろう。だから、これを使うのは自害するときだけだと決めていた。

「さあ、王妹殿下もこちらへ。何をなさっておいでなのです。姫君育ちの貴女さまに、自害できるほどの気概がおありとでも?」

つまらなそうに男が言う。

「来ないで」

フェリシアは震える手で、喉元に短剣を押し付けた。

あの男の言うとおりだ。自分の喉を突くことを考えると、震えが止まらなくなる。

だが、いいようにされて終わるなんて駄目だ。

王家の人間は、過ちにも暴力にも、最後まで屈してはならないのだ。

「殿下、こちらへおいでください。あまり時間がないのです」

「来ないで! 捕らえている子供達を解放して!」

フェリシアの必死の訴えを男が鼻で笑った。

「さて……王妹殿下がこのようにおっしゃっていますが、どうなさいますか?」

もったいぶった口調で言いながら、男が扉のほうを振り返る。

開いた扉から姿を現したのは、質素な服装に身を包んだ女性だった。

——え……っ……。

フェリシアは驚きのあまり、短剣を取り落としそうになる。

「姫様!」

そこにいたのは、乳母のメリアだった。

――どういう……ことなの……。

満面に笑みをたたえる乳母を、フェリシアは恐怖と共に見つめ返した。

なぜ、あの男と乳母が一緒にいるのか。なぜあんな風に嬉しそうに笑っているのか。今までずっとフェリシアを安らがせてくれた優しい笑顔が、まるで歪んだ気味の悪い絵のように見える。

「ばあや……？」

「お久しぶりです、姫様。こちらにおいでくださいませ」

歩み寄ってこようとした乳母が、フェリシアの手にしている短剣に気づき、眉をひそめる。

「まあ、何をしておいでですの。危のうございます、そのような物はお仕舞いくださいな」

フェリシアは無意識に強く首を振った。

「来ないで……どうして、ばあやがここに……？」

震え声での問いに、乳母が嬉しそうに頷く。

「もちろん、フェリシア様の新しいご縁談を見つけたからですわ！」

場にそぐわなすぎる言葉に、とうとうフェリシアの心が恐怖で塗りつぶされた。

――い、いや……何を言っているの……？

かき集めた勇気も、乳母の異様な言動に吹き散らされた。

激しく震え出す手から、短剣が転がり落ちた。乳母が笑顔のまま、フェリシアの両肩に手を掛ける。

「さ、姫様、こちらへ」

「っ……いや、いや……来ないで……」

「またそのような我儘をおっしゃって。もしかして、あの穢らわしい獣に何か吹き込まれたのですか？　いけません、あんな獣の側にいらしては臭い匂いが移りますよ。もう、本当にやんちゃでいらっしゃるんだから。こんなにお美しいのに……」

「け……もの……？」

もしかして、オーウェンのことを言っているのだろうか。

「ええ、あの汚い男です。自分の身分も顧みず、本当に汚らしいこと。姫様、騙されてはなりません。あれは下賤の獣なのですからね」

乳母の笑顔が、不意に凍り付く。フェリシアの喉が小さく鳴った。笑みを消した乳母の形相は、悪鬼と言うにふさわしい歪んだものだったからだ。

怖くて震えが止まらず、歯の根が合わない。

かつて愛したはずの、大切だったはずの人間が別のものに変わり果てた姿は、化け物を見るより恐ろしいと思った。

「ばあや、黙って、オーウェンのことを言っているの？　それは違うわ。彼は私の愛する旦那さまよ……やめてちょうだい、悲しい……から……」

フェリシアの目から涙がこぼれた。乳母から必死に距離を取ろうと後ずさる。だが背後は柵で、その向こうは……はるか下に地面があるだけだ。

「さ、姫様、新しい『旦那さま』と参りましょう。奥方様と別れて、姫様を迎えてくださるそうですわ。良いご縁で、本当にようございました」

そう言って、乳母が背後を振り返る。

乳母の背後に現われたのは、ラングセン公爵だった。

「な……っ……！」

フェリシアは思わず声を漏らす。兄を苦しめ、王都の民を困らせている憎い男。

なぜラングセン公爵がこの場にいるのだろうか。

ラングセン公爵は、どす黒い脂ぎった顔をしていた。分厚い唇には高慢な笑みを浮かべ、フェリシアを舐めるような目で見つめている。

「姫様、アンドレアス陛下は間違っておられますわ。……あんな獣に姫様を下げ渡すなんて。間違いは正しましょう。公爵家へのご降嫁であれば、亡き陛下やキャスリン様もきっと喜んでくださいます」

「何を言っているの、放して、ばあや！」

必死に乳母を押しのけながらフェリシアは考える。

――じゃあ、ラズル様は何のためにここに……？

フェリシアの視線の端に、何度も蹴りを入れられ、動かなくなったラズルが映った。

「貴方達は何を考えているの！　ラズル様は、どうしてここにいるの」

フェリシアの問いに、乳母が明るい声で答えた。

「もちろん、フェリシア様を呼び出した罪を被っていただくためです。ラズル様には孤児達を殺した犯人となっていただき、コウルマン公爵家ごと潰れてもらうのですよ。そうすれば、姫様の旦那さまは、オルストレム王国一番の大貴族になられるでしょう？　姫様にふさわしゅうございますよね……？」

絶句したフェリシアに、乳母は嬉しそうに続けた。

「一挙両得とはこのことですね。さすがはラングセン公爵様。何度も何度もラングセン公爵にお手紙を書いて良かった。姫様を後添えにお迎えくださいとお願いして良かった。陛下もきっと、すぐにお亡くなりになりますし、姫様は最高の旦那さまを得られます。ああよかった、何もかも、あるべきところに収まって！」

認めたくないが、理解できた。恐らく乳母が、ラングセン公爵に教えたのだ。この孤児院がフェリシアにとって思い入れのある大切な場所で、危機を知ったら駆けつけずにはいられないことを。

フェリシアはいつも、眠る前のひととき、乳母に今日あったことを話していた。

孤児院のことも病気のマーシャのことも乳母には話した。孤児院を大切に支援し、必ず不幸な子達を減らしたいのだと……。

乳母も子供達の境遇に同情し、フェリシアの活動を応援してくれていたのに……。

──どうして、こんな男と手を結んで……ばあや……！

ラングセン公爵は、仮の同盟者であるコウルマン公爵家を潰し、フェリシアを『間一髪で助けた』フリをして、領地に連れ帰ろうとしている。

フェリシアの持つ王位継承権やイスキア王国の王族の血脈ごと、己のものにしようとしているのだ。

自分自身が、オルストレム王国の最大の権力者となるために。

今のラングセン公爵にとっては、フェリシアを殺すよりも、生きたまま領内に連れ込んだほうがいいのだ。無理やりフェリシアに子供を産ませれば、その子は王家の血とラングセン公爵家の血を引く唯一の……そこまで考え、フェリシアは、込み上げてきた吐き気を呑み込む。

──冗談じゃ……ないわ……。

フェリシアは必死に取り落とした短剣に手を伸ばす。

絶対にラングセン公爵だけは許せない。こんな下衆に連れ去られるのだけは嫌だ。彼に権力を握らせてはいけない。連れ去られ、取り返しの付かないことになる前に、喉を突いてしまおう。

「姫様、そのような物で遊ばれてはなりません」

「放して！」

暴れるフェリシアをニヤニヤしながら見つめ、ラングセン公爵がもったいぶった足取りで近づいてきた。

十人ほどいた公爵の衛兵達は二手に分かれた。ラズルを見張っていた男は、ラングセン公爵の私兵の頭目のようだ。

先ほどの男を含めた半分は、ラズルを引きずって室内へ連れて行こうとしている。火を付ける準備だ、という声が聞こえた。

彼らはラズルと共に子供達を焼き殺し、ラズルを大量殺人犯に仕立て上げる気なのだ。

フェリシアがこの孤児院に呼び出されたことは、王立軍の多くが知っている。

ラズルが狂気に苛まれ、何をするかわからないことも周知の事実だ。

ラングセン公爵は『ラズルの奸計を知り、偶然、間一髪でフェリシアを助けた』とでも言い張るつもりなのだろう。もちろん、フェリシアには発言の自由など与えずに……。

辺りに夕闇が迫ってくる。だんだんと隣の建物が見えなくなってきた。

「公爵様、姫様をお願いいたします」

「ばあや、お願い、放して！」

「なるほど……素晴らしい。メリア殿のおっしゃるとおり三国一の美姫と言っても大げさではありません。しばらく見ないうちに、ますますお美しくなられましたな。……白い結婚で間違いないと？」

下卑た笑いを浮かべるラングセン公爵に、乳母が笑顔で頷く。

「ええ！　あの男には、姫様に触れるなと釘を刺しておきましたから」

乳母の声には、オーウェンへの憎悪が滲んでいた。

なぜ彼をこれほどに憎むのだろう。昔はこんな風ではなかった。

オーウェンに対して素っ気なく、時折きつい口調で叱りつけてはいたけれど、周囲の人達が苦笑する程度だったのに。

フェリシアは身を固くしてラングセン公爵をにらみつけた。

「公爵、貴方がお兄様を殺そうとしたのですか」

恐怖と屈辱に震えながら、フェリシアは尋ねた。

「さぁ、どうですかな？」

フェリシアの必死の威嚇も、ラングセン公爵にあざ笑われて終わる。

背後に立つ護衛の人間達も、にやにやと見下した笑いを浮かべた。

「答えなさい」

フェリシアの震え声に、ラングセン公爵が気味の悪い笑みを深める。

「お答えしましょう。残念ながら私が手を下したのではない。この混乱に乗じ、王を殺そうとした者がいたのでしょうね。……全く余計な真似を。どこの貴族が私の揚げ足を取りに来るかわからない状況だというのに」

――では、誰がお兄様を……？

現在、国内外の勢力がラングセン公爵を『監視』するに留まっている理由は、彼がまだ誰も殺していないからだ。

しかし、もし、公爵が国王暗殺を決行したとなったら、微妙な均衡は崩れ去る。

監視を続けていた他の勢力は、一斉に動き出すだろう。

他勢力が『国賊討伐』に乗り出すのか、はたまた国王を切り捨て、ラングセン公爵の側につくのか……それは誰にもわからない。

ラングセン公爵にとっても、王都侵攻は危険な賭けなのだ。

「本当に、殿下は髪の一筋までお美しいな。亡き王妃陛下は女神のような美貌と称えられていたが、負けず劣らずだ。今までは、貴女を亡き者にすれば邪魔が減ると考えておりました。ですが、訂正します。私の手元に置いたほうがより楽しめそうだ」

ラングセン公爵の手がフェリシアに伸びる。肉厚の手が、フェリシアの髪を一房握った。

「下がりなさい、無礼者」

「なんだこれは。みすぼらしい飾りだな、宝石の一つも付いていない。貴方には黄金と宝石以外は似合いませんよ、姫君」

髪の一房に留めた木彫りの飾りをつまみ上げ、公爵がそれを外そうとする。

オーウェンが贈ってくれた大切な髪飾りなのだ。こんな人間に触られたくない。

「さわら……ないで……！」

恐怖と怒りと嫌悪感が最高潮に達した瞬間、小さな悲鳴が聞こえた。

護衛の一人が、どさりと倒れ込む。

何が起きたのかわからなかった。いつの間にか、人が一人増えている。灰色の外套を被った男がいるのだ。外套に付いた頭巾を深く被っていて顔が見えない。

あんな男は、ついさっきまでここにいなかった。いつの間に現われたのだろう。

男が、左端の護衛に駆け寄る。身構える護衛との間をあっさりと詰め、手にしていた何かを振りかぶる。

――あれは、刃物……？

理解した瞬間、フェリシアの身体が動かなくなった。

護衛は男の一撃で倒れ込み、ぴくりとも動かなくなった。

――足音がしない……気配がない……。あの人、いつから……いたの……？

次に男は、剣を抜いた護衛に向き直った。

護衛の振りかざした剣が虚空を斬る。男の動きが速すぎるのだ。斜め後ろに回り込んだ男に刺され、護衛は声もなくうつ伏せに倒れた。

残った護衛三人のうち、一人が男に斬りかかったが、あっさりと蹴りで反撃を食らい、くの字に身を折って倒れ込む。そこに無慈悲に、男の刃が振り下ろされた。

「お、お前は誰だ！」

男は、ラングセン公爵の誰何《すいか》の声には答えずに、残った二人の護衛を振り返る。

獣のように身を躍らせ、男がその片方に飛びかかった。短剣らしき物を一閃させると同時に、護衛は崩れ落ちた。

「や、やめろ、来るな」

最後の一人になった護衛が、両手を挙げて降参の意を示した。だが男は容赦せず、軽やかな動きで護衛の懐に飛び込む。獲物の喉笛に食らいつく犬のような迷いのない動きだ。うめき声を一つ残して、その護衛も倒れた。

護衛を全員倒されたラングセン公爵が、フェリシアに背中を向けて叫んだ。

「誰だなんだ、貴様は！　こっちに来るな……！」

そのとき、強い風が吹き、男の頭巾を吹き飛ばした。

現われたのは、月光もかくやと思わせる、美しい色合いの髪だった。

——う……そ……。

呆然とするフェリシアに一瞬視線をやり、『オーウェン』が短刀をぶんと振った。小さな飛沫が散る。恐らく、刃の血を振り落としたのだろう。

見ているものが信じられなかった。無慈悲な殺戮者が、愛する夫の顔をしているなんて。

「き、貴様は王の飼い犬……！　なぜ貴様が、いったいどこから」

オーウェンは鬱陶しそうに頭を振り、中途半端に外れた頭巾を払いのけた。

そのとき扉が開いて、フェリシアが耳飾りを渡した頭目の男が駆け寄ってくる。

傷を負っているようだが、他の護衛達とは比べものにならない速さだった。

だがオーウェンは、男を振り返りもしなかった。

奇声を上げて斬りかかってきた男をすいと避け、背後に回って、後ろから短剣で一突き。

それで全てが終わった。

正確無比すぎる動きが恐ろしくて、フェリシアは瞬きもせずに一部始終を見守った。

全ての人間を倒したオーウェンが、ゆっくりとラングセン公爵に向き直る。

オーウェンは、ラングセン公爵の襟首を問答無用で掴み、その身体を軽々と引きずる。

化け物じみた膂力《りょりょく》に、フェリシアはただ震え続けた。

「何をする、やめろ、やめ……」

喚くラングセン公爵の身体を、オーウェンは躊躇なく、柵の向こうに投げ捨てた。予告も何もない無慈悲な動き。まるで紙束を投げるような仕草だった。

痩身のオーウェンが、あんなにでっぷり太った男を片手で持ち上げて放り捨てるなんて、信じられない。

おぞましい悲鳴と共に、一生忘れられないようなぐしゃりという音が聞こえた。

これは、フェリシアの見ている悪夢なのか。

柵の向こう側を見ていたオーウェンが、ゆっくりと乳母とフェリシアのほうを振り返る。

「ひぃ……っ！」

乳母が、腰を抜かしてへたり込む。

オーウェンは無表情のまま歩み寄ってきて、乳母の前に膝をつき、優しい声で言った。

「メリア殿、ごきげんよう。ご家族から捜索願が出ておりますよ」

硬直する乳母に向かって、オーウェンが穏やかな声で続ける。

「この前シャミア村でお会いしたときに申し上げたことを、もうお忘れですか？」

「さ、下がりなさい、獣……ッ……」

乳母の言葉に、オーウェンが優雅に一礼し、言葉を続ける。

「フェリシア様は、貴女の『娘』ではない。貴女にフェリシア様の結婚相手を決める権利はない。なぜならば貴女は、キャスリン王妃ではないからです」

とっさにオーウェンの言うことの意味がわからず、フェリシアは乳母に視線を向けた。

乳母は何も言わず、血走った目でオーウェンを見据えている。

「……残念ですが、たとえ我が子を放り出してフェリシア様を愛し、己の娘と思い込んだところで、貴女はキャスリン王妃にはなれません。亡き先王陛下の愛も得られません」

乳母の顔が、どんどん蒼白になっていく。オーウェンは乳母の反応になど構わず、更に口を開いた。

「亡き先王陛下が貴女に心を寄せる日は永遠に来ないのです。陛下は今頃天国で、亡きキャスリン様と寄り添っておいででしょう。キャスリン様だけが、陛下が誰よりも愛した、唯一の女性なのですから。そう話したはずです。全てを失う前に、私の言葉に耳を傾けてくだされば良かったものを……。残念ですが、これから貴女のご家族に、貴女に逮捕令が出たことをお伝えしなければなりません。大逆罪の幇助《ほうじょ》は、重罪なのですよ」

オーウェンが口にした信じられない言葉に、フェリシアは絶句する。

――ばあやが……お父様……を……？

乳母の顔にはもう、どのような表情も浮かんでいなかった。

まるで、魂に止めを刺された人のように見えた。

オーウェンが落ちていたフェリシアの短剣を拾い上げて、己の懐にしまい込む。

「姫様」

オーウェンは、ようやくフェリシアの知っている優しい笑みを浮かべた。銀色の目に、青ざめたフェリシアの顔が映っている。

「フェリシア様、何のご連絡もできず失礼いたしました。まず初めに……国王陛下はご無事ですのでご安心ください。生きておられますし、治療も滞りなく済みました」

非常に落ち着いた口調に、フェリシアの身体の震えが治まり始める。

視線をさまよわせたフェリシアは、オーウェンの灰色の外套に、べっとりと赤い染みが付いているのを見つけた。

「血……！」

思わず声を上げたフェリシアに、オーウェンが笑顔のまま頷く。その笑顔が、不意にくしゃっと歪んだ。

「はい、血です」

フェリシアは震える手を伸ばす。

「貴方の血なの？　怪我をしているの？」

「いえ、全て返り血です。俺は無傷です」

——怪我は……していないのね……？

答えを聞いた刹那、溢れてきたのは安堵の涙だった。あんなに激しく刃を振るっていても、彼は無事だったのだ。

オーウェンの悪魔のような戦いぶりも、ラングセン公爵を窓から投げ捨てたことも、乳母に『言葉』で止めを刺したことも、無事を確認したらどうでも良くなった。

劇薬のような愛おしさに、フェリシアは涙に濡れた顔を覆う。

――ああ、オーウェン……無事でよかった。私を助けに来てくれたのね……。

この惨状を前に、己の感じている気持ちは間違っている。そう思いながら、フェリシアは胸を撫で下ろす。

「……フェリシア様、今までありがとうございました」

優しい声で、オーウェンが言った。

「メリア殿の言うとおり、俺は獣のようなもの。本当は、フェリシア様のお側にはふさわしくない存在なのです。返り血も、このとおりの量で、もう、ここに来るまでに何人殺したのか、自分でも定かでは……。貴女には、こんな俺を知られたくありませんでした」

言いながら、オーウェンがゆっくりと後ずさる。

「……どこに……行くの……？」

「お別れします、やはり俺のような獣は貴女のお側にはふさわしくない」

「え……？　どうして？　どこに一人で行くの……？」

子供のように呟いたフェリシアは、一拍遅れて理解できた。

今のは別れの言葉だ。彼はフェリシアの前から去ろうとしている。

きっと彼は、自分が『敵』を屠る姿をフェリシアに見せたくなかったのだ。

だからこんな風に悲しそうな、ひび割れたような顔をして、フェリシアに別れを告げようとしているのだ……。

「……っ、まって……ッ！」

フェリシアはオーウェンに駆け寄ろうとして、勢いよく転んだ。だが痛みを無視して起き上がり、這うように左足を引きずって、オーウェンの脚に抱きついた。強かに身体を打ち付けつつも、自分でも信じられないくらいの速さで動くことができた。

「え……？」

歩み去ろうとしていたオーウェンが足を止め、驚きの声を上げる。フェリシアは彼の腕に手を掛け、血まみれの夫の腰にしがみつく。

「良かった、怪我をしていなくて。驚かせないで」

今の言葉がフェリシアの本音だ。

目の前でオーウェンが何人殺そうが、彼が怪我をしていなくてよかった。心の底から、そう思っている。

「助けに来てくれたのね。ありがとう、嬉しいわ……会いたかった、オーウェン……」

オーウェンはフェリシアの腕に抱かれたまま、身じろぎもしなかった。

どれほどの時が流れたのだろう。

不意に低い声でオーウェンが言った。

「いいえ、フェリシア様、それは違います。俺をねぎらうのは間違っています。俺は、人殺しの……獣です。メリア殿は間違ってはおられません。俺は昔からずっと獣で、理性あるふりができるだけなのです。腕力も体力も人と違う……人間など止まって見える。傷も残らない。やはり俺は、どこかおかしいのです。俺といると、貴女が壊れる」

フェリシアは首を横に振る。あんな凄《すさ》まじいオーウェンの姿は生まれて初めて見た。驚いたのは事実だが、だからといってオーウェンを嫌いになることはない。

「違うわ、貴方は私の旦那さまよ」

「フェリシア様、俺の話をちゃんとお聞きください。俺はこれからも、何人でも殺します。アンドレアス様と貴女に仇なす者は、全て葬ります。俺は、本当に、生まれついての獣なのです。こんな浅ましい顔を貴女に知られたくなかった」

フェリシアはもう一度首を振る。オーウェンが何者であっても、彼を愛している。気持ちを変えることは不可能だ。

「……オーウェン、ごめんなさい」

本当ならば、王族として、フェリシアがラングセン公爵を倒さねばならなかったのだ。

だが非力なフェリシアには、あの男の腕を振り払うことすらできなかった。

オーウェンは、フェリシアの代わりにラングセン公爵を誅してくれたに過ぎない。

彼には何の罪もない。彼の振るった刃は、本来、兄かフェリシアが振るうべきものだった……。

「貴方だけに辛いことをさせて、本当にごめんなさい。貴方の犯した罪は、私の罪です。過去の分も全部、私の罪です。当たり前よ。だって貴方は、私とお兄様を守ってくれただけなんだもの……」

フェリシアはオーウェンに抱きつく腕に力を込め、噛みしめるように言った。

オーウェンの身体がかすかに震えている。

「私だってオーウェンを守らねばいけないのに、守られてばかりだわ。本当に、ごめんなさい」

今までずっと、過去の悪夢からオーウェンを守りたいと思って生きてきた。フェリシアが頑張って、辛い思いをする子供を減らせたら、オーウェンの痛みも和らぐのではないかと思って努力してきた。

だが、これからはそれだけでは足りない。オーウェンを汚す血は、全てフェリシアが拭い去らなくてはならないのだ。

兄とフェリシアがこの世にいる限り、オーウェンが『汚れ仕事』から解放される日は来ないのだろう。だが、フェリシアは王妹として、民に対して無限の責任を背負っている、その事実は永遠に変わらない。

――ごめんなさい。私達兄妹を守るために、貴方に人を殺させてきたなんて……ごめんなさい……。だけど、私は貴方と離れたくない。一緒にいたら、貴方が私達のために刃を振るい続けるとわかっていても。

もしも理想的な『王妹殿下』のまま政略結婚をしていたら、フェリシアの人生は、愛のない虚しいものになったに違いない。

オーウェンがわざとラズルを挑発したと聞いたとき、本当に嬉しかった。

彼に執着され愛されているという事実が、生まれて初めてフェリシアの全てを満たしてくれた。彼と愛し合うことができて、目がくらむほど幸せだった。

あの日から、他に欲しいものなどなくなった。

オーウェンがいれば、もう何もいらない。

夫への愛は劇薬であると同時に、フェリシアの一番大事な宝物だ。

だから、オーウェンを選ぶ代わりに、彼の刃に倒れた人間は、全て自分が殺したのだと思おう。この愛を選ぶのと引き換えに、全ての罪はフェリシアが負って生きていく。たった今、そう決めた。

「愛しているのよ、オーウェン……どうか私から離れないで」

己の言葉の残酷さに、フェリシアは歯を食いしばった。その腕をそっとほどき、オーウェンが振り返ってかがみ込む。震える腕を差しのべながら、オーウェンは消え入りそうな声で言った。

「……王宮の包囲が解かれたとき、王立軍から、フェリシア様が捕らえられたと連絡を受けて……騎士団の出撃を待っていられず、一人で参りました。間に合って良かった。あのような穢らわしい者達からお助けできて、本当に良かった……」

長い指がフェリシアの髪を愛おしげに梳く。

千切った薔薇の葉のような愛しい香りが、フェリシアの身体を包み込む。

オーウェンを取り戻せたのだ。彼はもう、フェリシアを置いてどこにも行かない。そう確信できた瞬間、涙があふれ出す。

――大好きよ、私の旦那さま……。私は生涯、貴方だけのもの……。

フェリシアはオーウェンと言葉もなく抱き合った。オーウェンの存在以外、何もかもが遠ざかっていく感覚を久しぶりに味わう。

――このままどこか遠くへ、二人で行けたらいいのに。

フェリシアは顔を上げてオーウェンの目を見つめた。

美しい、塗りつぶしたような銀の瞳。この目だけを見つめて、何もかも放り出して生きることができたらどんなに幸せだろう。

もしかしたら、二人で逃げたいと言ったら、オーウェンは叶えてくれるかもしれない。オーウェンと昼も夜もなく愛し合い、オーウェンのことだけを考えて、獣のように生きていけるかもしれない。

フェリシアが王族ではなく、オーウェンが誰も殺さなくていい世界に行くことができれば、その願望は叶うはずだ。だが……。

――いいえ、私はそんな風に生きられない。王家の娘だから。でもオーウェンは、ずっと私の側にいてくれるわ。

オルストレムの美しい町並みが、王女として大切に贅沢に育てられた十八年が、フェリシアの脳裏をよぎった。この国は兄とフェリシアが守るべき国だ。最後の最後まで、捨てることはできない。

フェリシアは、オーウェンの腕に抱かれたまま、そっと乳母を振り返った。

「私の姫様……どうか、汚らしい獣から……逃げて……」

へたり込んでいる乳母が、掠れた声で呟く。彼女の目はもう、どこも見ていなかった。

「違うわ、オーウェンは私の旦那さまなのよ、ばあや」

フェリシアは優しい声で乳母に言い、オーウェンの銀の瞳を見上げた。

「そうよね、オーウェン、私たちはこれからもずっと一緒よね……？」

オーウェンの引き締まった喉元が、激情を呑み込むように上下した。

フェリシアを胸に抱き寄せ、オーウェンが震える声で告げる。

「俺が獣であっても、貴女は許してくださるのですね……貴方は……獣の俺を……」

絞り出すようだった言葉が途切れ、フェリシアを抱きしめる腕が小刻みに震える。髪に、オーウェンの涙の粒が落ちてきたのが分かった。

——獣？　オーウェンったら、不思議なことを言うのね……ええ、でも、そうね、確かに獣のようだったわ。戦っているオーウェンは、とても強くて美しかったから……。

フェリシアは身体を起こし、手を伸ばして返り血の飛んだオーウェンの頬を拭った。指

先が汚れたが、構わずに微笑みかける。

濡れた銀の瞳に、己の顔が映り込んだ。

背後で聞こえる乳母のすすり泣きになど、まるで関心を示さない笑顔。己の心と愛する相手だけを映す揺るがぬまなざし。

オーウェンの言葉を借りるなら、まるで『獣』のような顔に見えた。

——オーウェンが獣なら、私も、獣なんだわ……。

力強い腕に抱きしめられ、フェリシアはそっと目を閉じる。

階下から子供の泣く声、職員がなだめすかす声が聞こえてきた。

ああ、子供達は無事なのだ。安堵した刹那、二人だけの世界から、現実の世界へと引き戻される。

フェリシアは血の臭いを纏う夫を抱きしめ、もう一度大切な言葉を繰り返した。

「愛しているわ、オーウェン。私は永遠に貴方の妻よ」

第九章

オーウェンが孤児院に助けに来てくれた日から、十日ほどが経った。

午後の休憩を終えたフェリシアは、目を通し終えた新聞や大衆紙を卓上に積み上げた。

コウルマン公爵の弟が逮捕されたこと。ラングセン公爵軍の大半が国王への忠誠を改めて誓い、自分達の刑の減軽を嘆願していること。ラズルは重傷を負いながらも保護されたことなどが、面白おかしく、あるいは正確に報道されている。

だが、フェリシアの最愛の夫のことについては、何も触れられていなかった。ラングセン公爵の不審な死に方についてもだ。

どの紙面でも、ラングセン公爵は、コウルマン公爵弟の協力を得て挙兵したものの、戦局の変化に伴って孤立し、大逆罪に問われることを恐れて投身自殺をした、としか書かれていなかった。

他には、国王を襲った刺客は引き続き捜索中であるとの報告や、国王の傷は順調に回復し、来月にも公務に復帰できるだろうという喜ばしい記事も散見される。

孤児院の惨状は、どこの記事にも書かれていない。

あの現場は、王立軍の秘密部隊が片付けたという。彼らはオーウェンと同じような『仕事』に就いている騎士達らしい。

周囲から大切に守られてきたフェリシアは、彼らの存在すら知らなかったのだ。

――とにかく、よかった。子供達は全員無事だったし、オーウェンのしたことも、誰にも気づかれそうにないわね。

フェリシアは安堵しつつ杖を手に立ち上がり、侍女達に声を掛ける。

「お兄様のお見舞いに伺いましょう」

王宮も王都も混乱状態が続いている。

必然的にフェリシアも『王妹殿下』としての責務が増え、醜聞の件などうやむやなままに、とても忙しくなった。

そのお陰で、杖で一日中歩き回るのにもすっかり馴れてしまった。軽やかに進むフェリシアに、侍女頭が優しく声を掛ける。

「フェリシア様、そんなに張り切られて……転ばないようお気を付け遊ばせ！」

「大丈夫よ」

何だか、とても幸せな気分だった。王宮を歩き回りながら侍女達と笑いを交わす日なんて、もう二度と来ないと思っていたので、この時間が夢のように思える。

兄の私室に到着すると、両開きの扉の前に衛兵が二人立っていた。日常の光景もすっかり戻ってきたと思いながら、フェリシアは口を開いた。

「陛下、フェリシアです。お見舞いに参りました」

「入れ」

兄の声と共に、衛兵が両開きの扉を開く。

完全に開いた扉の前で一礼し、フェリシアは侍女を残して一人扉をくぐり、改めて兄の前で貴婦人の礼を取った。杖をついていても、もう違和感なく一通りの動きができるようになってきた。

「脚は大丈夫か、無理をするなよ」

兄は、寝台に半身を起こして、枕に寄りかかっていた。

優しい声に、フェリシアは顔を上げて笑顔になる。今日の兄は昨日より顔色が良く、具合も良さそうに見えた。

「ありがとうございます。お兄様こそお加減はいかがですか？」

フェリシアが尋ねると、兄が兵士に合図を送った。

扉が閉じ、部屋の中で兄と二人きりになる。よそ行きの仮面を外した兄は、明るい声で答えてくれた。

「ものすごく痛いんだが、オーウェンにそろそろ真面目に働けと怒られた」

「それはそうよ。だってお兄様……」

兄の怪我の『経緯』を思い出し、フェリシアは顔をしかめる。だが兄はとぼけたように肩をすくめ、フェリシアに言った。

「今日二人になったら、もっと国王陛下に優しくしろと説教しておいてくれ。それと、明日から二、三日夫婦水入らずでゆっくりしておいで」

顔を輝かせたフェリシアに、兄が柔らかな表情で頷いた。

今回のラングセン公爵が起こした問題の事後処理で、オーウェンはほぼ不眠不休で駆けずり回っている。

昨夜も明け方に夫婦の寝室に戻ってきて、気配で目を覚ましたフェリシアに『身体が十個欲しい』とぼやいていた。

「ようやく、諸々の問題が落ち着き始めた。いくらあいつが不死身の鉄人でも休ませてやらないと気の毒だ。それに一応、お前達は新婚だしな」

「誰が不死身の鉄人なのでしょうか？　それと、一応ではなく、私達は本物の新婚です」

突如オーウェンの声がして、フェリシアは飛び上がりそうになった。見れば、オーウェンが露台から入ってくるところだ。

——え……えっと……なぜあんな場所から？　ずっと露台にいたの？

言葉を失うフェリシアを尻目に、兄が低い声で言う。

「お前、また上の階の露台から飛び降りてきたんだろう？　人間離れした行動は自重しろ。十五年、口を酸っぱくして言ってきたはずだが」

兄は驚いていない。多分オーウェンは、頻繁にこのような真似をしているのだ。

目を丸くするフェリシアをちらりと見つめ、オーウェンが耳の端をかすかに赤くする。

「誰からも目撃されないように移動しております、問題ありません」

「そういう問題ではない。落ちて怪我をしたらどうする」

「時間短縮が優先です。とにかく時間がなさすぎる」

兄のお説教にも、オーウェンはどこ吹く風といった表情だ。

「どうぞ、書類が全部揃いました。夕方までに決裁をしていつもの箱にお願いします」

「すごい量だな。痛っ、急に傷が痛くなった」

怪我をした脇腹を押さえ、げんなりした顔になる兄に、オーウェンが淡々と答える。

「自業自得です。ご自分で刺した傷でしょうに」

オーウェンの言葉に、フェリシアはため息をつく。

兄の怪我は、暗殺者に襲われたと装い、自分で刺したものなのだ。

オーウェンから話を聞いたときには、啞然としてしまった。

まさか、兄を襲った刺客が兄自身だったなんて。

兄は、時間を稼げば稼ぐほど、ラングセン公爵が不利になると見抜いていたのだ。

だから自傷に及び、医師団のもとに運び込まれた後、医師長に『陛下は出血多量。明日をも知れぬ状況で、動かすこともできない』と宣言させて、病室の扉を固く閉ざし、一歩も外に出なかったのだという。

もちろん実際に傷はかなりひどくて、治療も大変だったらしいのだが……。

結果、周囲は『陛下を襲ったのは、ラングセン公爵の刺客だ』と思い込んだ。

何も言えない。やり口が大胆すぎる、としか……。

——お兄様は、王家にとっての『最高の結果をもたらす選択肢』を常に考え抜いておられる方だもの。最善だと思える場合には、ご自分を深く傷つけることも躊躇わない……。

フェリシアは改めてため息をついた。亡き父が知ったら、拳骨では済まないだろう。

——私、とても心配したのに。お兄様には、もっと自分を大事になさってほしい。

そのとき、オーウェンがいつもどおりの淡々とした口調で言った。

「陛下、午後のお茶の時間にイスキア大使がお見舞いにいらっしゃいますので、ご面会をお願いいたします」

「大使まで来るのか。僕の頭、寝癖は大丈夫かな」

兄の飄々《ひょうひょう》とした態度に、オーウェンが不機嫌な口調で答える。

「陛下がラングセン公爵を焦らせるために、執拗に『重体説』を吹聴させたお陰で、お見舞いの人間が途切れない状況なのです。……それだけ、皆、陛下をご心配申し上げているということですが」

オーウェンの言うとおり、王国中から届けられたお見舞いの花や手紙で、王宮の受付所は溢れかえっている。

昨日、兄直筆の経過報告を門に貼り出したときなんて、王宮の正門では国王の快癒を祝う声と喝采の声がやまなかったほどだ。

今後、兄が桁外れの大博打に出ないよう、妹としてしっかり見張らねば。

兄以上に民を大切にし、オルストレム王国を正しく導ける人間はいないのだから。

「……賭け事をなさるときは、倍率の高い札ばかりお選びにならないでね、お兄様」

ささやかな皮肉を口にすると、兄が片方の眉を上げる。オーウェンが腕組みをして、呆れたように言った。

「私も同意いたします。陛下は刃物を扱い馴れておいでではないのです。危なすぎる真似はお慎みください。そもそもなぜ、フリで済ませずに、本当に刺したのです」

「どこに誰の間者がいるかわからないからだ。演技なんてすぐにばれるからな」

「そうだとしても愚かです。褒めて差し上げることはできませんね」

オーウェンが冷たい声で言いきった。

形勢不利と見たのか、兄が咳払いして、わざとらしい低い声で反論する。

「だが、僕の命の危機に乗じて、ろくでもない動きを見せた貴族は全部あぶり出せただろう？　ラングセン公爵と手を組もうとした人間は、全員、きっちり把握済みだ。ラングセン公爵も、焦って自滅してくれたという話に収まったし。僕の『作戦』は、一挙両得を果たしたと思わないか？」

「さようでございますね。採点結果は百点満点で三十五点くらいでしょうか」

素っ気なさすぎるオーウェンの答えに、兄が抗議の声を上げる。

「なぜそんなに低いんだ。完璧に僕の思い通りの展開になったんだが？」

「一つしかないお命で博打を打とうとなさった時点で、零点です。結果的に妻を巻き込んだことも許せません。三十五点は、大きな成果を得られたことへの評価分です」

にべもないオーウェンの評価に、兄はつまらなそうに大きく息を吐いて言った。

「オーウェン、お前こそ僕の許可もなく、ラングセン公爵と近くにいた側近を、まとめて全部、その……片付けてしまったんだろう？　尋問したかった人間が皆、殺……この世にいないと王立軍がぼやいていたぞ。今度このようなことがあったら、何人かは生か……話を聞けるようにしておいてくれ」

フェリシアにひどい単語を聞かせないように気遣ってか、兄はぎこちない言い回しでオーウェンを叱責した。

「次からはそういたします。あのときは少々暴走いたしました」

オーウェンの答えに、兄が一瞬だけ瞑目する。なんだか、とても疲れた表情に見えた。

「……そうか。今度からは気をつけてくれると嬉しい。では次の仕事を頼む。お前が持ってきた書類は片付けておくから」

「かしこまりました。ではフェリシア、のちほど」

愛する夫に名前を呼び捨てにされ、フェリシアの胸がときめく。昨夜意を決して、彼に頼んだのだ。妻なのだから、様づけはしないでと。どうやらオーウェンはフェリシアの願いを聞き届けてくれたようだ。

　オーウェンはフェリシアに歩み寄り、身をかがめて唇に接吻をした。

　兄の前だというのにこんなに熱烈に口づけをされてしまうなんて。心臓が苦しいくらいに高鳴る。焦りつつ横目で兄を見ると、礼儀正しく目を伏せてくれていた。

　――恥ずかしいわ、オーウェンったら……！

　だが、怒るに怒れなかった。愛しい夫と触れあうと、身体中から力が抜けてしまう。

　ほわほわと赤くなるフェリシアに一礼して、オーウェンは堂々と露台から出て行った。

　飛び上がって軽々と庇《ひさし》に手を掛け、するりと姿を消す。

　扉から出て行くと、衛兵に『どこから来たのか』と驚愕されるからだろう。

「フェリシア」

　真っ赤になった両頬を押さえて夫を見送っていたフェリシアは、兄に呼ばれて振り返った。

「……僕はオーウェンを手放す気はない。あいつ以上に優秀で、信用できる人間はいないからだ。だから、お前にオーウェンを抑えてほしいと思う。あいつの精神は、お前がいれば落ち着いている。お前達の結婚を許可したのには、そんな思惑もあった」

　突然の言葉に、フェリシアは頷く。

「フェリシア、お前はオーウェンを恐ろしいと思うか？」

　真剣な兄の顔がおかしくて、フェリシアは思わず小さな笑い声を上げる。兄は驚いたように眉根を寄せ、フェリシアに尋ねた。

「だって、お兄様が不思議なことをおっしゃるから。恐ろしくないわ。私、昔からずっとあの人が好きだったの。変わらずに今も大好き。お兄様もお気づきだったでしょう？」

「何がおかしい？」

フェリシアの言葉に、兄がますます難しい顔になる。しばらく考え込んでいた兄は、ため息と共にフェリシアに言った。

「では、フェリシア。これからもオーウェンを支え、暴走しないように見守ってやってくれるか」

兄の言葉に、フェリシアは頬を火照らせたまま、満面の笑みで頷いた。

「はい、もちろんです。あの人にはいつも、危ないことはしないでって頼んでいるわ」

明るい声で答えながらフェリシアは思う。

普通の娘なら、オーウェンのことを怖いと思うのかもしれない。

気配なく現われ、ラングセン公爵達をたちまち葬った腕前は、尋常ではなかった。まるで獣が獲物を屠るかのような無慈悲さだった。でも、オーウェンは、フェリシアの身が危ないから、ああして駆けつけてくれたのだ。

——私、あんな状況なのに、オーウェンが助けに来てくれて嬉しかったの……彼に愛されているんだって思えて、震えるくらい幸せだった。だから、お兄様、私は大丈夫よ……。

自分達は、尻尾が絡み合い、離れられなくなった二匹の獣だ。永遠に、フェリシアの全ては彼のものなのだ。

オーウェンはもうフェリシアに隠し事をしていない。

王家の兄妹のために犯してきた人殺しの罪も、生まれ持った異様な身体能力のことも、全てフェリシアに明かしてくれた。

恐ろしいはずの事実を知らされても、フェリシアは『オーウェンのことをたくさん知ることができた』という、甘い幸せしか感じなかった。

オーウェンが壊れているというのなら、自分だって同じだ。

「本当にありがとう、お兄様。オーウェンと私の最善を考えてくださって。私、何があってもあの人と離れないわ」

「……お前とオーウェンが幸せなら、僕はそれでいいんだ。ありがとう、よくわかった。これからもあいつのことをよろしく頼む。大事にしてやってくれ」

オーウェンの『真実』を知った後も笑顔でいるフェリシアを、兄は、なんとも言えない顔で見つめて、そう言った。


久々の休暇の初日、オーウェンは、フェリシアと二人で、乳母のメリアを見舞いに来た。

メリアが収容された仮牢は、王宮の地下にある。

彼女はラングセン公爵と内通し、孤児院の子供達を人質にフェリシアを呼び出すよう助言した罪で、牢に囚われているのだ。

「ねえ、ばあや。何か欲しいものがあったら持ってくるわ。何かあって?」

フェリシアの優しい声にも、メリアは反応しない。

「お兄様に、罪一等を減じるようお願いしているから。ばあやがひどいことにならないように、皆にお願いするから……」

フェリシアの言葉にも、メリアは微動だにしない。ここ数日の彼女は、フェリシアにも、オルストレム王国で得た夫や子供達にも、何の関心も示さないようだ。

『自分は王妹フェリシアの母同然の存在である』という妄執を喝破《かっぱ》され、罪に問われて家族から見捨てられて以降、壊れた土塊のようになってしまった。

「ねえ、ばあや、また来るわね。ばあやは嫌かもしれないけれど、私はオーウェンのお嫁さんになれてとても幸せなの。……ごめんなさい、いつか認めて、祝福してちょうだいね」

フェリシアが辞去の言葉を言い終えると同時に、メリアはかすかに身じろぎした。

「い……けません……」

まだ動けるのか、と、オーウェンは表情を動かさずに感心する。牢の隅にいたメリアはよろよろと近寄ってきて、鉄格子にしがみついた。

「……ああ、キャスリン様になったつもりでお育てしたのに……離れなさい、汚い獣。姫様から離れて……」

「ばあや、オーウェンは私の大切な人なの。そんな言い方はやめて」

悲しげなフェリシアを見ているのが辛くなり、オーウェンはそっと妻の細い肩を抱いた。

「フェリシア、行きましょう。メリア殿とお話しするのは難しいようです」

細い指で涙を拭い、フェリシアがこくりと頷いた。そのとき、メリアが鋭い声を上げる。

「どうして、私は何を間違えたのですか、私がキャスリン様になれなかったから、私の思うように育ってくださらなかったのですか。姫様、どうか獣のところに行かないで、その男は絶対に、おかしい……！」

メリアは、いびつな形とはいえ、フェリシアを我が子同然に思っている。

我が子を守ろうとする『母』の目の鋭さは、オーウェンの素顔を見抜いているのだろう。

メリアの言葉は何一つ間違っていない。オーウェンは、まともな人間らしい感情でフェリシアに接したことなど、多分一度もないからだ。

出会った日からずっと、度を越した執着と忠誠と愛をフェリシアに捧げてきた。フェリシアこそが命で、全てだった。フェリシアだけが愛おしい雌だったのだ。

――ええ、貴女のおっしゃるとおり、私は姫様の人生を滅茶苦茶にした獣です。大切にお育てになった方を汚してしまい、申し訳ありませんでした。

心の中で呟くと、オーウェンはフェリシアの肩を抱いたまま、ゆっくり歩き出した。

「ごめんなさい、オーウェン……貴方と来るのではなかったわ」

フェリシアの大きな目からこぼれた涙を指先で拭ってやりながら、オーウェンは微笑んで首を振った。

「いいえ、メリア殿のおっしゃったことは真実ですので、気にしていません。俺は貴女の結婚を台無しにしたくて、ラズル様を故意に壊すような人間ですから」

面会室の扉を閉めると、乳母の声は聞こえなくなった。肩を震わせるフェリシアを抱きしめ、オーウェンはできるだけ優しく言った。

「泣かないでください、フェリシア。メリア殿に何を言われようと、俺は何も感じません」

腕の中でこくりとフェリシアが頷く。

「どうして、ばあやはあんな風になってしまったのかしら。貴方に本当のことを言われたから？　貴方に、ラングセン公爵との陰謀を壊されたから？」

オーウェンはなんと答えたものかと考えあぐねる。

脳裏に、義母との最後の会話が思い出された。

王都に発つ前の日、別れの台詞として発した言葉だ。

『僕を獣だと言うけれど、お義母様だって普通の人間じゃないでしょう。兄上も姉上も言っていました。お義母様は狂人だって。僕を殴る姿が怖すぎるから一緒には暮らせないし、愛情もなくなったって。愛する子供達に狂人って呼ばれるのは、どんな気分ですか。そうそう、お義母様はご存じなかったと思いますけど、お父様の愛人が子供を産んだらしいですよ。執事さんとお父様が話していたのを聞きました』

義母の顔に、ぱりん、とひびが入ったのがわかった。だが、オーウェンは構わず続けた。

『お父様は、愛する恋人と我が子を必ず守る、お義母様のような女に傷つけさせたりしないとおっしゃっておられましたよ』

義母の顔を覆うひび割れが深くなったとき、オーウェンは迷わず止めを刺した。

『さようなら、可哀相なお義母様。これからずっとひとりぼっちで、鬱憤晴らしの道具もなくなってお寂しいでしょうけれど……お元気で』

ずいぶん後に、近所の川で、義母の靴と帽子が見つかった。

彼女はいなくなってしまったのだ。義母の壊れかけた精神は、真実には耐えられないだろうとオーウェンにはわかっていた。だが、本当のことを言うのをやめなかった。

義母は、オーウェンを一方的に殴り、蹴りつけ、家の外に放り出して凍え死にさせようとした。だから、ただ憎かった。日々積もりに積もっていく憎しみは、オーウェンの心を煤だらけにしていた。

オーウェンは、これから先の未来を義母に邪魔されないため、彼女を意図的に壊した。悪意をもって言葉の刃を振るった。

メリアに対しても同じだ。彼女がシャミア村を訪れてきたとき、オーウェンは一度、故意に彼女を壊そうとした。

フェリシアと別れるよう言われたが、受け入れたくなかったからだ。理性ではメリアの言うことが正しい、獣は姫君の側にいるべきではないとわかっていたのに……。

アンドレアスに仕え始め、先王が逝去するまでの十二年の間に、オーウェンはメリアの秘めた心を知った。

フェリシアに付き従っていたメリアは、時折、精悍な王の顔を執拗に盗み見ていた。オーウェンには、瞬きもしないメリアの視線の意味がよくわかった。

あれは獣の目。理性を凌駕した感情の発露だ。

ふとした隙にメリアの目に浮かぶ光は、ただの温厚な乳母のものではなかった。嘘をつききれていなかった。恐らくメリアは、死してなお王の愛を一身に受けるキャスリン妃になりたかったのだろう。

己をフェリシアの母同然の存在、キャスリン妃と同様の存在だと思い込むことで自己満足を得ていた彼女の精神は、『娘』の姫君が大怪我を負わされ、以前から気にくわなかった臣下の男に嫁いだことで、狂い始めたのだ。

オーウェンはフェリシアを見つめ、正直に答えた。

「……メリア殿は、希望と地位と、ご主人やお子様の信頼、全てを失い、抜け殻のような状態なのだと思います。俺も、少々ひどいことを言いすぎたかもしれません」

その答えに、フェリシアがやるせない表情で微笑む。

「いくら嘘が苦手だからって、あまりひどいことを言っては駄目よ」

彼女は、オーウェンが正直に何でも話すと喜んでくれる。真実で壊されてしまう人間とは正反対だ。

たとえどうしようもない真実でも、明かされたほうが嬉しいとフェリシアは言う。きっと、嘘や隠し事が嫌いなのだろう。

だから、フェリシアには嘘をついては駄目なのだ。宝物のような妻には、これからも愛と忠誠と、真実の全てを捧げ続けよう。

「そうですね。気をつけます」

素直に忠告に頷くと、可愛くて優しい妻が、杖を持ち上げた。

「ねえ、杖を持ってくれる？　貴方の腕に摑まって歩きたいわ」

もちろん大歓迎だ。オーウェンは嬉しくなっていそいそと杖を受け取り、フェリシアに腕を差し出す。

柔らかな重みが腕にかかり、オーウェンの胸の中は甘い幸福感でいっぱいになった。

「フェリシア、これからどこかへ？　孤児院へ顔を出しますか。子供達も、貴女が顔を出せば喜ぶのでは。今日はどこにでもお付き合いしますよ」

オーウェンの問いに、腕に縋ってぎこちなく歩いていたフェリシアが顔を上げる。大きな青い目は潤み、薔薇色の唇は、戸惑うようにかすかに開いていた。

「お部屋に戻って、二人で過ごしたいのだけど……だめ？」

とっさに答えが出ず、オーウェンは立ち尽くす。

しばらくして、抑えがたい熱が身体中に満ちてきた。

初恋の姫君との逢瀬を恥じらう理性と、愛する雌の全てを貪りたい獣の歓喜。二つの意識が同時に、フェリシアの提案に頷いた。

「……ええ、そうしましょうか」

オーウェンの返事にフェリシアは頬を染め、幸福そうな笑みを浮かべた。

エピローグ

王宮の一室、フェリシアとオーウェンの夫婦に与えられた一室に戻るやいなや、オーウェンは最愛の妻を寝台に導いた。華奢な身体から質素で品のいいドレスを引き剝がし、砂糖菓子のような色合いの薄い下着を剝ぎ取る。己も服を脱ぎ捨て、フェリシアの華奢な身体を押し倒した。

華奢な脚の間に己の身体を割り込ませ、彼女に体重を掛けないよう細心の注意を払ってのし掛かる。

フェリシアの肌に触れると、脳髄にえもいわれぬ痺れが走る。愛する女の身体だから興奮するというだけではない。まるで、全ての傷と病を癒やす泉に身体を浸したかのような気持ちになるのだ。

「今日の貴女も、怖いくらいに可愛らしい」

抱きしめたままそう囁くと、すぐ目の前にある耳朶がぽっと赤くなった。その小さな耳に口づけをすると、裸の胸同士が触れあう。

「あ……っ……オーウェン……っ」

ただそれだけの刺激で、フェリシアはたまらなくなるほど甘い声を上げ、小鳥のように肌を震わせた。

「どうなさいました？」

腕に抱いたフェリシアが、ぴくっと身体を揺らす。

「ん……？　胸に少し触れただけでも感じてしまわれるのですか？」

「い、いいえ、違うわ……」

なんとも心許ない声で、フェリシアが答える。小さな耳がますます赤くなり、フェリシアの羞恥心の強さを知らせてくれた。

フェリシアはオーウェンの肩に顔をくっつけて離れようとしない。赤面しているのを隠そうとしているのだろう。愛らしくてたまらず、身もだえしたくなる。

「そんな風にしがみつかれては、可愛がって差し上げられません」

囁きかけると、フェリシアがゆっくりと顔を離した。小さな愛らしい顔は、やはり林檎のように真っ赤だ。

オーウェンは滑らかな額に口づけをして身体を離す。肌に貼り付いていた金の髪が、ふわりと舞って敷布の上に落ちた。

むき出しになった薔薇色の乳嘴を指先で弾き、オーウェンは頬を染めてじっとしているフェリシアに言った。

「最近、ずいぶんと大きくなられましたね」

「そう……？　そうかも……少し胸回りが苦しいときがあるわ。元気になってきたからかしら」

ふっくらとした白い双丘の片方に、オーウェンは吸い寄せられるように唇を寄せた。

ちゅっと軽く音を立てて吸い上げると、フェリシアが声を上げた。

「や……っ、吸っちゃ……っ……」

フェリシアの肌はどこもかしこも甘くて、美味しいと思う。

「だめ、くすぐったいから……やぁ……」

真っ白な肌に幾筋かの髪が絡まり、えもいわれぬ妖艶さを醸し出している。まるで、性愛の女神を描いた一幅の淫画のようだ。

柔らかな乳嘴を舌先で転がす度に、組み敷いたフェリシアが身体をくねらせる。

「ほんと、くすぐっ……ひっ……」

「こんなに硬くなさって。くすぐったいだけではないはずです」

唇を離して告げると、フェリシアの肌がぱあっと桃色に染まる。

「あ……あ……だって……舌でそんな風にされると、勝手に……」

素直に答えるフェリシアの目は、既に快楽の涙で潤んでいた。

オーウェンは更に硬く凝った乳嘴を舌先で苛む。

「待って……これ、もうだめ……もういいわ……」

「何がもういいのでしょう。もしかしてこちらのほうがお好きだからですか？」

乳房に唇を寄せたまま、オーウェンはフェリシアの内股を撫で上げた。

「ひぅっ」

力の入らない左足であっても、敏感さは変わらないようだ。フェリシアの腰が跳ね上がる。

「……何から何まで、貴女はお可愛らしくて……」

たまらない気分になり、オーウェンは白い喉元に口づけた。

本当はここに痕をつけたい。だが、人前に出ることが増えたフェリシアの立場を思い、ギリギリのところで我慢する。

——胸ならいいかな……。

オーウェンはまろやかな双丘の下部に、そっと歯を立てた。

「あぁん……っ、貴方、何を……あ……」

敏感なフェリシアの声が甘く曇る。唇を離すと、小さな赤紫の花が乳房に咲いた。

新雪を踏みにじったときのようなかすかな背徳感が、否が応にもオーウェンの興奮を煽る。しみ一つないフェリシアの肌に誘われ、オーウェンは肋骨の上にも口づけた。それから、薄く滑らかな腹部にも、骨盤が形良く浮いた腰にも……最後に、黄金の茂みの極みも。

「あ……！」

必死に声を堪え、口づけの刺激に耐えていたらしいフェリシアが、びくんと身体を震わせた。

その声が聞きたくて、オーウェンはもう一度、柔らかな茂みに口づける。

触れるか触れないかの口づけに、フェリシアがかすかに腰を浮かせた。恥じらって閉じようとする脚を開かせ、オーウェンは秘密の泉を覗き込む。

「だ、だめ、明るいのに……見ないで……いや……」

もじもじと腰を揺らすフェリシアの初心《うぶ》さがいじらしい。何度抱いても、こうして身体を確かめる度に白い肌を桃色に染め、見ないでと言うのはなぜだろう。

予想どおり、フェリシアの脚の間は透明な蜜を湛え、濡れ始めていた。

惹きつけられるように、オーウェンは白い内股に口づける。

フェリシアの身体が火照り始めたのがわかった。口づけの痕につっと肌を舐めると、フェリシアが耐えがたいと言わんばかりに敷布を摑んだ。

「紙よりも真っ白だ。何か書き残したくなりますね」

内股に歯形を残し、オーウェンは肌に唇を押し当てたまま言った。

「ん……っ！」

フェリシアが短い嬌声と共に身体をよじる。

柔らかな身体中から、オーウェンを誘うような甘い花の香りが立ち上った。

もう駄目だ、この匂いを一度嗅いだら、もう彼女と繋がることしか考えられなくなる。

オーウェンは身を乗り出し、フェリシアに覆い被さって口づけた。

まろやかな乳房が胸の下で押しつぶされる。オーウェンはどうしようもなく反り返った肉茎の表面を、フェリシアの裂け目にあてがった。

熱を帯びて立ち上がった花芽を、硬い杭の表面でゆっくりと擦る。

「あ……あぁん……っ、オーウェン、何……して……」

「これを、貴女の手で挿れてもらえませんか」

囁きかけると、身体の下のフェリシアの肌が、燃え上がるように熱くなる。

「わ、私の手……？」

「ええ」

オーウェンは笑い、濡れそぼった秘裂に茎をあてがって、ゆるゆると前後させた。大きく開かせたフェリシアの脚が震え出す。あふれ出す蜜が絡まって、擦るだけでも淫らな音が生まれた。

「貴女の中に早く入りたい、さあ、フェリシア」

オーウェンの言葉に、フェリシアが弱々しく手を伸ばす。細い指が昂る熱塊を摑み、ぎこちない仕草で蜜口へと導いた。

――ああ、なんて美しい……。

自分から大きく脚を開き、男のものを呑み込もうとする姿はけなげで淫らで、たとえようもなく可愛らしかった。

あの清楚で何も知らなかった姫君が、必死にオーウェンの性的な要求に応えようとする姿が、いじらしくてたまらない。

オーウェンの先端が、愛おしい身体の中にゆっくりと沈み込む。

フェリシアは右足をオーウェンの腰に絡め、力いっぱいしがみついてきた。彼女の中はとても狭くて、いつも初めは全身を強ばらせている。

――あまり困らせるのはやめよう。

安心させるように頬に口づけをすると、その部分を中心に、肌がぽっと赤く染まった。

――この人は、どんなに抱いても愛しても、絶対に汚れないんだ……。

心の中でかすかな安堵の声がする。

理性の声なのか獣の声なのか、それとも遠い昔に忘れ去られた、殴られ拒まれ続けた自分の声なのか。

フェリシアが華奢な腕でオーウェンの背中にしがみつく。

口づけをする度に、オーウェンを呑み込んだ蜜路がきゅっと締まった。ぎこちないけれど、彼女の身体は日に日にオーウェンに馴染んでいく。

「あ、あぁ……っ……オーウェン……」

獣の顔を見てなお、フェリシアは優しく自分を受け入れてくれる。

怯えて嘘をついているのではない。

フェリシアは『自分の代わりに戦ってくれてありがとう』と言ってくれた。狂乱の獣であるオーウェンを少しも拒まなかった。

愛する人に優しく受容された事実が、オーウェンの心に溜まったどす黒い煤《すす》を清らかに洗い流してくれた。

フェリシアを守るためであれば、オーウェンはこれからも刃を振るい、人を壊す。

だが、その罪は全てオーウェンの物だ。

それで構わない。血と罪に汚れた身体でも、フェリシアは躊躇わずに抱きしめてくれるだろうから。

そう思った刹那、安堵で涙が溢れそうになる。

ずっと、フェリシアが好きだった。それなのに己の過ちで、彼女の足に取り返しの付かない後遺症をもたらしてしまったことが、辛くてたまらなかった。

だがフェリシアは、構わないと言ってくれた。

オーウェンと愛し合うための代償だから、これで良かったのだ、と。

この腕で潰れんばかりに抱いても、フェリシアは安らかな笑顔で幸せだと言ってくれる。

肌も心も真っ白なまま寄り添ってくれる。獣の顔をしているときですら、優しい笑顔で抱きしめてくれる。

オーウェンの中の獣は、フェリシアを損なうことはないのだ。

愛おしくてたまらず、オーウェンは貪るようにフェリシアに口づける。

少し動くだけで、柔らかな身体はさざ波のように震えた。緩やかに肉杭を前後させると、甘い蜜の音を立てながら、フェリシアが腰を揺らす。

「あ、あぁっ……オーウェン、だい……すき……」

息を乱しながらフェリシアが言う。身体の下で豊かな乳房が弾んだ。

絹のごとき肌から伝わるのは、身もだえするほどの快感だ。

必死で保っていた抑制が徐々に緩んで、ほどけていく。ぐちゅぐちゅと音を立てながら、オーウェンは夢中でフェリシアの身体を穿った。

「ふぁ……っ、や……っ、そんなに動いたら……っ」

味わうように蜜窟を行き来すると、フェリシアの下腹部がひくひくと波打つ。儚げな涙を流しながら、秘裂は獰猛なほどにオーウェンに絡みつく。

「あ、あ……ほんと……に……もう……変に、なっちゃ……っ……」

多忙ゆえに長時間引き離されていたせいか、愛しさと快感が抑えられない。オーウェンはフェリシアの片手の指先を握り、口づけながら接合部を擦り合わせた。

「んっ、んん……ッ！」

快楽に耐えかねたようにフェリシアが身をよじった。オーウェンは躊躇わずにほころびた蜜窟の奥を突き上げる。

執拗なくらいに中から押し上げて、雄を搾り取ろうとする粘膜の動きを味わう。

額から汗がしたたり落ちた。

もう何も考えられない。この美しい身体に情欲を吐き尽くして、自分の色で染め上げたい。

「く……ふ……っ」

オーウェンを呑み込んだ部分が痙攣した。開いた足がぶるぶると震えている。フェリシアの感じている快楽が、そのままオーウェンの身体に流れ込んでくるようだ。

たちまち身体の奥に耐えがたい熱が生まれ、奔流《ほんりゅう》となってあふれ出しそうになる。

オーウェンはフェリシアの指を握る手に力を込め、耐え抜いていた劣情を、彼女の奥深くに吐き出した。

フェリシアの器が、貪欲《どんよく》に収縮する。

まるでオーウェンの全てを飲み干そうとするかのようだ。

オーウェンは汗だくの身体でフェリシアをかき抱き、小さな頭に何度も口づけた。

──ああ、愛おしい……俺の、世界でただ一人の半身……。

フェリシアは、背中に回しているほうの手で、オーウェンの背中をそっと撫でてくれた。

もう何もいらない、フェリシアだけが自分の全てだと思いながら、オーウェンは最後にもう一度だけフェリシアに口づけた。

そのときふと、甘い不思議な匂いに気づく。ほんのかすかな、気のせいかと思うような匂いだった。

なんだろうと思ったオーウェンの頭に、とある考えが浮かぶ。

──ああ、フェリシアの腹に赤子がいるのか。

他人事のように思った直後、驚きに動きが止まる。自分の直感が信じられず、しばらく呆然となった。

——え……っ……？

オーウェンは身体を起こし、フェリシアの顔を覗き込む。うっとりと閉じていた青い目を開き、フェリシアが不思議そうに見上げてきた。

「どうしたの？」

「あの、気分は悪くありませんか？」

息を呑むオーウェンに、フェリシアが微笑みかけた。

「大丈夫よ？」

「いえ、今ではなく最近です。お身体の調子が変わられたとか」

勢い込んで尋ねるオーウェンに、フェリシアが目を丸くして笑い出す。

「そうね、最近ずっと熱っぽいかもしれないわ。忙しくて動きすぎたせいかしら」

信じられない思いで、オーウェンはフェリシアの平らな腹を撫でた。まだ悪阻《つわり》もこないくらいの初期なのだろう。だがオーウェンには、これは我が子の匂いだと確信できた。

何も言えずに、オーウェンはフェリシアを抱きしめる。

母子のために安全な環境を整えねばと理性が叫び、獣がフェリシアをどこにも出さずに閉じ込めて守れ、と訴える。とてつもない動揺と歓喜の果てに、オーウェンの頭は真っ白になった。

フェリシアの中に、無垢な命が宿っている。

その子は温かい家で育ち、父と母に我儘を言える。毎日抱きしめられ、頬ずりされて、周りの誰からも愛される。無邪気に遊んでいても叱られず、眠るときに父や母から絵本を読んでもらえるのだ。

……たとえ、父から獣の血を引いていたとしても。

涙が滲み、目の前の光景が歪んだ。

――俺とフェリシアで、この子を幸せにすればいいんだ。俺が過去にしてほしかったことを、全部この子にしてやればいい……。

そうすれば、獣の子でも幸せになれると証明できる。オーウェンの苦しかった過去も、いずれ我が子の笑顔に癒やされて、消えていくだろう。

ゆっくりと身体を離し、オーウェンはきょとんとしたフェリシアを抱きしめ直した。

「これからは絶対に転ばないよう、もっと杖の練習をしなければなりませんね」

他に、なんと言えばいいのかわからない。

今医師に診せても、まだ妊娠は判明しないだろう。

早く時が過ぎればいいのにともどかしく思いながら、オーウェンはフェリシアのこめかみに接吻した。

「どうしたの、オーウェンったら。杖の練習なら毎日頑張っていてよ」

腕の中でフェリシアが甘い笑い声を上げる。

やはり、最近ほのかにふっくらしてきたようだ。まろやかな身体を優しく撫でながら、オーウェンは桃色の耳に囁きかけた。

「いえ、一つ楽しみができたようなので。何のことか、もうすぐ貴女にもわかります」

オーウェンの言葉に、フェリシアは不思議そうに首をかしげて素直に頷いた。

「そうなの？　何かしら。私も楽しみだわ」

あとがき

初めまして。栢野《かやの》と申します。

この度は、拙著『人は獣の恋を知らない』をお手にとっていただき、誠にありがとうございました。

物語の舞台は、それなりに平和な大陸の、伝統ある古王国をイメージしました。

絶対王政輝かしかった時代は去り、それぞれの貴族が強い権力を持ち始め、王家の威光が薄れ始めた時代の王国です。

文化は成熟しており、国民もそれぞれが自分の意見を持つようになり、新聞や娯楽誌の流通も盛んで、人々の日々の楽しみの一つになっています。

ヒロインのフェリシアは、そんな国の第一王女として生を受けました。

母を亡くしたあとも、優しく愛情深い父王と兄に溺愛され、周囲の皆からも大切に可愛がられて、真綿に包むようにして育てられます。

一方のヒーロー・オーウェンは、父の不倫相手の子で、父の正妻の『鬱憤《うっぷん》晴らし』の道具として、日々鞭打たれて暮らしていました。

愛と優しさと光しか知らないお姫様と、地獄のような世界で『人間扱いされたい』と藻《も》掻《が》いていた『獣』の恋の話です。

個人的には、常識よりもヒロインが大事な壊れたヒーローが好きなので、そういうキャラを目指して書きました。

『生まれつき何かが大きく欠けている美しい男』というのがとても好きなモチーフなので、挑戦できてとても嬉しかったです。

読んでくださった方が楽しんでくだされればと願うばかりです。


拙著のイラストは、鈴《すず》ノ助《すけ》先生に担当いただけることになりました。表紙ラフをいただいた時は心拍数が上がりすぎてApple Watchに怒られたほどです。本当にありがとうございます。表紙のフェリシアの顔がとても素晴らしすぎて……拝見するたび『オーウェンがずっと大好きだったんだよね……』と言ってあげたくなります。オーウェンが背後にあんなものを隠している構図もとても好きです。本当にありがとうございました。

また、至らない点ばかりの私に制作の機会をくださった担当様にも感謝を……。

担当様と最初に打ち合わせをした時に「思いっきりキャラが濃いのを！」と言っていただき、好きな物を思いきり書いてみよう、と思いながら制作に取り組むことができました。本当にありがとうございました。

最後になりましたが、拙著を手に取ってくださった皆様にも、心からの感謝を。少しでもよい読書時間の助けになれればと祈っております。本当にありがとうございました。

いずれまた、どこかでお会いできることを祈っております。

Sonya
ソーニャ文庫

この本を読んでのご意見・ご感想をお待ちしております。

◆ あて先 ◆

〒101-0051
東京都千代田区神田神保町2-4-7 久月神田ビル
㈱イースト・プレス　ソーニャ文庫編集部
栢野すばる先生／鈴ノ助先生

人《ひと》は獣《けもの》の恋《こい》を知《し》らない

2019年2月4日　第1刷発行

著　　　者　栢野《かやの》すばる
イ ラ ス ト　鈴ノ助《すずのすけ》
装　　　丁　imagejack.inc
D　T　P　松井和彌
編集・発行人　安本千恵子
発　行　所　株式会社イースト・プレス
〒101-0051
東京都千代田区神田神保町2-4-7 久月神田ビル
TEL 03-5213-4700　　FAX 03-5213-4701
印　刷　所　中央精版印刷株式会社

ISBN 978-4-7816-9642-3
定価はカバーに表示してあります。